中國新聞史研究輯刊

初 編

主編　方 漢 奇

副主編　王潤澤、程曼麗

第 **11** 冊

戰爭電影與國家認同
——俄羅斯二戰題材電影研究

侯　微　著

花木蘭文化出版社

國家圖書館出版品預行編目資料

戰爭電影與國家認同——俄羅斯二戰題材電影研究／侯微 著
— 初版 — 新北市：花木蘭文化出版社，2013〔民102〕
序 2+ 目 2+164 面；19×26 公分
（中國新聞史研究輯刊 初編；第 11 冊）
ISBN：978-986-322-302-3（精裝）
1. 電影史　2. 影評　3. 俄國
890.9208　　　　　　　　　　　　　　　　102012312

ISBN-978-986-322-302-3

9 789863 223023

中國新聞史研究輯刊
初　編　第十一冊　　　　　　　ISBN：978-986-322-302-3

戰爭電影與國家認同
——俄羅斯二戰題材電影研究

作　　者　侯　微
主　　編　方漢奇
副 主 編　王潤澤、程曼麗
總 編 輯　杜潔祥
出　　版　花木蘭文化出版社
發 行 所　花木蘭文化出版社
發 行 人　高小娟
聯絡地址　235 新北市中和區中安街七二號十三樓
　　　　　電話：02-2923-1455／傳眞：02-2923-1452
網　　址　http://www.huamulan.tw 信箱 sut81518@gmail.com
印　　刷　普羅文化出版廣告事業
初　　版　2013 年 9 月
定　　價　初編 12 冊（精裝）新台幣 20,000 元

戰爭電影與國家認同
——俄羅斯二戰題材電影研究

侯　微　著

作者簡介

侯微，新聞傳播學博士，畢業於復旦大學新聞學院，現為上海外國語大學傳媒學院廣播電視新聞系講師。曾入選上海高校選拔培養優秀青年教師科研專項基金專案。研究方向為影視傳播與媒介文化。

提　　要

　　即便建立在史實的基礎上，戰爭電影仍然是一種想像的文本，但這並不影響它建構想像的共同體。第二次世界大戰作為二十世紀最重大的歷史事件之一，常常被藝術電影用作建構國家認同的材料，但對於俄羅斯聯邦而言，二戰電影當中存在著一種「國家的錯位」，如何能通過再現「蘇聯時期的一場戰爭」建構當下俄羅斯的國家認同？這種建構呈現出了怎樣的特徵？這種特徵與特定歷史條件下的政治、經濟和文化邏輯又有著怎樣的關聯？本研究試圖作出回答和解釋。

　　這是一項基於二戰題材電影的文本分析，為了更清晰地展現俄羅斯二戰電影對歷史的框選和對認同的塑造，選取了蘇聯二戰電影作為重要的參照。本研究綜合運用敘事學、符號學和意識形態分析等方法，結合兩個時期的歷史背景及社會條件，對電影文本進行了深度解釋。

　　研究指出，俄羅斯二戰電影體現了「英雄造時勢」的精神內核，「強國的夢想」是在俄羅斯國家體制與社會背景下誕生的國家神話；影片在「文化記憶」方面傳承了歷史，而在「政治記憶」方面則重構了歷史；在建構俄羅斯統治關係「合法化」的同時，也在對蘇聯統治關係進行「去合法化」，在這一過程中，商業元素在很大程度上成為抨擊舊制度的合謀者。通過這樣的方式，電影有效地建構了當下的俄羅斯認同。

《中國新聞史研究輯刊》總序

　　新聞史是一門科學，是一門考察和研究新聞事業發生發展歷史及其衍變規律的科學。它和新聞理論、新聞業務一樣，都是新聞學的重要組成部分。新聞史又是一門歷史的科學。屬於文化史的範疇，是文化史的重要組成部分。由於新聞事業的特殊性，新聞史的研究和各時期的政治、經濟、文化都有著緊密的聯繫。

　　在中國，近代以來的重大政治運動，和文化史上的許多重大事件，都和當時的新聞事業有著密切的聯繫。從戊戌維新到辛亥革命，每一次重大的政治活動都離不開媒體的宣傳和鼓吹。近代歷史上的幾次大的思想啓蒙運動，哲學和文學領域的幾次大的論戰，新文化運動的誕生和發展，各種文學流派的形成及其代表作品的問世，著名作家、表演藝術家的嶄露頭角和得到社會承認，以及某些科學文化知識的普及和傳播，也都無不和報刊的參與，有著密切的聯繫。各時期的經濟的發展，也有賴於媒體在輿論上的醞釀、推動和支持。

　　新聞史，從宏觀的角度來說，需要研究的是整個人類新聞傳播活動的歷史。從微觀的角度來說，則是要研究一個國家、一個地區、一個時代、一個時期、一類報刊、一類報人，乃至於具體到某一家報刊、某一個報刊工作者和某一個重大新聞事件的歷史。研究到近代以來的新聞史的時候，則還要兼及通訊社、廣播電臺、電視臺和各種現代化新聞傳播機構和新聞傳播手段發生發展的歷史。

　　對於中國的新聞史研究工作者來說，需要著重研究的是中國新聞事業發生發展的歷史。中國是世界上最先有報紙和最先有印刷報紙的國家，中國有

將近 1300 年的封建王朝辦報的歷史,有 1000 多年民間辦報活動的歷史,有近 200 年外國人來華辦報的歷史。曾經先後湧現過數以千萬計的報刊、通訊社、廣播電臺、電視臺和各種各樣的新媒體,以及數以千百計的傑出的新聞工作者,有過幾百次大小不等的有影響的和媒體及報人有關的重大事件。這些都是中國新聞史需要認真研究的物件。由於中國的新聞事業歷史悠久、源遠流長,中國的新聞史因此有著異常豐富的內容,這是世界上任何國家的新聞史都無法比擬的。

在中國,新聞史的研究,已經有一百年以上的歷史。1873 年《申報》上發表的專論《論中國京報異於外國新報》和 1901 年《清議報》上發表的梁啓超的《中國各報存佚表序》,就是我國研究新聞事業歷史的最早的篇什。至於新聞史的專著,則以姚公鶴寫的《上海報紙小史》為最早,從 1917 年姚書的出版到現在,中國新聞史的研究經歷了以下三個時期。

第一個時期,是 1917 年至 1949 年。這一時期出版的各種類型的新聞史專著不下 50 種。其中屬於通史方面的代表作,有戈公振的《中國報學史》、黃天鵬的《中國的新聞事業》、蔣國珍的《中國新聞發達史》、趙君豪的《中國近代之報業》等。屬於地方新聞史的代表作,有姚公鶴的《上海報紙小史》、項士元的《浙江新聞史》、胡道靜的《上海新聞事業之史的發展》、蔡寄鷗的《武漢新聞史》、長白山人的《北京報紙小史》(收入《新聞學集成》)等。屬於新聞史文集方面的代表作,有孫玉聲的《報海前塵錄》、胡道靜的《新聞史上的新時代》等。屬於新聞史人物研究方面的代表作,有張靜廬的《中國的新聞記者》、黃天鵬的《新聞記者外史》、趙君豪的《上海報人的奮鬥》等。屬於新聞史某一個方面的專著,則有趙敏恒的《外人在華新聞事業》、林語堂的《中國輿論史》、如來生的《中國廣告事業史》和吳憲增的《中國新聞教育史》等。在這一時期出版的新聞史專著中,以戈公振的《中國報學史》影響最大。這部新聞史專著根據作者親自搜訪到的大量第一手材料,系統全面地介紹和論述了中國新聞事業發生發展的歷史,材料豐富,考訂精詳,是中國新聞史研究的奠基之作。至今在新聞史研究工作中,仍然有很大參考價值。其餘的專著,彙集了某一個地區、某一個時期、某一個方面的新聞史方面的材料,也都各有一定的參考價值。

第二個時期,是 1949 至 1978 年。這一時期海峽兩岸的新聞史研究工作都有長足的發展。大陸方面,重點在中共報刊史的研究。其代表作是 1959 年

由中國人民大學新聞系編印出版的《中國現代報刊史》講義，和 1962 年由復旦大學新聞系編印出版的《中國新民主主義革命時期新聞事業史講義》。此外，這一時期還出版了一批帶有資料性質的新聞史參考用書，如人民出版社出版的《五四時期期刊介紹》，潘梓年等撰寫的《新華日報的回憶》，張靜廬編輯的《中國近代出版史料》和《中國現代出版史料》，阿英的《晚清文藝報刊述略》和徐忍寒輯錄的《申報七十七年史料》等。與此同時，一些新聞業務刊物和文史刊物上也發表了一大批有關新聞史的文章。其中如李龍牧所寫的有關《新青年》歷史的文章，丁樹奇所寫的有關《嚮導》歷史的文章，王芸生、曹毅冰合寫的有關《大公報》歷史的文章，吳範寰所寫的有關《世界日報》歷史的文章等，都有一定的影響。這一時期臺港兩地的新聞史研究，在 1949 年前後來自大陸的中老新聞史學者的帶動下，開展得較為蓬勃。30 年間陸續出版的中外新聞史著作，近 80 種。其中主要的有曾虛白、李瞻等分別擔任主編的同名的兩部《中國新聞史》，賴光臨的《中國新聞傳播史》、《七十年中國報業史》、《梁啓超與近代報業》和《中國近代報人與報業》，朱傳譽的《先秦傳播事業概要》、《宋代新聞史》、《報人報史報學》，陳紀瀅的《報人張季鸞》，馮愛群的《華僑報業史》和林友蘭的《香港報業發達史》等等。此外，臺灣出版的《報學週刊》、《報學半年刊》、《記者通訊》等新聞學刊物上，也刊有不少有關新聞史的文章。一般地說，臺港兩地這一時期出版的上述專著，在中國古代新聞史和海外華僑新聞史的研究上，有較高的造詣，可以補同時期大陸新聞史學者的不足。在個別近代報刊報人和有關港臺地區報紙歷史的研究上，由於掌握了較多的材料，也給大陸的新聞史學者，提供了不少參考和借鑒

　　第三個時期，是 1978 年到現在大約 30 多年的一段時期。這是中國大陸新聞史研究工作空前繁榮的一段時期。原因有以下幾點：一是隨著政治和經濟上的改革開放，和「實踐是檢驗真理的唯一標準」的討論，前一階段的「左」的思想影響逐步削弱，能夠辯證的看待新聞史上的報刊、人物和事件，打破了許多研究的禁區。二是隨著這一時期新聞傳播事業的迅猛發展，新聞教育事業受到高度重視，大陸各高校設置的和新聞傳播有關的院、系、專業之類的教學點已超過 600 個。在這些教學點中，中國新聞史通常被安排為必修課程，因而湧現了一大批在這些教學點中從事教學工作的新聞史教學研究工作者。三是上個世紀 80 年代以後，各省市史志的編寫工作紛紛上馬，這些史志

中通常都設有報刊、廣播、電視等媒體的專志，有一大批從一線退下來的老新聞工作者，從事這一類地方新聞史志的編寫工作，因而擴大了新聞史研究工作者的隊伍，豐富和充實了新聞史研究的成果。四是改革開放打破了前 30 年自我封閉的格局。海內外、國內外、境內外和兩岸三地的人際交流，學術交流，資訊交流日益頻繁。爲中國新聞史的研究提供了有利的條件。1992 年中國新聞史學會的成立，和下屬的「新聞傳播教育史」、「外國新聞傳播史」、「網路傳播史」、「少數民族新聞傳播史」、「臺灣與東南亞新聞傳播史」等分會的成立，和該會會刊《新聞春秋》的創刊，也對新聞史研究隊伍的整合與交流起了很大的推動作用。到本世紀的第一個十年，中國大陸的新聞史教學研究工作者已經由前一個時期的不到數十人，發展到數百人。陸續出版的新聞史教材、教學參考資料和專著，如李龍牧的《中國新聞事業史稿》、方漢奇的《中國近代報刊史》、50 位新聞史學者合作完成的《中國新聞事業通史》（三卷本）、胡太春的《中國近代新聞思想史》、徐培汀的《中國新聞傳播學說史（1949-2005）》、韓辛茹的《新華日報史》、王敬等的《延安解放日報史》、張友鸞等的《世界日報興衰史》、尹韻公的《中國明代新聞傳播史》、郭鎮之的《中國電視史》、曾建雄的《中國新聞評論發展史》、程曼麗的《蜜蜂華報研究》、馬光仁等的《上海新聞史》、龐榮棣的《史量才傳》、白潤生等的《中國少數民族新聞傳播通史》（上、下）、吳廷俊的《新記大公報史稿》和《中國新聞史新修》、陳玉申的《晚清報業史》，鐘沛璋的《當代中國的新聞事業》等，累計已超過 100 種。其中有通史，有編年史，有斷代史，有個別新聞媒體的專史，也有新聞界人物的傳記。與此同時，還出現了一批像《新聞研究資料》、《新聞界人物》、《新華社史料》、《天津新聞史料》、《武漢新聞史料》等這樣一些「以新聞史料和新聞史料研究爲主」的定期和不定期的新聞史專業刊物。所刊文章的字數以千萬計。使大陸新聞史的研究達到了空前的高潮。這一時期臺港澳的新聞史研究也有一定的發展。李瞻的《中國新聞史》、賴光臨的《中國新聞傳播史》和《七十年中國報業史》、朱傳譽的《中國新聞事業論集》、陳孟堅的《民報與辛亥革命》、王天濱的《臺灣報業史》和《臺灣新聞傳播史》、李穀城的《香港中文報業發展史》、《香港〈中國旬報〉研究》等是其中的有代表性的專著。但受海歸學者偏重傳播學理論和實證研究的影響，新聞史研究者的隊伍有逐步縮小的趨勢。值得提出的，是這一時期海外華裔學者從事中國新聞史研究的也大有人在。其傑出的代表，是現在北京大

學任教的新加坡籍的卓南生教授。他所著的《中國近代報業發展史》，有中文、日文兩種版本，也出版在這一時期，彌補了大陸學者研究的許多空白，堪稱是一部力作。

和臺港澳新聞史研究的情況相比，中國大陸的新聞史研究，目前仍處在蓬勃發展的階段。爲適應新聞事業迅猛發展的需要，上個世紀 80 年代以來，大陸各高校新聞教學點的數量有了很大的發展，檔次也有了很大的提高。師資隊伍出現了極大的缺口。爲適應形勢發展的需要，幾個重點高校紛紛開設師資培訓班，爲各高校新聞院系輸送新聞史論方面的教學骨幹。稍後又大力發展研究生教育，設置新聞學、傳播學的碩士點和博士點，招收攻讀新聞史方向的研究生。到本世紀的第一個十年，擁有博士學位和博士後學歷的中青年新聞史學者已經數以百計。這些中青年學者，大都在高校和上述 600 多個新聞專業教學點從事新聞史的教學研究工作。他們和在中國社會科學院新聞學研究所和各省市社科院新聞所從事新聞史研究的中青年研究人員以及老一代的新聞史學者一道，構建了一支老中青結合的學術梯隊，形成了一支數以百計的新聞史研究隊伍，不斷的爲新聞史的研究提供新的成果。其中有不少開拓較深，頗具卓識，塡補了前人的學術研究的空白。

收入《中國新聞史研究叢書》的這些專著，就是從後一時期近 20 年來中國大陸中青年新聞史學者的眾多研究成果中篩選出來的。既有宏觀的階段性的歷史敘事和總結，也有關於個別媒體、個別報人和重大新聞史事件的個案研究。其中有一些是以他們的博士論文爲基礎，增益刪改完成的。有的則是作者們自出機杼的專著。內容涉及近現當代中國新聞事業歷史的方方面面，既反映了中國大陸改革開放以來新聞史研究蝶舞蜂喧花團錦簇的繁榮景象，展示了中青年學者們的豐碩研究成果，也爲中國新聞史研究的進一步發展，提供了不少參考和借鑒。把它們有選擇的彙集起來，分輯出版，體現了花木蘭文化出版社在推動新聞史學術發展和海內外以及兩岸學術交流方面的遠見卓識，我樂觀厥成，爰爲之序。

方漢奇

2013 年 4 月 30 日

（序的作者爲中國人民大學榮譽一級教授，北京大學新聞學研究會學術總顧問，中國新聞史學會創會會長。）

當我們談論電影，我們在談論什麼
（代序）

陸　暐

　　對於不少喜歡電影的人來說，前蘇聯衛國戰爭題材電影可能會是個人觀影史上十分矚目的部分。況且，無論是戰爭期間的《區委書記》、《瑪申卡》、《她在保衛祖國》和戰爭結束初期的英雄主義史詩電影《攻克柏林》、《青年近衛軍》、《斯大林格勒保衛戰》、《真正的人》，還是解凍時期的「新浪潮」電影《第四十一》、《士兵之歌》、《雁南飛》、《一個人的遭遇》、《伊萬的童年》，抑或 1960 年代末以來的《解放》、《莫斯科保衛戰》、《這裡的黎明靜悄悄》、《戰地浪漫曲》等，都在敘事結構和影像語言方面有著鮮明的特色和極高的藝術品味。當我們談論這些二戰電影時，我們談論的幾乎是世界電影史上具有最高成就的重要一脈。

　　侯微的這部博士論文，關注的對象是俄羅斯聯邦的二戰電影。它們不僅之于中國電影觀眾很陌生，似乎也再未達到當年蘇聯二戰題材電影的國際影響力。侯微所從事的並非電影研究，作為喜愛戰爭電影同時又在傳播學研究領域剛剛起步的青年學者，她敏銳地注意到蘇聯解體之後，衛國戰爭依然是俄羅斯聯邦電影的重要主題，但對前蘇聯歷史的重新書寫和商業化的介入，又使得這些電影呈現出與前蘇聯衛國戰爭電影的不同面貌。於是在她談論這些電影的時候，她談論的是「錯位的國家認同」——「前蘇聯二戰電影再現了蘇聯，它建構了蘇聯認同；而俄羅斯二戰電影呢，它再現的仍是蘇聯，但它需要建構的是俄羅斯認同。」在這裡，民族與國家、傳統與現代、西方與本土，這些宏大的概念通過具體電影文本呈現的英雄主義和集體記憶，耐人

尋味地展示出建構國家認同這一「想像共同體」的豐富質感。通過二戰電影這個小小的視窗，我們得以一窺今日俄羅斯聯邦與前蘇聯之間既傳承又揚棄的精神連接之複雜內涵。這也是侯微這項研究最具價值之處。

2013 年 4 月

目
次

引言　光影的軌跡

　　第二次世界大戰，1939 年 9 月 1 日爆發、1945 年 9 月 2 日結束，戰場從歐洲到亞洲、從大西洋到太平洋，先後有 61 個國家和地區、有 20 億以上的人口被捲入戰爭，作戰區域面積 2200 萬平方千米。據不完全統計，戰爭死傷人數 1.9 億，4 萬多億美元付諸流水。第二次世界大戰最後以中國、蘇聯、美國、英國等反法西斯國家和世界人民反法西斯力量的勝利而結束。

　　語言很簡練，但它勾勒的是一段極為厚重的歷史；數字很冰冷，但它凝結的是人類無限沉痛的記憶。半個多世紀以來，作為後人的我們通過查閱文字記載，搜集影像紀錄，試圖更清晰地還原歷史；同時，通過藝術加工，影像生產，試圖更豐滿地填充記憶。於是，我們與歷史的距離似乎越來越近了，但是，我們始終來自未來。來自未來，意味著我們終究無法親歷歷史；來自未來，也意味著總有空間留給我們想像。

　　二戰題材的藝術電影，是最典型的「想像的文本」，有太多的情感和太多的記憶都被凝結在電影作品中。提起二戰電影，我們會想到美國大片《拯救大兵瑞恩》、《細細的紅線》、《辛德勒名單》和《硫磺島家書》等等；我們也會想到中國電影《鐵道游擊隊》、《血戰臺兒莊》、《集結號》以及《金陵十三釵》等；除此之外，還有一個龐大的二戰電影序列，來自於蘇聯，《莫斯科保衛戰》、《他們為祖國而戰》、《這裏的黎明靜悄悄》和《雁南飛》等電影作品都為廣大觀眾耳熟能詳。有人說，各參戰國的二戰題材電影一起，共同組成了人類對那場以一億九千萬生命為代價的第二次世界大戰的記憶與反思〔註1〕。

〔註 1〕曲春景，中國二戰題材電影缺少什麼〔N〕，文匯報，2010 年，1（10）。

　　本研究想著重討論的二戰電影，來自於俄羅斯聯邦。一方面，他是一個年輕的國家，建立於 1991 年，上世紀九十年代初的那場政治與社會變遷曾讓他一度陷入認同的危機；另一方面，他的身後是從歷史深處走來的千年俄羅斯，從小公國到大帝國再到紅色蘇維埃，歷史和文化的傳承賦予了他在苦難中不斷探求的精神信仰。偉大的衛國戰爭（Великая Отечественная война），集中體現了蘇聯人民為祖國的自由和為共產主義思想的獻身精神，所以「第二次世界大戰」也成為了俄蘇電影的永恒題材〔註 2〕。蘇聯二戰電影曾經深深影響過全世界，但是，俄羅斯聯邦的二戰電影對於很多外國觀眾而言卻是陌生的，它繼承了蘇聯二戰電影的遺產，但似乎並未實現如蘇聯二戰電影一樣的國際影響力。

　　那麼，俄羅斯聯邦的二戰電影到底是什麼樣的？為了看清它的來路與進路，在引言部分，本研究將走進百年俄蘇電影史，為二戰光影勾畫出一個歷史性的脈絡：首先我們會向上追溯到 19 世紀末 20 世紀初，聊一聊俄國電影尤其是軍事歷史題材電影的興起；然後再循著蘇聯二戰電影在二十世紀劃出的輝煌印記，撫一撫戰爭留下的深刻創傷；最後讓我們站在 20 世紀末 21 世紀初，看一看俄聯邦二戰電影用怎樣的方式直面歷史與現實。

一、溯源：帝俄軍事電影

　　俄羅斯電影業的發端，要追溯到 19 世紀末的帝俄時代。我們知道，電影最早誕生於法國，1895 年 12 月 28 日，法國的盧米埃爾兄弟在巴黎公映了他們自己攝製的一批紀實短片，於是這一天被看作電影誕生日。四個月之後（1896 年 4 月），俄國已經出現了首批電影器材〔註 3〕。1896 年 5 月是一個比較值得紀念的月份，在這個月，聖彼得堡的「水族館（Аквариум）劇院」在夏季戲劇節開幕的歌劇演出之後，首次放映了盧米埃爾兄弟的影片〔註 4〕；來自盧米埃爾電影公司的攝影師卡米爾·瑟夫（Камилл Серф）在俄國首次用電影拍攝記錄了末代沙皇尼古拉二世的加冕典禮；國內首家電影院在聖彼得堡涅瓦大街開張〔註 5〕。俄國電影業的發展正式拉開序幕。

〔註 2〕白嗣宏、胡榕，俄羅斯電影的永恒題材〔J〕，世界電影，2005 年 4，第 4 頁。

〔註 3〕РГИА СПб. ф. 427, оп. 4, д. 109. Искусство Кино，1995，3。

〔註 4〕蘇聯科學院藝術研究所編，龔逸霄譯，蘇聯電影史綱（第一卷）〔M〕，北京：中國電影出版社，1983 年，第 10 頁。

〔註 5〕Театральное искусство，Кинематограф и Мультипликация. http://www.russiancanadians.ca/node/70.

　　1896 年～1907 年，俄國上映的影片大多來自國外，尤以法國爲主——法國的百代公司在多年間幾乎壟斷了俄國電影市場。當時上映的外國電影大致可以分爲兩類：第一類是寫生的或者紀實的影片，主要涉及自然風光、科學經驗以及政治事件等；第二類是由演員表演的劇情片、滑稽劇和奇幻片，這類影片的首要任務是娛樂。前者拓寬了俄國公眾的視野，體現了早期電影的進步作用，可惜的是，它們在俄國電影市場的份額僅有 10%～20%；後者絕大多數是空虛的庸俗的，以不同方式包含了資產階級反動思想，但它們在俄國電影市場的份額達到了 80%～90%。有學者指出，電影在俄國傳播開來的年代，也是俄國社會經歷變遷的年代（重大政治事件、工業擴張、俄國無產階級快速成長、經濟危機以及 1905～1907 年的革命運動等等），但是電影卻似乎站在了時代的另一面——雖然百代等公司並沒有拒絕呈現這些事件，但是沙皇的審查制度卻並未允許他們出現在俄國銀幕上。〔註6〕

　　1908 年，俄國導演兼製片商亞歷山大·德朗科夫（Александр Дранков）組織拍攝了俄國第一部故事片《斯捷潘·拉辛（Степан Разин）》（又名《伏爾加河下游的自由人（Понизовая вольница）》，雖然只是小型黑白默片，但是在觀眾中獲得了巨大成功，這也是俄國電影史上具有里程碑意義的一部影片，它標誌著國產故事片的開始。在此之後，陸續出現了貴族沙龍劇、犯罪冒險劇、滑稽劇和劇情片等電影類型，很多學者認爲，帝俄時期的國產影片同進口影片一樣，充滿了資產階級頹廢思想，以低級娛樂爲主要目標。但是，電影先驅們還是進行了一些新的嘗試，暫且不論這些電影的質量和思想內涵如何，這種嘗試本身已經開創了俄蘇電影發展的某些傳統。典型的代表，就是軍事歷史題材影片的生產。

　　1909 年，俄國本土的「漢榮科夫電影公司」迅速成長起來，並在幾年間成爲俄國最大的電影公司，電影產量位居全國第一。該公司曾組織拍攝了幾部戰爭歷史題材的影片，比如《西伯利亞征服者葉爾馬克·季莫費耶維奇（Ермак Тимофеевич——покоритель Сибири）》，《塞瓦斯托波爾防禦（Оборона Севастополя）》和《1812 年（1812 год）》。《塞瓦斯托波爾防禦》是俄國第一部電影長片也是世界最早的電影長片之一，該片的拍攝是在軍事

〔註 6〕 Н.А. Лебедев. Очерки истории кино СССР. Немое кино：1918～1934годы.——
　　——Издание 2-е переработанное и дополненное.——М.：Искусство，1965。——
　　——С.1～50.

顧問指導下進行的，影片所呈現的戰鬥場面比較宏偉，保衛塞瓦斯托波爾的軍事家的肖像也都很眞實。另一部歷史片《1812 年》由漢榮科夫影片公司和百代影片公司合拍，影片正確地且極富創造性地運用了俄國歷史題材的油畫資料（如維列夏金、基甫盛科等畫家的作品）。〔註7〕

第一次世界大戰的爆發，造成了巨大的經濟破壞，使人民陷入了貧困，但就文化領域而言，卻有力推動了俄國電影的發展。一方面，電影能夠在相當程度上有效緩解戰爭帶來的心理創傷；另一方面，戰爭導致進口電影的數量急劇下降，給予了國產電影新的發展機遇，電影製作以前所未有的速度增長，一戰期間共出品 1200 多部故事片，國產電影的市場份額從 20% 提高到 60%。

戰事開始的最初幾周，出現了一個新的電影類型——軍事沙文主義影片。就片名而言，各種口號式的標題出現在影院海報上，比如《爲了沙皇與祖國》、《農民的羅斯行動起來》和《爲了俄國國旗的榮光》等；就內容而言，影片把俄國官兵的功勳放在「僞愛國主義」的庸俗包裝之下，比如《哥薩克庫茲馬・克留奇科夫的功勳》等。除此之外，一戰前已經出現的電影類型也被運用到軍事題材上：爲了適應戰時宣傳，拍攝了一些驚險諜戰題材的影片，比如《德國使館的秘密》和《德國間諜網》等；還出現了像《沃娃在戰爭裏》和《岳母在德國俘虜營裏》之類的低級喜劇片，影片的目的在於博得廉價的笑聲，不去正視戰爭帶來的苦難〔註8〕。由於宣傳方向與大眾情緒不一致，沙文主義熱潮在戰爭開始幾個月之後便迅速消失了，觀眾失去了對戰爭宣傳片的興趣。而隨著國內失敗主義情緒的增長，出現了一些帶有批判和悲觀主義調子的反戰電影，比如《士兵的母親阿麗娜》和《安息吧，戰鬥英雄》等。

帝俄末期，對電影發展曾經發揮過些許作用的，是斯科別列夫委員會（Скобелевский комитет）〔註9〕在 1914 年成立的軍事電影處。電影處表面上是一個公共機構，實際上是一個半公益半商業的部門，爲了增加收入，委員會的出版部門曾經發行過一些愛國主義明信片、畫冊和文學作品等。軍事電影處負責軍事題材故事片及文獻紀實片的生產和發行，勉強能夠維持運作。

〔註7〕蘇聯科學院藝術研究所編，龔逸宵譯，蘇聯電影史綱（第一卷）〔M〕，北京：中國電影出版社，1983 年，第 10 頁。

〔註8〕蘇聯科學院藝術研究所編，龔逸宵譯，蘇聯電影史綱（第一卷）〔M〕，北京：中國電影出版社，1983 年，第 16 頁。

〔註9〕斯科別列夫委員會，1904 年 11 月成立，隸屬於尼古拉總參軍事學院，目的是供養戰爭受害者。1908 年，沙皇尼古拉二世將其置於自己的保護之下。

一戰期間，電影處壟斷了前線紀錄片的拍攝，儘管如此，其所佔的發行份額仍然很小。但是，作為俄國第一個把電影作為政治宣傳工具的機構，它體現出了一種傾向：運用電影手段傳播統治階級思想，進一步鞏固社會秩序。——當然早前的電影也是有宣傳功能的，只是此時沙皇政府真正認識到電影的宣傳意義，並且開始嘗試運用電影宣傳自己的政治方針。〔註10〕

整體來說，帝俄末期的軍事題材影片呈現出如下三個特徵：

第一，電影題材的開掘，從關注歷史到走進現實。電影發展初期，沙皇政府曾經拒絕呈現20世紀初的社會變遷，人們能夠在電影中看到的是官方歷史下〔註11〕的民族英雄和軍事事件；而一戰爆發後，電影與軍事進程、與民眾情緒在時間上保持了相當的一致。儘管，這些電影的表現手法和思想立場有待商榷。

第二，電影藝術的探索。這主要體現在漢榮科夫公司拍攝的幾部軍事電影當中。注重對場景和人物的刻畫，對真實感的追求，以及藝術門類之間的交融借鑒，這些方法對於任何時期的電影製作而言都是可取的。

第三，電影功能的發揮，電影成為政治宣傳的工具。配合戰爭需要，鼓吹政治方針，沙皇政府積極介入電影事業的管理。

關於帝俄時期的電影傳統是否影響了十月革命之後的電影業，蘇聯電影人曾經存在兩種截然對立的看法：一種認為，完全沒有繼承關係，完全否認帝俄傳統的重要性，他們認為帝俄電影業的技術基礎差，創作團隊中缺乏無產階級藝術家，思想水平和審美水平薄弱，蘇聯電影基本是從頭開始；另一種看法則傾向於誇大這一傳統的意義，認為從放映的電影數，影院數量和觀眾數量等方面來講，革命前的電影業是蓬勃發展的，蘇聯電影直接繼承了這一受眾基礎。事實上，兩種觀點都過於偏頗，就如列別傑夫（Н.А. Лебедев）所指出的，蘇聯電影建立在資產階級電影傳統的基礎之上是一個不可否認的事實，我們應當給予其應有的評價〔註12〕。就軍事題材而言，雖然帝俄時期的影片承載了過多的宣傳目的，還有部分影片包含了娛樂色彩，但畢竟還是

〔註10〕Н.А. Лебедев. Очерки истории кино СССР. Немое кино：1918～1934годы.——Издание 2-е переработанное и дополненное.——М.：Искусство，1965。——С.1～50.

〔註11〕蘇聯科學院藝術研究所編，龔逸宵譯，蘇聯電影史綱（第一卷）〔M〕，北京：中國電影出版社，1983年，第13頁。

〔註12〕Н.А. Лебедев. Очеркиистории кино СССР. Немое кино：1918～1934годы.——Издание 2-е переработанное и дополненное.——М.：Искусство，1965。——С.105.

有電影人在拍攝手法等方面作出過有益嘗試，開闢了俄蘇電影史上一個重要的類型片的傳統。

二、傳統：蘇聯二戰電影

二月革命後，俄國的主要製作公司很快都停止生產，形成電影生產的真空狀態。十月革命後，蘇聯設立了「人民教育委員會」這一機構來管理電影工業，儘管委員會盡力爭取對電影製作、發行和放映的控制權，但蘇聯電影還是要面臨資產流失和原料短缺的困境〔註13〕。1919 年 8 月 27 日，列寧簽署了一項法令，將舊俄的電影企業收歸國有。1922 年和 1925 年，蘇聯創辦了兩家影業公司：高斯影業和索夫影業。索夫影業當時為了支付各項運作經費，產生了強烈的出口影片的願望，享譽世界的電影《戰艦波將金號》就是索夫影業外銷成功的第一部作品；除此之外，索夫影業還有一個目標是，製作承載共產主義政府意識形態的電影，藉此將其新理念傳達給人民大眾〔註 14〕。電影在蘇聯不再是一種金融投機的工具，生產影片的目的也不再是為投下的資金增殖利潤，電影由此在本質上成為一種文化的工具〔註15〕。1935 年 1 月，在蘇維埃工人電影聯盟創作會議上，「社會主義現實主義」成為電影界的官方政策，並對後來的蘇聯電影發展產生了深遠影響。

（一）戰時二戰電影

有學者指出，從十月革命最初之日起，「為祖國而鬥爭」這一主題就一直是蘇聯電影最喜愛的主題之一；二戰爆發後，「愛國主義」更是成為蘇聯電影的主要主題〔註 16〕。蘇聯在第二次世界大戰期間攝製的電影主要包括三類：戰時新聞電影、戰時短故事片和電影長片。

1、戰時新聞電影

在蘇聯，新聞電影已經成為一個相當發達的、技術裝備完善的電影領域。

〔註13〕〔美〕克莉絲汀・湯普森，大衛・波德維爾著，陳旭光、何一薇譯，世界電影史，北京：北京大學出版社，2004 年，第 86～88 頁。
〔註14〕〔美〕克莉絲汀・湯普森，大衛・波德維爾著，陳旭光、何一薇譯，世界電影史，北京：北京大學出版社，2004 年，第 93～94 頁。
〔註15〕〔法〕喬治・薩杜爾著，徐昭、胡承偉譯，世界電影史，北京：中國電影出版社，1995 年，第 228 頁。
〔註16〕蘇聯科學院藝術研究所編，龔逸宵譯，蘇聯電影史綱（第二卷）〔M〕，北京：中國電影出版社，1983 年，第 39 頁。

早在三十年代末期，蘇聯紀錄電影的基本創作原則（比如挑選典型形象等）已經形成。衛國戰爭剛一爆發，軍事行動的紀錄工作已經開始，此時的新聞電影開始面臨新的重要任務：第一，要有助於增強蘇軍和全體人民鬥志，與希特勒軍隊鬥爭；第二，肩負向全世界揭示戰爭真相的使命，報導戰鬥中前後方的重要事件，再現蘇維埃戰士形象，表現蘇維埃國家的強大和道義上政治上的一致；第三，記錄時代，保存一部偉大衛國戰爭的電影編年史。〔註17〕

在整個戰爭時期，共發行了四百號《蘇聯電影雜誌》，六十五號《每日新聞》，二十四號《戰地電影專輯》，六十七部標題短片和三十四部大型紀錄片。這些作品既記錄了戰爭中具有階段性意義的重要事件（如《在莫斯科城下大敗德軍》），也再現了戰爭中具體任務的外部特徵和情緒狀態（如《黑海水兵》）；既刻畫了前線的日常狀況（如《人民復仇者》），也關注了後方人民的忘我勞動（如《烏拉爾在鑄造勝利》）；既有縱向的脈絡式的梳理（如《國際法庭》），又有橫向的並列式的組合（如《戰爭的一天》）。「政論性」是二戰時期蘇聯紀錄電影的顯著特徵。

2、短故事片（《戰時影片集》）

《戰時影片集》作為一種機動的電影藝術形式，是戰時具體條件的產物。其攝製工作在戰爭爆發之初已經開始，主要由一些包含宣傳鼓動內容的短故事片組成，目的是揭示兩種不同的思想體系和道德原則之間的衝突：一方是建立在人道原則上的社會主義思想體系和共產主義道德；一方是妄圖為掠奪、壓迫和奴役世界各國人民進行辯解的帝國主義思想體系和法西斯主義「道德」。〔註18〕《戰時影片集》共包含七號作品。這七號作品的主要特色是形式的多樣化：有宣傳畫式影片（如《彈坑中的三人》），有短篇小說式影片（如《在老保姆身邊》）；有喜劇短片（如《安東·雷布金》），有正劇短片（如《勇敢》）；有速寫片（如《電報局事件》），有歌曲片（如6號作品）；有接近大型影片的作品（如《日爾孟克的宴會》），也有系列片（如「好兵帥克系列」）。其中，《日爾孟克的宴會》已經成為優秀的戰爭影片之一。

1942年，電影事業委員會和電影工作者的關注點日益轉向大型影片，《戰

〔註17〕蘇聯科學院藝術研究所編，龔逸霄譯，蘇聯電影史綱（第二卷）〔M〕，北京：中國電影出版社，1983年，第597～598頁。
〔註18〕蘇聯科學院藝術研究所編，龔逸霄譯，蘇聯電影史綱（第二卷）〔M〕，北京：中國電影出版社，1983年，第585頁。

時影片集》的思想藝術水平顯著降低，最終於 1942 年 8 月停止攝製。

3、電影長片

為了能夠對戰爭現實進行較深刻的概括，大型故事片的拍攝成為電影工作的重要任務。如果要用一個關鍵詞來概括二戰期間藝術電影的總體觀照，那麼這個詞應該是「人」——人的成長、人的命運、人的堅韌勇敢、人的精神優勢——無論這個人是黨員幹部還是普通群眾，是英雄人物還是普通一兵，是游擊隊員還是戰爭俘虜，總之，這一系列反映祖國保衛者的典型形象，共同呈現了蘇聯人民的英雄主義與愛國情懷。

質樸的姑娘瑪申卡在日常生活中堅忍不拔，甘願自我犧牲；來自伏爾加河畔的小夥子魯柯寧歷經困苦，成長為一名坦克兵少校；區委書記柯契特意志堅定，領導游擊隊員積極鬥爭；炊事兵雷布金偽裝混進德國人隊伍，使撤退的德軍遭受損失；集體農莊女莊員魯克揚諾娃從一個飽受痛苦折磨的法西斯受害者成長為為保護祖國榮譽而鬥爭的女英雄；第 217 號奴隸克留諾娃受盡法西斯的欺凌，終於奮起反抗回到祖國；科斯特洛夫上尉帶領著一小隊潛水兵為完成危險的戰鬥任務而英勇戰鬥；年輕愉快的好兵帥克憑自己的機智聰明戰勝敵人的士兵；醫生達蘭諾夫犧牲了自己的生命，把游擊隊長科列斯尼科夫從法西斯的虎口救出；列寧格勒前線的兩個蘇軍戰士朱賓和薩沙詮釋著深厚的戰鬥友情；被圍困的斯大林格勒，保衛者們在努力生活；敵佔區的普通百姓相互幫助、堅信勝利，日夜等待親愛的紅軍；敵佔區的蘇聯人民英勇不屈地抗擊著敵人；在後方，烏拉爾女兵斯維里多娃隨時準備著幫助遭受苦難的人們；集體農莊的人們頑強地生活。〔註 19〕

這當中的很多人物都成為蘇聯電影藝術的典範形象，這些電影真實地反映了蘇維埃愛國主義的力量、祖國保衛者的偉大精神；但是也有學者指出，戰爭發展過程中難以充分認識全局、電影生產條件制約以及電影製作周期較長等原因，使得沒有一部電影作品能以必要的深度和完整性體現出偉大衛國戰爭的主題。〔註 20〕

〔註 19〕這些人物和事件分別出自蘇聯二戰電影《瑪申卡》、《我城一少年》、《區委書記》、《安東·雷布金》、《她在保衛祖國》、《第 217 號人》、《潛水艇 T—9 號》、《好兵帥克新歷險記》、《侵略》、《兩個戰士》、《不可戰勝的人們》、《虹》、《寧死不屈》、《大地》和《祖國的原野》。

〔註 20〕蘇聯科學院藝術研究所編，龔逸霄譯，蘇聯電影史綱（第二卷）〔M〕，北京：中國電影出版社，1983 年，第 706 頁。

（二）戰後二戰電影

蘇聯電影事業的發展，在很大程度上與蘇共文藝政策的制定緊密相關。從 1905 年文藝創作黨性原則的提出，到 20 世紀三十年代社會主義現實主義創作原則的確立，以及四十年代末的「無衝突論」傾向和五十年代末對個人崇拜的抨擊等等，都對蘇聯文藝界產生了重要影響。在這一影響下，蘇聯電影和蘇聯文學的發展方向基本一致，尤其是很多優秀的電影劇本都改編自文學作品，這更使得蘇聯電影創作的發展與蘇聯文學浪潮的演進保持著一定程度上的相似性。

1、戰後重建時期的二戰電影（40 年代中期～50 年代上半期）

二戰結束後，聯共（布）中央通過的一系列決議，指責作家、記者、電影和戲劇工作者不問政治、缺乏原則、宣揚了資產階級的意識形態。〔註 21〕1946 年，文化部長亞歷山大·日丹諾夫掀起了一場純化意識形態運動，社會主義現實主義的創作原則比三十年代更加嚴厲苛刻，在這一教條要求下，作家和編劇都必須恪守共產主義的英雄主義和愛國主義精神，劇中人物的動機和目的不得有任何的曖昧猶疑，這一運動使得電影製片廠陷入幾乎完全停頓的狀態。〔註 22〕

戰後初期，比較有影響力的幾部電影包括：《眞正的人》（1948）、《青年近衛軍》（1948）、《斯大林格勒大血戰》（1949）和《攻克柏林》（1950）等。其中，《青年近衛軍》〔註 23〕和《眞正的人》〔註 24〕改編自文學作品，這兩部文學作品均完成於戰爭文學第一浪潮時期，它們的主要特徵是——英雄史詩式的寫實作品。《青年近衛軍》描寫了 1943 年 2 月蘇軍解放克拉斯諾頓市前夕，秘密戰鬥在這座城市裏的青年近衛軍壯烈犧牲的事實，影片力圖營造出一種紀念碑浮雕式的群像效果〔註 25〕。《眞正的人》表現了蘇聯空軍飛行員馬列西耶夫在作戰中失去雙足後，堅定信念艱苦訓練，憑藉假腿最終重返藍天

〔註 21〕　〔俄〕М·Р·澤齊娜，Л·В·科什曼，В·С·舒利金著，劉文飛、蘇玲譯，俄羅斯文化史，上海：上海譯文出版社，2005 年，第 295 頁。

〔註 22〕　〔美〕克莉絲汀·湯普森，大衛·波德維爾著，陳旭光、何一薇譯，世界電影史，北京：北京大學出版社，2004 年，第 376 頁。

〔註 23〕　《青年近衛軍》，蘇聯小說，作者亞歷山大·法捷耶夫（Александр Фадеев）。

〔註 24〕　《眞正的人》，蘇聯小說，作者鮑里斯·波列伏依（Борис Николаевич Полевой）。

〔註 25〕　〔美〕克莉絲汀·湯普森，大衛·波德維爾著，陳旭光、何一薇譯，世界電影史，北京：北京大學出版社，2004 年，第 377 頁。

的英雄事跡。《斯大林格勒大血戰》再現了 1942 年夏天，德軍包圍斯大林格勒，蘇聯軍民在斯大林領導下浴血奮戰、成功突圍並發動反攻、殲滅敵人的事件。《攻克柏林》表現了蘇聯軍隊攻佔德國堡壘柏林的歷史事件。後兩部作品場面宏大，具有一定的藝術價值，但是影片中過分誇大了最高領袖的作用，所以也被認為是「個人崇拜」過火的例子。

暫且不論影片中體現了怎樣的思想傾向，整體來看，40 年代下半期的蘇聯二戰電影，從不同層面再現了戰爭中的英雄形象：《斯大林格勒大血戰》等影片著墨於英雄領袖的歷史作用；《真正的人》等影片是英雄的傳記式書寫；《青年近衛軍》對英雄主義主題進行了多方面的、深刻的分析和思考〔註26〕。

相對於 40 年代對於戰爭和英雄主題的重視，50 年代上半期戰爭片的數量是非常少的，這一時期更渴求解決戰後的重大問題，表現蘇聯人民當時的生活和工作，所以暫時放下了衛國戰爭主題，戰爭主題到 50 年代下半期才重新出現。〔註27〕

2、「解凍」時期的二戰電影（50 年代中期～60 年代上半期）

1953 年 3 月，斯大林逝世。不久，赫魯曉夫執政，推行了許多旨在鬆動社會的改革措施，蘇聯社會進入「解凍」時期，掀起了反對個人迷信、批判官僚主義的熱潮〔註28〕。1956 年 2 月，蘇共二十大召開，這是一次具有重要轉折意義的大會。赫魯曉夫大膽攻擊斯大林的獨裁政策，特別揀出電影作為靶子，把電影說成是「個人崇拜」的重要溫床，公然抨擊了那些吹捧斯大林為軍事天才的影片，這樣做的結果是，解凍時期一些最具「修正主義」傾向的影片開始用新的視點來處理戰爭題材類型的影片〔註29〕，影片開始以新的角度揭示戰爭日常生活中的性格，表現蘇聯人在前線和後方建立的英雄功績〔註30〕。

這種英雄主義與戰後初期二戰電影中的英雄主義不同，它不是通過英雄

〔註26〕胡榕，重溫那遙遠的悲放——蘇聯反法西斯優秀影片評述〔J〕，世界電影，1995 年 2，第 7 頁。

〔註27〕蘇聯科學院藝術研究所編，龔逸宵譯，蘇聯電影史綱（第三卷）〔M〕，北京：中國電影出版社，1992 年，第 197 頁。

〔註28〕韓捷進，變革、釋放、新生——「解凍」時期與「新時期」文壇之特徵〔J〕，當代文壇，2010 年 5，第 58 頁。

〔註29〕〔美〕克莉絲汀·湯普森，大衛·波德維爾著，陳旭光、何一薇譯，世界電影史，北京：北京大學出版社，2004 年，第 378 頁。

〔註30〕蘇聯科學院藝術研究所編，龔逸宵譯，蘇聯電影史綱（第三卷）〔M〕，北京：中國電影出版社，1992 年，第 551 頁。

人物表現出來的，而是通過普通人表現出來，他們的英雄主義和愛國主義具有更加自然和樸實的色彩。比如電影《堅守要塞》（1956），表現了戰爭最初幾個月裏，布列斯特要塞的英勇防衛，影片的英雄主義表現在蘇聯人自覺地、忘我地履行自己的義務；電影《士兵們》（1956）講述的是伏爾加河岸戰役中，那些淳樸的居民，爲了和平和人道的目的拿起武器，表現了自然樸實的愛國主義；再比如《士兵之歌》（1959），影片再現的不是建樹功勳的英雄，只是一個純潔、質樸、富有同情心、熱愛自己祖國的年輕士兵，影片認爲，蘇聯人民的英雄主義就是這種品質的結晶。

這一時期很多電影的內容都是以前線日常生活的素材爲基礎的，而心理衝突常常決定影片的情節基礎。同時，環境、生活不是某種具有獨立意義的現象，而是在與主人公、與他們的命運相互作用和相互聯繫中揭示出來的〔註31〕。典型作品比如《雁南飛》（1957），人民的苦難通過個人的心理反映出來，個人的痛苦與人民的痛苦相融合，個人的命運與人民的命運不可分離；再比如《一個人的遭遇》（1959），揭示了主人公的內在思想和感情世界，作爲蘇聯千千萬萬勞動者中的一員，他歷經磨難，也在這一過程中確立了蘇聯人的道德力量和愛國主義。

總體而言，這一時期的二戰電影呈現出的主要特徵是：關注普通人，注重揭示人的內心世界，把人的命運與歷史相對照。此外，在大多數影片中都表現出強烈的反戰意識。

3、停滯年代的二戰電影（60年代中期～80年代上半期）

一般認爲，勃列日涅夫執政時期，是蘇聯歷史上的停滯時期。這一時期，僵化和保守思想占統治地位，在很多方面「悄悄地重新斯大林主義化」〔註32〕；但是，在談到文藝的發展時，這一時期並不能簡單地稱之爲「停滯」——之前的「解凍」儘管有其不徹底性和矛盾性，但還是極大地推動了藝術上的探索，這些探索在其後幾十年間繼續進行並結出了碩果。〔註33〕二戰電影的探索與發展正是如此，這一時期的二戰電影主要呈現出如下特徵：

〔註31〕蘇聯科學院藝術研究所編，龔逸霄譯，蘇聯電影史綱（第三卷）〔M〕，北京：中國電影出版社，1992年，第592頁。

〔註32〕陸南泉，蘇聯走近衰亡的勃列日涅夫時期〔J〕，東亞中歐研究，2001年6，第65頁。

〔註33〕〔俄〕M·P·澤齊娜，Л·B·科什曼，B·C·舒利金著，劉文飛、蘇玲譯，俄羅斯文化史，上海：上海譯文出版社，2005年，第321頁。

首先，就規模而言，既有全景史詩，又有「戰壕眞實」。

歷史性的電影圖景、宏偉的氣魄、努力突出事件規模的史詩風格，以及對事件的客觀概述，是全景史詩電影的重要特徵〔註34〕。比如，五集史詩影片《解放》（1970～1972），描寫了從1943年庫爾斯克戰役開始到攻克柏林的整個過程，是一部「無與倫比的蘇聯衛國戰爭英雄史詩」，也被譽爲蘇聯戰爭電影的「登峰造極之作」〔註35〕；再比如史詩影片《圍困》（1975），從1941年6月希特勒撕毀和約、進攻蘇聯、逼臨列寧格勒市郊開始，直至1943年1月德軍對列寧格勒長達兩年多的圍困終於被突破結束，再現了列寧格勒被圍困的艱難場景，謳歌了列寧格勒人民的英雄主義和頑強不屈的精神。

「戰壕眞實」，是從蘇聯戰爭文學中沿用的概念，「有限的活動地點、短暫的故事時間、爲數不多的人物以及圍繞中心人物展開事件」〔註36〕，是「戰壕眞實」題材的共同特點。「戰壕眞實」電影從「解凍」時期開始發展，在七八十年代得以延續。代表作品如《他們爲祖國而戰》（1975），該片根據肖洛霍夫的同名小說改編，由著名導演謝爾蓋・邦達爾丘克執導。影片再現了1942夏季蘇軍在頓河草原上的保衛戰，一支團隊在撤退途中，經過艱苦卓絕的戰鬥，完成了佔領高地的任務，保衛了團隊的旗幟，但付出了慘痛的代價。

第二，就題材而言，既有戰爭中的悲壯，又有戰爭外的悲涼。

這一時期的二戰電影，會關注前方的流血犧牲，也會關注後方的艱苦卓絕；會再現戰時的青春毀滅，也會再現戰後的悲傷往事。比如經典影片《這裏的黎明靜悄悄》（1972），五位年輕的姑娘，在與法西斯的搏鬥中獻出了自己寶貴的生命，她們是保衛祖國的英雄，同時也是戰爭的犧牲品；再比如《自己去看》（1985），小男孩弗羅亞親眼目睹了慘絕人寰的屠殺，目睹了德寇把整個村莊和村民燒成了灰燼，於是他在瞬間變老了，影片深刻揭露了法西斯的獸性與殘忍。

在硝煙之外，我們也會看到這樣一些影片，沒有槍聲，沒有戰鬥，但卻與戰爭有著深刻的關聯。比如影片《沒有戰爭的二十天》（1977），敘述了戰

〔註34〕胡榕，重溫那遙遠的悲放——蘇聯反法西斯優秀影片評述〔J〕，世界電影，1995年2，第17頁。

〔註35〕劉書亮，從《斯大林格勒大血戰》到《自己去看》——前蘇聯二戰題材電影的發展與演變述評〔J〕，當代電影，2005年5，第67頁。

〔註36〕陳敬詠，蘇聯戰爭文學——回顧與思考〔A〕，劉文飛，蘇聯文學反思〔M〕，北京：中國社會科學出版社，2005年，第164頁。

地記者洛巴金從前線返回後方，又從後方走上前線的二十天的經歷，他遇到了工作和生活在後方的人們，瞭解到他們的不同的命運和遭遇，影片呈現了一種悲涼的情緒，也再現了前後方的精神聯繫；影片《戰地浪漫曲》（1984）講述的是戰後艱苦歲月中的一段「三角戀愛」及其順利處理，故事發生的年代與戰爭無關，但是主人公都歷經了戰爭的洗禮，他們把美好的青春和感情都奉獻給了戰爭，又在戰後飽嘗了生活的困苦與悲傷，儘管戰爭已遠去，但是戰爭與人的關聯從未消失。

第三，就風格而言，以紀實性為主。

紀實性是這一時期二戰電影的主要特色，比如《敵後的戰線》（1981）和《小分隊》（1985）等影片，都運用了高度的紀實手法，或使用紀錄片片段，或實地取景，以突出人物行為、環境細節和思想感情的真實性，使影片更具感染力。除此之外，用真實重現歷史，也能幫助我們更深刻地反思現實，比如影片《43 年的德黑蘭》（1981），把 1943 年三國巨頭會議在德黑蘭舉行期間納粹分了陰謀製造恐怖破壞活動，與今天新納粹分子又在西方興風作浪聯繫起來，意在提醒人們防止歷史重演；影片《勝利》（1985）是為了紀念衛國戰爭 40 週年拍攝的，影片通過一名蘇聯記者和一名美國記者把人類歷史上兩次重要會議（1945 年的波茨坦會議和 1975 年的赫爾辛基會議）聯繫在了一起，希望能堅定人們捍衛會議成果的信心〔註 37〕。

整體而言，這一時期的電影具有濃厚的悲壯色彩，集中展現了戰爭的毀滅性力量——毀滅青春、毀滅愛情、毀滅生命、毀滅人性，很多影片都在深刻反思人與戰爭的關係。

4、改革時期的二戰電影（80 年代中期～1991）

1986 年，蘇共第二十七次代表大會召開，會上正式提出「民主化」和「公開化」的口號，蘇聯社會開始改革。電影界也積極響應號召，進行了轟轟烈烈的電影改革，解禁影片、取消審查制度、打破統一放映體制、取消進口限額以及取消黨的領導，這一系列措施給予了電影界極大的自由，電影生產出現短暫繁榮，但是由於改革過激、缺乏有效管理等原因，蘇聯電影改革以失敗告終〔註 38〕，這也為 20 世紀 90 年代俄羅斯電影的困頓埋下了伏筆。

〔註 37〕戴光晰，血與火的冶煉——前蘇聯銀幕上的反法西斯戰爭〔J〕，電影藝術，1995 年 4，第 47 頁。

〔註 38〕李芝芳，當代俄羅斯電影〔M〕，北京：文化藝術出版社，2003 年，第 1～26

這一時期的二戰電影非常少，比較典型的兩部是《途中考驗》（1986）和《後來發生了戰爭》（1987）。《途中考驗》是一部解禁作品，拍攝於 1971 年，1986 年才獲准上映，影片主角是一個曾背叛失節又眞心歸隊並歷經考驗忠誠報國的蘇軍士兵。《後來發生了戰爭》表現的是反法西斯戰爭爆發之前，一批即將走上戰場的九年級學生的成長，後來戰爭爆發，他們紛紛參戰並爲國捐軀。

以上，我們回顧了蘇聯二戰電影五十年的歷程。整體來說，從再現人的英雄行爲，到關注人與時代的共同命運，再到思考人與戰爭的關係，蘇聯二戰電影的主題逐步深化。從最初的抵制侵略反抗法西斯，到後來的譴責戰爭反戰爭，英雄主義、愛國主義和人道主義思想一以貫之。

三、新圖景：俄聯邦二戰電影

蘇聯解體之後，俄羅斯的電影工業陷入低谷。20 世紀 90 年代中後期，在國家的重視與支持下，電影業逐步恢復了平穩發展。

在二戰電影領域，2000 年以前的作品很少，相對比較有代表性的作品是《我是一個俄羅斯士兵（Я-русский солдат）》（1995），該片改編自鮑里斯·瓦西里耶夫（Борис Васильев）的小說《未列入名冊（В списках не значился）》，導演安德烈·馬柳科夫（Андрей Малюков）。影片主角是一個剛剛從軍校畢業來到布列斯特要塞的年輕中尉普盧日尼科夫，還沒來得及被列入名冊，戰鬥就已打響。布列斯特要塞陷入敵軍的重重包圍，普盧日尼科夫與戰友們在地下工事裏與德軍頑強戰鬥數月，身邊的戰友一個一個倒下，作爲要塞最後的捍衛者，普盧日尼科夫最終彈盡糧絕被德軍包圍，當德國軍官讓他說出自己名字的時候，他回答：「我是一個俄羅斯士兵」，之後在敵軍軍官的軍禮中壯烈犧牲。該片曾獲得 1996 年金騎士國際電影節特別獎。

2000 年以後，俄羅斯電影業日漸復興，二戰電影又重新回歸影壇，成爲俄羅斯電影獨特而重要的組成部分。在這一節中，本研究將具體介紹 2001～2010 十年間俄羅斯二戰電影的代表作品，來呈現一個相對全面的二戰電影新圖景。

《44 年 8 月（В августе 44-го）》（2001）是一部諜戰類二戰影片，由俄羅斯和白俄羅斯合作拍攝，導演米哈伊爾·普塔舒克（Михаил Пташук）。該影片改編自蘇聯著名作家弗拉基米爾·博戈莫洛夫（Владимир Осипович

頁。

Богомолов）的同名小說，這本小說曾經兩度被改編爲電影，觀眾比較熟悉的是普塔舒克的這一版本〔註39〕。博戈莫洛夫的另一部作品《伊萬》（1957）更加廣爲人知，曾被翻譯成 40 多種語言重印超過 200 次，並且在 1962 年被蘇聯電影大師安德列·塔可夫斯基（Андрей Тарковский）搬上了銀幕（電影《伊萬的童年》）。影片《44 年 8 月》講述的事件發生在白俄羅斯，當時的主要形勢是，在白俄羅斯已經解放的領土叢林中，有敵方的許多殘餘勢力、爪牙、叛徒和賣國賊，還存在一些民族主義組織，他們依據形勢結成團夥，隱藏在山林中。據蘇軍截獲的電報顯示，有一個呼號爲 KAO 的德軍專業間諜小組正在白俄森林地帶活動，他們把獲得的情報發回德國，直接威脅著蘇軍在波羅的海地區的作戰計劃。爲了搜捕這些間諜人員，蘇軍派出以阿廖金爲首的反間諜行動小組，直接負責這次代號爲「涅曼」的案件。在斯大林的親自督辦下，大本營、內務部等部門全都行動起來。搜查小組尋找到若幹線索，但是一直沒能搜查到間諜人員。斯大林限期一晝夜查清此案，時間非常緊迫。內務部決定在森林裏實施軍事行動殲滅間諜小組，爲了活捉間諜人員，阿廖金小組在森林中布下埋伏，通過與僞裝成蘇聯軍官的間諜人員鬥智鬥勇，終於在內務部的軍事行動之前抓獲了間諜人員，粉碎了敵人的陰謀。2008 年，俄羅斯聯邦安全局稱，《44 年 8 月》是一部最可信的電影改編作品，它眞實再現了俄（蘇）反間諜人員的生活和工作。〔註40〕

電影《星（Звезда）》（2002）是一部蘇聯味十足的衛國戰爭題材影片，導演尼古拉·列別傑夫（Николай Лебедев）。電影改編自埃馬努伊爾·卡扎克維奇（Эммануил Казакевич）在 1947 年發表的同名小說，該小說發表之後第二年曾獲得斯大林獎章，這部文學作品在 1949 年和 2002 年兩度被搬上銀幕。1949 年版由蘇聯戰爭題材導演阿列克謝·伊萬諾夫（Александр Иванов）改編，因爲影片中出現了在當時認爲不該公開的眞實情節，所以被推遲四年上映；與前人相比，列別傑夫在創作上有了更大的自由和空間，不過列別傑夫並沒有改變小說的情節內容，還是拍攝了一部表現前蘇聯人民英勇抗擊法西

〔註39〕 博戈莫洛夫本人很反對將小說改編成電影，雖然經過協商，這部作品後來還是被搬上了銀幕，但是博戈莫洛夫並不是很滿意電影作品，他要求電影不可以使用小說的名字《眞相時刻（Момент истины）》，也拒絕將自己的名字顯示在電影拷貝中。後來電影使用了小說的另一個名字《44 年 8 月》。

〔註40〕 ФСБ：「В августе 44-го」——наиболее правдивый фильм о контрразведчиках. РИА Новости. http://ria.ru/culture/20081204/156485579.html.

斯侵略者的傳統影片，當然也有人認爲影片完全按照前蘇聯的手法拍攝，沒有新意〔註41〕。電影講述了 1944 年夏天在蘇聯西部邊界發生的故事：蘇聯軍隊正在與德軍艱難作戰，有跡象顯示，德軍正在戰線防禦縱深內調整兵力部署，如果不設法弄清德軍兵力調動情況以及作戰計劃，蘇軍在隨後的戰役中將處於極其危險的境地。蘇軍已經派出兩個偵察小分隊，但是派出的偵察兵大部分都犧牲了，爲了摸清敵軍部署的變更情況、目的和性質，查明敵軍在此區域內的作戰意圖，指揮部決定派出的第三支偵察小分隊，小分隊以特拉夫金中尉爲首，隊員都是年輕戰士，隊伍代號「星星」通過電臺向總部「大地」彙報情況。通過偵查，小分隊掌握了大量情報並彙報給總部，後來他們的行蹤被德軍發現，德軍包圍了小分隊，最後關頭，特拉夫金通過電臺傳遞回總部最後一條重要情報，圓滿完成了任務，但是在與德軍的激戰中，偵查員全部壯烈犧牲。影片再現了戰爭年代偵察兵的壯舉，這一引人入勝的故事充滿了革命的浪漫主義和英雄主義。該影片曾在國內外獲得多項大獎，包括休斯頓電影節金雷米獎、2002 年度俄羅斯聯邦國家獎、歐洲之窗電影節最受觀眾歡迎獎和塔夫爾電影節最佳音樂獎等等。

　　電影《布穀鳥（Кукушка）》（2002）是俄羅斯著名導演亞歷山大·羅戈日金（Александр Рогожкин）的作品。該片上映後，橫掃國內國際各大電影節，斬獲多項大獎，包括第 24 屆莫斯科國際電影節最佳導演獎、最佳男主角和最受觀眾歡迎獎；2002 年俄羅斯國家電影獎「金羊獎」最佳影片、最佳劇本和最佳女主角獎；2002 年俄羅斯國家電影獎「金鷹獎」最佳影片、最佳導演、最佳編劇和最佳男主角獎；2002 年俄羅斯國家電影獎「尼卡獎」最佳影片、最佳導演和最佳女主角獎；也曾作爲「21 世紀十佳衛國戰爭電影」獲得第八屆火魂國際電影節特別大獎「金森林獎」。影片《布穀鳥》講述了 1944 年 9 月，芬蘭和蘇聯達成了停戰協議，在蘇芬邊境，一個厭倦了戰爭的芬蘭狙擊手維科，一個不想再打仗的蘇聯軍官伊萬，與一個死了丈夫的拉普女人安妮相遇和相處的故事。故事的開始，正在撤退的德國人把維科用鐵鏈鎖在了岩石上，並給他穿了法西斯的制服，維科想盡各種辦法終於掙脫了岩石，之後他來到安妮家裏借工具希望打開腳上的鎖鏈。蘇聯軍人伊萬遭受誣陷被反間諜局逮捕，在押送途中遭遇空襲，身負重傷，之後被安妮救活。因爲三個人講著三種語言，並不能確切理解對方的意思，所以儘管維科百般解釋自己不是法西斯是芬蘭人，但伊萬

〔註41〕李芝芳，當代俄羅斯電影，北京：文化藝術出版社 2003 年，第 139～142 頁。

還是對維科充滿敵意。在三個人的相處過程中，安妮先後與兩個男人產生感情。當伊萬開槍擊傷維科，緊接著得知蘇芬停戰的消息後，他又把維科帶回到安妮家裏，安妮爲維科療傷救活了他。兩個男人化敵爲友，安妮知道他們都想回到自己的家鄉，於是爲他們縫製了鹿皮大衣，送走了他們。影片結尾，安妮有了兩個孿生兒子，他們的名字和他們的父親一樣，也叫維科和伊萬。整部影片遠離戰爭，吹響了和平的號角。謝爾蓋·庫德里亞夫朵夫（Сергей Кудрявцев）評價說，《布穀鳥》就像是一部成人的童話，它帶著和平與仁愛的情感，它給予人們希望，讓人們能夠眞正相互理解。當人們生存在和平而不是戰爭中的時候，愛是他們的唯一需要。〔註42〕

　　電影《最後的列車（Последний поезд）》（2003）曾在第60屆威尼斯國際電影節上獲得路易吉·德·勞倫蒂斯獎（特別獎）。影片的導演阿列克謝·小格爾曼（Алексей АлексеевичГерман）出生在一個文藝家庭，他的父親是導演，母親是編劇，祖父是作家。2008年小格爾曼還曾憑藉電影《紙戰士（Бумажный солдат）》獲得威尼斯國際電影節最佳導演銀獅獎。電影講述的故事發生在1944年初的冬天，故事的主角是一位很胖很笨拙的德國軍醫保羅·費施巴赫，他應徵乘火車來到東部陣線，當時德軍已經在後退而不是前進。電影主要由兩段對話構成，第一段對話是保羅·費施巴赫來到戰地醫療所之後，與另一位德國軍醫拉里弗的對話，拉里弗已經不相信還有所謂的前線，他消極怠工，並且認爲不會有車來接他們，他們將會死在那裏，後來他氣憤地趕走了保羅；第二段對話是保羅·費施巴赫想要走到前線去，路上他遇到了一位德國郵差，郵差是和他乘坐同一班火車抵達的，兩個人在暴風雪裏艱難痛苦地前行，他們躲過了空襲和游擊戰，最終還是被嚴寒吞沒。戰爭讓他們厭煩，他們沒有直接參與作戰，但最終卻凍死在異國他鄉。當保羅走下火車車廂的時候，那已經成爲他生命中最後一班列車。影片末尾有一段字幕，大致是講，他沒有親人沒有孩子，沒人知道他的結局，很快他的名字也被人遺忘，直到若干年後他朋友的孫子在舊畫冊裏看到他的照片，他們也只是對這個看上去很笨拙的人一笑了之。

　　電影《公牛座（В созвездии Быка）》（2003）是導演彼得·托多羅夫斯基（Пётр Тодоровский）的作品，托多羅夫斯基憑藉該片獲得了歐洲之窗電影節塔可夫斯基獎和莫斯科人權國際電影節導演協會獎。彼得·塔多羅夫斯基出

〔註42〕Сергей Кудрявцев.3500 кинорецензий.В 2-х тт. Т.1 А－М.－М.，2008.轉引自 http://www.kinopoisk.ru/review/880927/

生在 1925 年，參加過二戰，後來從電影學院畢業，多年來一直從事電影創作，是一位很受尊敬的老藝術家，多次獲得各類電影獎項，2000 年還曾因其對電影業的傑出貢獻獲得俄羅斯總統特別獎。影片《公牛座》講述的故事發生在 1942 年 11 月，斯大林格勒保衛戰正激烈的時刻。在斯大林格勒附近，有一個叫做舍什卡的小村莊，戰爭並沒有綿延到這裏，村民還是努力過著相對正常的生活，同時也嘗試著救助那些因飢餓和寒冷撤離到村裏的城里人。大部分男孩子都偷偷喜歡著當地的美女卡莉亞，其中包括當地牧民小夥子萬尼亞和從城市撤離到村莊的小夥子伊戈爾。卡莉亞更喜歡漂亮的受過教育的伊戈爾，萬尼亞只能向他的公牛訴說自己的嫉妒和痛苦。後來，蘇聯部隊到村子裏徵收了所有的乾草，萬尼亞意識到公牛們可能會飢餓致死，於是他決定去雪原為公牛尋找食物，他也相信這能夠證明自己對卡莉亞的愛。萬尼亞和伊戈爾一同出發了，在雪原他們找到了很多乾草，兩個人高高興興要返回村莊的時候，遇到了一位掉隊的德國醫療兵，情急之中德國兵開槍打傷了伊戈爾，萬尼亞氣憤地想要幹掉德國兵，但是伊戈爾說不要殺害戰俘。後來德國兵和萬尼亞共同搶救了伊戈爾，彼此也獲得了信任。當他們即將趕回村莊的時候，蘇聯飛機撒下若干紅色傳單，蘇聯獲得了斯大林保衛戰的勝利，德國兵舉手投降。

　　《第二戰線（Второй фронт）》（2004）由俄羅斯和美國合作攝製，導演德米特里·菲克斯（Дмитрий Фикс）。1942 年 4 月，第二次世界大戰初期，德國猶太科學家尼克·勞斯逃到英國，繼續研製具有極強破壞力的新武器，英國、德國、美國和蘇聯都在嚴密監視他的行蹤，並密切關注他的研究進展。他的女朋友奧爾加是當紅電影明星，蘇聯人，她的父親曾經是蘇聯駐瑞典大使，後來回到蘇聯參加了一次會議之後便杳無音訊，她的母親在納粹空襲中喪生，蘇聯承諾奧爾加，如果她能幫助蘇聯人拿到尼克·勞斯的計算公式，便把她的父親放出來，奧爾加認為自己的愛與任務是結合在一起的，她希望能在不背叛尼克的情況下完成任務。後來德國人擄走了尼克，為了不讓科學家落在納粹手中，英國、美國和蘇聯間諜聯合起來，他們喬裝打扮混進了德國人的駐地，設計救出了科學家尼克。但是當尼克被救出之後，又出現了新的矛盾，尼克的秘密公式到底會落到誰的手裏，是蘇聯還是美國？在飛機上，美國間諜和蘇聯間諜發生衝突，蘇聯間諜和科學家尼克都死了。最後美國間諜弗蘭克和奧爾加回到了美國，在弗蘭克的幫助下，奧爾加沒有被美國軍方

逮捕，但事實上，奧爾加手裏有尼克的秘密公式，她後來回到倫敦，把公式交給了蘇聯，希望能換回自己的父親，但結果是公式被蘇聯人拿走，這一公式在原子彈的發明中發揮了重要作用，而奧爾加則被逮捕，在英國的監獄中度過了戰爭歲月，她終於知道，她的父親其實早在 1936 年已經被斯大林處決。有網友認為，在這部片子中，蘇聯人的表現太糟糕了，這在俄蘇二戰電影中是從未有過的。〔註43〕

《非公務任務（Неслужебное задание）》（2004）導演維塔利・沃羅比約夫（Виталий Воробьёв），該片曾獲得 2004 年奧澤洛夫國際軍事電影節〔註44〕特別獎「真實反映愛國主義主題的戰爭電影獎」。影片講述的故事發生在 1945年 6 月，德國投降之後，戰爭已經宣告結束，但在捷克境內仍有一支德軍小分隊試圖穿越蘇軍西部防線，在一場小型戰鬥中，蘇聯偵察兵消滅了一部分德國兵，但是還有一部分殘餘力量撤回到樹林中。蘇軍指揮官命令偵查支隊和哥薩克士兵聯合起來共同消滅納粹力量。蘇軍和哥薩克士兵在戰鬥中結下了深厚情誼，經過伏擊戰和激烈的正面交鋒之後，很多戰士犧牲了，但是蘇聯還是取得了最後的勝利，徹底消滅了德軍殘餘勢力。

《自己人（Свои）》（2004）導演德米特里・梅斯希耶夫（Дмитрий Месхиев），編劇瓦連京・切爾內赫（Валентин Черных），切爾內赫也是經典影片《莫斯科不相信眼淚》的編劇。影片《自己人》曾獲得第 26 屆莫斯科國際電影節最佳影片、最佳導演、最佳男演員和俄羅斯影評人獎；2004 年俄羅斯尼卡獎最佳影片和最佳編劇獎；2004 年俄羅斯金鷹獎最佳編劇、最佳攝影和最佳男演員獎。影片講述的故事發生在 1941 年 8 月，德國人衝進普斯科夫地區的一個村莊，殺害了許多人，混亂中三個紅軍戰士扔掉了軍服，穿上普通人的衣服，主動投降成為俘虜。這三個人分別是政治指導員利夫希茨、肅反工作人員阿納托利和年輕狙擊手布利諾夫。在被俘人員行進過程中，這三個人又中途逃脫了，之後藏到了狙擊手布利諾夫的家裏。布利諾夫的父親是村長，布利諾夫的未婚妻卡佳正被警察局長覬覦，警察局長同時又要抓捕三個逃兵。雖然此時周邊戰爭正激烈，但是在這個村莊裏，相對遠離戰事，更

〔註43〕http://www.kinopoisk.ru/filM/81610/
〔註44〕奧澤洛夫國際軍事電影節是為了紀念蘇（俄）著名電影導演尤里・奧澤洛夫
　　　　而創辦的電影節，奧澤洛夫曾經拍攝過《莫斯科保衛戰》、《斯大林格勒大血
　　　　戰》和《解放》等著名戰爭影片。

激烈的反倒是「自己人」和「其他人」的鬥爭，愛情、背叛和復仇同時上演，充分展現了人性的複雜。最終，警察局長被幹掉，利夫希茨犧牲了，阿納托利和布利諾夫前往莫斯科尋找大部隊。影片從全新角度出發，展現了人在戰爭的極端環境下力求生存的複雜心態，「非常貼切地表現了偉大歷史事件中單個的人」，雖然與俄蘇以往的二戰題材影片中表現英雄主義和犧牲精神的內容有所不同，但表現的仍然是一種愛國主義精神〔註45〕。

《堆聚石頭有時（Время собирать камни）》（2005）導演阿列克謝·卡列林（Алексей Карелин），改編自已過世的尤利·敦斯基（Юлий Дунский）和瓦列里·弗里德（Валерий Фрид）的劇本。在 2005 年阿穆爾之秋電影節上，卡列林憑藉此片獲得最佳導演獎，敦斯基和弗里德被追授最佳編劇獎。該片片名出自《聖經·舊約全書》：「生有時，死有時……拋擲石頭有時，堆聚石頭有時……爭戰有時，和好有時」，從片名中也可大致看出影片主旨。影片講述的故事發生在 1945 年，德國投降之後，在蘇聯土地上還遺留著德軍安設的多處地雷，德軍軍官魯道夫出於責任和良知不肯撤退，要留下幫助蘇聯人排雷。後來魯道夫與蘇軍大尉焦明共同執行排雷任務，在排雷開始的時候，魯道夫的行為並不能為焦明所理解，焦明會用各種方式來打擊刺激魯道夫。通過不斷接觸，焦明對魯道夫的態度逐漸發生了轉變，後來他甚至幫助魯道夫來解除市民的圍攻。最終，魯道夫在排雷過程中犧牲了，而焦明則肩負排雷重任走向下一處戰場。影片想表達的主題是，法西斯不僅是蘇聯人的敵人，也是德國人的敵人。

影片《無敵艦長（Первый после Бога）》（2005）導演瓦西里·奇金斯基（Василий Чигинский）。影片製片人表示，該片取材於蘇聯潛艇指揮官亞歷山大·馬里涅斯科（Александр Маринеско）的傳記，電影的主角叫亞歷山大·馬里寧（Александр Маринин）。影片講述的故事發生在 1944 年的芬蘭海軍基地，電影以小姑娘丹娘的視角展開敘述，她是一個新來到海軍艦隊工作的服務員，從第一眼就迷戀上了馬里寧，但是從未表白過，只是在一旁靜靜地看著。但是馬里寧並未在意小女孩的愛情，他正和小酒館的老闆娘，一個瑞典女人打得火熱。馬里寧帶領作戰部隊凱旋，同時內務部正在調查馬里寧，他的哥哥是蘇聯政權的敵人，內務部懷疑馬里寧仍然和哥哥有聯繫，馬里寧在

〔註45〕李芝芳，戰爭夾縫中的生存哲學：《自己人》〔J〕，當代電影，2005 年 5，第
154 頁。

內務部少校的誘導下去找哥哥，哥哥沒找到，自己卻被逮捕。這個時候馬里
寧的上級來接他執行任務，以個人權力保下了馬里寧，並叮囑馬里寧一定要
勝利。經過激烈作戰，殲敵眾多，戰艦勝利。當所有人都以爲全軍覆沒、沉
痛紀念的時候，馬里寧孤身一人回到了駐地。丹娘很開心，儘管馬里寧沒有
發現她的注視，但是在丹娘心目中，馬里寧依然是最幸運的無敵艦隊指揮官，
是除了上帝最大的人。「除了上帝最大的人」其實也是影片片名的直譯。

　　電影《紅天黑雪（Красное небо. Чёрный снег）》（2005）導演瓦列里·奧
戈羅德尼科夫（Валерий Огородников），該片改編自新西伯利亞作家瓦西里·
孔亞科夫（Василий Коньяков）的小說《不要把小提琴藏在盒子裏（Не прячте
скрипки в футлярах）》。導演奧戈羅德尼科夫在 2005 年「節中節」國際電影節
獲得銅獎，影片主演曾獲 2005 年斯拉夫與東正教人民「金騎士」國際電影節
最佳男、女演員獎。影片講述的故事發生在 1943 年，距離前線 1500 公里的
一個烏拉爾小鎮，有很多疏散群眾從俄羅斯中部來到這裏。在坦克工廠裏生
活和工作著一群小夥子，軍事指揮官沙特羅夫負責他們的軍事訓練。從斯大
林格勒疏散來的美女利達出現之後，鎮上所有男人都愛上了她，包括小夥子
們，匪徒加利姆比耶夫斯基和沙特羅夫，沙特羅夫死去的新娘長得很像利達。
小夥子們在沙特羅夫的帶領下掀起了一場反對加利姆比耶夫斯基的鬥爭。故
事的結局是他們都去了前線，爲了守護他們的利達，他們的家，他們的城市，
他們的祖國。導演奧戈羅德尼科夫是在戰後出生的一代人，他的家鄉就在烏
拉爾。他說，紅色和黑色是他童年的顏色：紅色，是冶金廠煙囪裏飄出的煙
霧的顏色；黑色，是冶金者文化休閒公園裏雪的顏色；這兩種顏色也是那場
正在進行中的戰爭的顏色。〔註 46〕

　　電影《霧靄茫茫（Полумгла）》（2005）導演阿爾喬姆·安東諾夫（Артём
Антонов），安東諾夫出生於 1978 年，是一位非常年輕的導演。該片曾獲得
2005 年歐洲之窗電影節俄羅斯影評人獎；2005 年北方壁畫電影節最佳故事片
獎和最受觀眾歡迎獎；2006 年奧澤洛夫國際軍事電影節最佳首映獎等。影片
講述的故事發生在 1945 年冬天，戰爭結束後，一隊德國戰俘被驅趕到俄羅斯
北部一個遙遠的小村莊建設無線電信號塔。年輕的炮兵中尉阿諾欣負傷後，
被委派到這個村莊監督德國戰俘完成建設任務，阿諾欣痛恨法西斯也只能接

〔註 46〕 Валерий Огородников：「Красное и черное-цвета моего детства」.Газета
　　　　《Известия》.http://izvestia.ru/news/256313

受命令。他們來到的村莊裏沒有男人，那些父親、兒子、丈夫全都去了戰場並且再沒有回來，村裏只有婦女、年長的老人和兒童。起初婦女們都非常反感和仇恨這些德國戰俘，但是後來他們的關係逐漸發生了變化，甚至產生了愛情。

電影《流氓（Сволочи）》（2006）導演亞歷山大·阿塔涅相（Александр Атанесян），改編自俄羅斯作家弗拉基米爾·庫寧（Владимир Кунин）的作品。影片曾獲 2007 年俄羅斯 MTV 電影獎最佳影片，頒獎儀式上曾有一個插曲，給該片頒獎的嘉賓導演弗拉基米爾·梅尼紹夫拒絕讀取信封裏的內容，他認為這樣的影片羞辱了自己的國家，後來是由其他嘉賓頒了獎。俄羅斯一些公眾人物也表示，這部電影詆毀了蘇聯，貶低了蘇聯人民在二戰期間的作用〔註47〕。影片講述的故事發生在 1943 年，在疏散地區無家可歸的孩子大概有 67 萬人，他們大部分是流浪兒、乞丐、小偷和謀殺犯。蘇聯文件指示，對這些孩子按照成年人標準和蘇聯法律執行，但是指揮官們決定延緩這些少年犯的命運，給他們機會在祖國面前贖罪。他們為少年犯成立了一所破壞者學校，由剛從監獄釋放的中尉安東·韋什涅維茨基任校長並贖自己的罪。學校的營地設立在哈薩克斯坦山脈，經過三個月的魔鬼訓練之後，很多孩子死掉了，剩下一批相對頑強的孩子，這些孩子又因為個人恩怨互相殘殺。後來孩子們被組織起來去執行危險的任務——爆破德軍的燃料庫，任務結束後，只有兩個人生還，直到勝利六十週年的時候他們才重逢。

《中轉站（Перегон）》（2006）導演亞歷山大·羅戈日金（Александр Рогожкин），該片曾獲得 2006 年塔夫爾電影節提名。在影片《中轉站》中，會多少看到一些影片《布穀鳥》的影子，《布穀鳥》裏用到了三種語言——俄語、芬蘭語和拉普語，《中轉站》裏也有三種語言——俄語、英語和楚科奇語，只是語言問題在兩部影片中所起的作用不盡相同。影片《中轉站》講述的故事發生在 1943 年的楚科奇半島，蘇軍在這裏設立了一個機場作為中轉站，美國飛行員把飛機等物資送到這裏，再由蘇聯飛行員轉運到前線去。影片的主要情節大致可以分為兩部分：第一部分，美國飛行員是一群年輕漂亮的女孩子，這吸引了中轉站上很多蘇聯小夥子的目光，但是由於語言交流存在障礙，在他們之間發生了一些有趣的故事，也有一些情感上的失落；第二部分，機

〔註47〕 Владимир Меньшов не отдал приз《Сволочам》.Комсомольская правда. http://www.kp.ru/daily/23891/66335/

場指揮員尤爾琴科遇害，內務部派人前來調查，機場的很多人都成爲被懷疑的對象，包括機場隊長、尤爾琴科的妻子、機場的維修工人、廚房人員和當地的楚科奇人等，經過內務部的調查，排除了很多人的嫌疑，最後目標鎖定在廚房女工楚科奇人瓦蓮京娜身上，她經常被尤爾琴科調戲並且已經懷孕。在廚師羅曼的掩護下，瓦蓮京娜沒有被內務部逮捕。影片的結尾，1953 年，瓦蓮京娜帶著兒子回到楚科奇，一切歸於平靜。影片中所描寫的二戰，沒有戰火，只有人與人之間的相處，以及無處不在的政治。

　　電影《弗朗茨與波林娜（Франц＋Полина）》（2006）導演米哈伊爾·謝加爾（Михайл Сегал）。影片改編自白俄羅斯作家阿列西·阿達莫維奇（Алесь Адамович）的小說《啞巴（Немой）》，小說發表在 1992 年，講述了一個德國士兵和一個白俄羅斯姑娘之間的愛情故事。1993 年，阿達莫維奇把小說改編成了劇本《弗朗茨與波林娜》，1994 年作者去世了，很遺憾他沒能在有生之年看到劇本被搬上銀幕。該片曾在各大電影節多次獲獎，包括 2007 年「俄羅斯電影萬歲」電影節最佳導演，2007 年上海電視節電視電影最佳男主角，2007 年「火魂」國際電影節最佳攝影，2007 年邦達爾丘克軍事愛國主義電影節最佳女主角等等。影片講述了 1943 年，爲打擊白俄游擊隊並響應「摧毀斯拉夫計劃」，納粹燒毀了白俄羅斯的上百村莊，死傷無數。駐紮在某村莊的黨衛軍在最後一刻接到燒毀村莊的命令，但生性善良的士兵弗朗茨不願參與此行動。他打死了自己的指揮官，帶著愛慕的白俄羅斯姑娘波林娜藏了起來。共同經歷許多危險狀況之後，儘管語言不通，他們還是相愛了，波林娜有了身孕。後來波林娜受了重傷，弗朗茨裝作啞巴帶著波林娜一起走在逃難的蘇聯人群中。弗朗茨冒險去買藥，救活了波林娜，但是自己發高燒說胡話，被難民們發現他是個德國人。難民們理解弗朗茨和波林娜，但是一個親眼見到自己家人被殺害的男孩想殺掉弗朗茨。弗朗茨去給波林娜打水的時候，小男孩帶槍跟上了他，但是影片最後並沒有明確說明小男孩是否開槍。

　　《勝利日（День Победы）》（2006）導演費奧多爾·彼得魯欣（Федор Петрухин）。影片從勝利日的紅場閱兵儀式講起，兩位老兵不甚投機地聊天，他們都沒有認出對方曾經是自己的戰友。影片分別從兩位老兵的回憶切入戰爭年代，他們回想起戰爭的動員、軍中的生活，以及共同完成穿越雷區的任務。那一場戰爭傷亡慘重，最後剩下的三個人成功爆破了德軍營地，其中一人犧牲，影片中的兩位主角活了下來。最後，回到 21 世紀的紅場，兩位老兵終於相認，並一起坐在露天酒館裏紀念他們的戰友。

影片《阻力（Противостояние）》（2006），導演維塔利·沃羅比約夫（Виталий Воробьев）。影片講述的故事是，經過與德軍的浴血奮戰，紅軍解放了摩爾多瓦。為了抹黑蘇聯軍人在百姓眼中的形象，德國人留下了一支突擊隊，由一些蘇聯戰俘組成，他們偽裝成紅軍，殺害婦女、兒童和老人，當地群眾對紅軍深惡痛絕。中尉別司法米林帶領偵察隊負責尋找並消滅偽軍，偵察隊經過奮力抵抗，終於取得了勝利。

影片《列寧格勒（Ленинград）》（2007）編劇、導演亞歷山大·布拉夫斯基（Александр Буравский），該片是一部電視電影，曾獲得 2007 年俄羅斯國家電視獎「太妃獎」〔註 48〕電視電影最佳編劇和最佳導演獎。影片講述的是 1941 年，列寧格勒陷入了「德國鐵鉗」的包圍，列寧格勒人民經歷了飢餓、寒冷、破壞和轟炸等等各種苦難。1941 年 10 月，城裏的糧食儲備只能再堅持九天。從外界獲取糧食的通道拉多加湖只有一層薄冰，運送糧食的汽車無法通行。人們隨時面臨著飢餓致死的危險。獲救的唯一希望是一條狹窄的已經凍透的淺灘。只有水文地理科學家瓦西里·克勞斯知道它的位置，於是人們開始尋找克勞斯，在尋找過程中經歷了一系列波折，最終找到了通往淺灘的路線。影片希望這場可怕的悲劇不會被人們遺忘，也希望向世界宣告列寧格勒人民的偉大功勳。大明星、大場面、大製作，該片是俄羅斯耗資最大、規模最大的電影作品之一。

影片《祖國或者死亡（Родина или смерть）》（2007）導演阿拉·克里尼岑娜（Алла Криницына）。該片曾獲得第 16 屆阿爾捷克國際兒童電影節最智慧電影，「21 世紀新電影」國際電影節兒童評委會最佳電影獎。影片講述的故事發生在 1942 年秋天，在靠近前線地區發生了大規模的鐵路破壞，向前線輸送士兵和武器的蘇聯軍用列車被炸毀。經過蘇聯內務部和軍事反間諜組織調查，得知在靠近前線地區，有一群從德國訓練營派出的十幾歲的孩子，是他們在進行破壞。這個訓練營是法西斯在佔領區內建立起來的，營地的基礎是原來的「兒童之家」──由沒來得及撤離的「人民的敵人」的孩子組成，法西斯認為這些失去父母的孩子，又帶著「人民敵人」的印記，應該很容易被改造，於是他們教導孩子們痛恨蘇維埃政權，學習德語，希望把他們變成工具，但是他們的算盤打錯了。孩子們看似陷入絕望的境地沒有選擇，但事實上他們還是做出了選擇：抵制暴力、保衛自己的土地。

〔註 48〕「太妃獎」之於俄羅斯，相當於「艾美獎」之於美國。

電影《我們來自未來（Мы из будущего）》（2008）導演安德烈・馬柳科夫（Андрей Малюков），影片曾獲得 2008 年烏克蘭金雙桅船國際電影節最佳導演，2008 年「俄羅斯電影萬歲」電影節最佳男主角，2009 年俄羅斯金鷹獎最佳剪輯，2009 年俄羅斯 MTV 電影獎「表現蘇聯士兵反攻」最佳動作獎等。這是一部穿越的影片，影片中呈現了兩個時空，一個是 21 世紀的聖彼得堡，一個是 1942 年的列寧格勒。21 世紀，四個年輕人在聖彼得堡附近的二戰戰場遺址附近盜墓，通過倒賣文物賺錢，其中一個外號「骷髏」的小夥子是光頭黨成員。在一次盜墓活動中，他們發現了幾具蘇軍士兵的遺骨和一些文物，其中還有四個士兵證，剛好上面就是這四個小夥子的名字，他們以爲產生了幻覺，於是去附近河裏游泳，結果離奇穿越到了戰火紛飛的 1942 年。他們與英雄先輩們共同經歷了出生入死前赴後繼保衛祖國。最後他們通過那條神秘的河又回到了現代社會，小夥子們徹底改變了，終於理解了什麼是愛國主義，也懂得了要如何尊重歷史。

電影《希特勒完蛋了（Гитлер Капут）》（2008）導演馬留斯・魏斯彼爾克（Марюс Вайсберг）。與其他二戰影片不同，這部影片更像是一部惡搞作品。故事發生在二戰即將結束的時候，一位蘇聯間諜成功打入納粹黨衛軍的情報部門，時刻準備竊取情報。影片中的希特勒像個滑稽小丑，德軍縱情聲色，蘇聯間諜身邊圍繞著性感美女，各種搞笑的事情接連發生。

電影《司祭（Поп）》（2009）導演弗拉基米爾・霍京涅科（Владимир Хотиненко），影片改編自亞歷山大・謝格尼（Александр Сегень）的同名小說，並建立在文獻資料的基礎上。衛國戰爭中，普斯科夫東正教的歷史一直是鮮爲人知的一頁，1941 年 8 月到 1944 年 2 月，來自波羅的海沿岸地區的司祭在俄羅斯西北，被德國佔領的土地上復興了教會生活。影片關注的就是這樣一段歷史，它講述了 1941 年，在拉脫維亞有一位鄉村司祭亞歷山大，他本來過著普通的世俗生活，後來德國人來了，於是司祭生活中最重要的使命和責任轉變爲喚起人民的信仰。這是俄羅斯第一部在東正教會支持下拍攝的故事片，並且得到了全俄東正教大牧首阿列克謝二世的積極參與。影片曾獲得 2009 年第 17 屆歐洲之窗電影節俄羅斯記者聯盟獎；俄羅斯金羊獎最佳女主角等獎項。

電影《我將記得（Буду помнить）》（2010）導演維塔利・沃羅比約夫（Виталий Воробьёв），該片曾獲 2011 年法戈國際電影節最佳劇情片，2011 年聖彼得堡兒童慈善電影節大獎和年輕一代愛國主義情感教育獎等獎項。影

片改編自親歷者的回憶，故事發生在 1942 年，在一個被法西斯佔領的南方小城，一個 13 歲的黑頭髮男孩瓦奇卡試圖向德國人說明，他不是猶太人。他的確不是猶太人，他的母親是希臘人，父親是俄羅斯人。當瓦奇卡在街頭長大過著地獄般的生活的時候，他的父親還在集中營裏。瓦奇卡認為他的父親是一個沒用的人，尤其是當其他孩子的父親都去了前線保衛祖國的時候。直到瓦奇卡長大之後，他才知道，他的父親是如何用自己的生命保護了更多人的生命，是如何保衛了自己的祖國。

電影《烈日灼人 2（Утомленные солнцем 2：Предстояние）》（2010）是俄羅斯著名導演尼基塔‧米哈爾科夫（Никита Михалков）的作品，該片是電影《烈日灼人》（1994）的續集，《烈日灼人》講述的是斯大林大清洗前夕的蘇聯，曾經的蘇聯戰爭英雄科托夫上校變成了人民的敵人。續集的主角還是科托夫，1941 年二戰開始的時候，他奇跡般地從營地裏逃了出來，同時也因此被判刑。他深知自己會被處以死刑，於是作為一名志願者去了前線，在戰場上無情地打擊了德國軍隊。受重傷後，他獲得了光榮退役的機會，但是因為他堅信自己的妻子和女兒已經死了，所以堅持戰鬥在第一線。事實上，他的妻子和女兒並沒有死，並且他的女兒一直在尋找他。1943 年，克格勃領導人阿森提夫開始尋找科托夫並要為其定罪，影片講述了尋找的過程及其這一事件背後的隱情。該片中，導演並未延續前作的政治批判，而是關注個體在戰爭中的狀態，正如導演本人所說，關注的是「戰爭心理學」，與主流的衛國戰爭歷史不同，他不再集中表現人民保衛家園的勇敢、鎮定、堅強和謀略，而是直面戰爭中的混亂、困頓與絕望，在一場場戰鬥中，他關注的是每個人的命運，並以此表現他對戰爭的思考〔註 49〕。影片由法、德、俄三國聯合投資，拍攝周期達四年之久。2008 年，時任俄羅斯總統的普京還親自到片場探班，以顯示重振俄國本土電影雄風的決心。本片耗資 5500 萬美元，可謂蘇聯解體之後投資最大的電影。

電影《我們來自未來 2（Мы из будущего 2）》（2010）導演亞歷山大‧薩馬赫瓦洛夫（Александр Самохвалов），鮑里斯‧羅斯托夫（Борис Ростов）。該片是《我們來自未來》（2008）的續集，影片第一部末尾的時候，四個年輕人回到了現代。在續集中，外號鮑曼和外號骷髏的兩個小夥子意外找到了一

〔註49〕 《烈日灼人 2》幕後花絮（電影網官方認證版）
http://www.m1905.com/mdb/film/1939022/feature/

份遺物，是一封來自衛國戰爭時期的信，骷髏把這封信交給了寫信的士兵的孫女，在孫女的照片中他發現了一張照片，照片中的人是鮑曼在戰場上愛上的一個女孩妮娜，他們本以爲妮娜在 1942 年已經死了，但是照片上妮娜的著裝是 1943 年的，知道妮娜還活著，鮑曼想再次回到過去。後來他們穿越到了戰爭時期的烏克蘭，並再次遇到了妮娜，妮娜已經懷孕九個月，並生下了一個兒子，孩子的父親是她的丈夫焦明。經過一系列與德軍的戰鬥事件之後，小夥子們又回到了現代。影片最後，鮑曼在莫斯科的一個咖啡館裏，遇見了一個很像妮娜的女孩，女孩問鮑曼：您是在找我嗎，我是焦明娜（影片是想暗示，這是焦明的孫女）。

據筆者統計，2001 年～2010 年十年間在俄羅斯聯邦文化部註冊的二戰電影共有四十餘部，以上只是介紹了其中二十餘部，或許不足以展現俄羅斯二戰電影的全貌，但至少能有助於我們瞭解十年來二戰電影的發展趨勢與特徵。

首先，這一時期的多部作品都會涉及到語言衝突，或者說是語言障礙，但是卻並沒有影響相互之間的交流；除此之外，蘇聯人與德國人的關係也成爲影片關注的主題之一，影片中兩方常常是達成了和解。

第二，影片中，政治無處不在，在很多作品中我們都可以看到蘇聯內務部的身影，也常常會出現二十世紀三十年代的政治痕跡。

第三，《我們來自未來》上下兩部，主人公都從 21 世紀穿越到了戰火紛飛的年代；《希特勒完蛋了》極盡惡搞之能事，頗具後現代主義風格；《列寧格勒》耗資巨大，大場面、大明星、大製作；除此之外，暴力和情色元素也經常會出現在影片中。以上種種，都在一定程度上凸顯了十年間俄羅斯二戰電影的一個發展趨勢：商業化。

呼喚世界和平，重寫蘇聯歷史，擁抱商業時代。十年光影，俄羅斯用現代的方式再現了那段艱苦卓絕的歲月。

同樣的一場戰爭，蘇聯和俄羅斯進行了兩樣的詮釋。這不禁會讓我們思考：

兩個時期的二戰電影血脈相連，俄羅斯到底從蘇聯繼承了什麼？

新世紀的二戰電影呈現出了全新的面貌，俄羅斯又向蘇聯拒絕了什麼？

戰爭電影雖然是一種想像的文本，但這並不影響它建構想像的共同體。在繼承與拒絕之間，電影呈現了怎樣的俄羅斯？

第一章　緒　論

　　第二次世界大戰作為二十世紀最重大的歷史事件之一，被不同國家在不同時期以不同的表述方式搬上了銀幕。在諸種文化產品當中，以二戰為題材的藝術電影〔註1〕卷帙浩繁，為我們勾勒了一幅全方位、多角度的歷史圖景。我們在談及二戰電影的時候，總是會很自然地聯想起「國家」或「民族」，這種聯想首先與二戰電影的類型〔註2〕特質有關，它主要是基於受眾對媒介產品的公式化〔註3〕認知；與此同時，還有一種更深層的認知，來自於受眾對某一「國家」或「民族」的主體性認同。安東尼・吉登斯（Anthony Giddens）指出，認同與人們對他們是誰以及什麼對他們有意義的理解相關，這些理解的形成又與先於其他意義來源的某些屬性相關，國籍、民族、階級和性別等都

〔註1〕 這裏所講的藝術電影，不是與商業電影相對應的概念；而是我們通常所講的「故事片」，是依據製作手法的不同進行的歸類，與之並列的片種包括紀錄片、美術片和科教片等。
〔註2〕 類型可以被理解為生產者與消費者所對等持有的一種集體認知，通常來說，特定的類型會遵循一種可預期的敘事結構或行動順序，使用一組可預期的形象，並且擁有一系列基本主題的變化方案。具體可參見丹尼斯・麥奎爾（Denis McQuail），崔保國、李琨譯，麥奎爾大眾傳播理論〔M〕，北京：清華大學出版社，2006年，第282頁。
〔註3〕 「公式」是我們識別出文本類型的方式。這一概念常常與羅蘭・巴特的「讀者文本」概念聯繫在一起，在「讀者文本」當中，文本的模式和意義對讀者而言是熟悉且容易理解的。在此基礎上，格雷姆・伯頓進一步指出，「公式」也可以被用來讀解非類型的文本，即巴特所言的「作者文本」，只是讀者需要更費力地讀解素材和構建意義。參見格雷姆・伯頓，史安斌主譯，媒體與社會——批判的視角〔M〕，北京：清華大學出版社，2007年，第70頁。

是認同的主要來源〔註4〕，也就是說，在理解電影的意義之前，國家認同、階級認同和性別認同等「範疇」已經存在。那麼電影要通過怎樣的方式與諸種認同建立聯繫？或者更具體一點說，二戰電影要通過怎樣的方式與國家認同建立聯繫？

電影作爲媒體文化最重要的表現形式之一，提供了構成人們的世界觀、行爲甚至認同性的材料〔註5〕，那麼我們首先到電影文本中尋找建立聯繫的方式。「再現」是我們理解如何通過文本進行意義生產的核心概念，它「構建了有關某個對象的看法」——這一對象包括社會群體、機構和社會實踐等方方面面，比如，《急診室的故事》這類以醫院爲背景的電視劇所「再現」的，不僅僅是醫生和護士等職業群體，還包括「醫院」這一醫療機構和「醫療」這一社會實踐的集合，「再現」廣泛採用相關的話語（諸如技術和疾病等）來構建關於對象（即醫療和醫院等）的意義，進而幫助其對象（目標群體）形成身份認同——這種認同可以與社群歸屬相關，可以與歷史相關，也可以與文化實踐以及社會關係相關〔註6〕。按照這樣的邏輯，我們也可以得出，二戰電影這類以戰爭爲背景的電影所「再現」的，不僅僅是戰爭中的軍民群體，還包括「國家」這一機構和「戰鬥」這一社會實踐的集合，「再現」廣泛採用相關的話語（諸如防禦和犧牲）來構建軍民、國家和戰鬥的意義，進而幫助其受眾形成國家認同、歷史認同和文化認同等等。

也就是說，我們在二戰電影文本中找到了用來建構國家認同的材料，但是認同是一個複雜的過程，電影文本在國家認同的形成當中佔據著怎樣的位置？爲了回答這一問題，我們先要明確，到底什麼是國家認同。江宜樺把國家認同定義爲「一個人確認自己屬於哪個國家，以及這個國家是怎樣一個國家的心靈性活動」〔註7〕，這裏，「心靈性活動」指明了社會行動者在認同的「自我建構」中的重要作用，而關於「國家是怎樣一個國家」則爲「外部建構」留下了很大空間。就如曼紐爾·卡斯特（Manuel Castells）所說，一方面，

〔註4〕安東尼·吉登斯，趙旭東等譯，社會學（第四版）〔M〕，北京：北京大學出版社，2003年，第27頁。

〔註5〕道格拉斯·凱爾納，丁寧譯，媒體文化——介於現代與後現代之間的文化研究、認同性與政治〔M〕，北京：商務印書館，2004年：中文版序言。

〔註6〕格雷姆·伯頓，史安斌主譯，媒體與社會——批判的視角〔M〕，北京：清華大學出版社，2007年，第61～67頁。

〔註7〕江宜樺，自由主義、民族主義與國家認同〔M〕，臺北：揚智文化事業股份有限公司，2000年，第12頁。

認同只有在社會行動者將之內在化，並圍繞這種內在化過程建構其意義的時候，才能夠成爲認同；另一方面，認同建構所運用的材料來自歷史、地理、生物，來自生產和再生產的制度，來自集體記憶和個人幻覺，也來自權力機器和宗教啓示〔註 8〕——事實上，無論材料來自哪裏，「材料」本身的接收和理解常常需要借助媒介傳播來實現。「媒體文化中的圖像、音響和宏大的場面通過主宰休閒時間、塑造政治觀念和社會行爲，同時提供人們用以鑄造自我身份的材料等，促進了日常生活結構的形成，人們使自己嵌入到文化當中」〔註 9〕，也就是說，媒體文本依託於自身的視聽元素，在提供諸種材料的同時，也影響人們的觀念和行爲，進而在認同的形成過程中發揮重要作用。——這就使得通過「二戰電影文本」研究「國家認同的建構」成爲一種可能。

第一節　核心問題、研究維度及概念闡釋

一、核心問題

就影像中的國家認同而言，俄羅斯聯邦二戰電影是二戰電影譜系中最特別的一個分支。蘇聯人民曾在第二次世界大戰中做出偉大犧牲，二戰也因此成爲俄蘇電影的「永恒題材」〔註 10〕，如果說二戰電影總是會涉及國家認同，那麼毫無疑問，蘇聯二戰電影再現了蘇聯，它建構了蘇聯認同；而俄羅斯二戰電影呢，它再現的仍是蘇聯，但它需要建構的是俄羅斯認同，電影該如何面對這種「國家的錯位」？

道格拉斯・凱爾納（Douglas Kellner）指出，媒體文本不僅僅是某種主導的意識形態的工具，也非純粹又天眞的娛樂，它是一種複雜的人工製品，能夠具現社會和政治的話語，而對這些話語的分析和闡釋可以清晰地揭示這些話語與它們得以在其中產生、流佈和接受的政治、經濟與社會環境之間的內部關聯〔註 11〕。本研究就試圖從電影文本出發，來探討俄羅斯二戰電影如何

〔註 8〕 曼紐爾・卡斯特，夏鑄九、黃麗玲等譯，認同的力量〔M〕，北京：社會科學文獻出版社，2006 年，第 5～6 頁。
〔註 9〕 道格拉斯・凱爾納，丁寧譯，媒體文化——介於現代與後現代之間的文化研究、認同性與政治〔M〕，北京：商務印書館，2004 年，導言。
〔註 10〕 白嗣宏、胡榕，俄羅斯電影的永恒題材〔J〕，世界電影，2005 年 4，第 4 頁。
〔註 11〕 道格拉斯・凱爾納，丁寧譯，媒體文化——介於現代與後現代之間的文化研究、認同性與政治〔M〕，北京：商務印書館，2004 年，導言。

通過再現「蘇聯時期的一場戰爭」建構當下的國家認同；這種建構呈現出了怎樣的特徵；這種特徵與特定歷史條件下的政治、經濟和文化邏輯又有著怎樣的關聯。

二、研究維度

蘇聯二戰電影和俄羅斯二戰電影再現了同樣一場戰爭，當我們試圖探討俄羅斯二戰電影對國家認同的建構時，蘇聯二戰電影為我們提供了很好的參照。──這種對應可以清晰地展現兩個時期二戰電影在材料選擇、情節編排和主題昇華等方面存在的異同，而這種異同能讓我們更清晰地看到俄羅斯二戰電影對歷史的框選及其對認同的塑造。鑒於此，本研究採用了「對比的框架」。

為了將兩個時期二戰電影對國家認同的建構加以比較，我們需要一個適用的標準。為此，我們嘗試著結合相關文獻，從蘇聯二戰電影文本中提取了國家認同建構的主要維度，並在理論上證實了這種關聯。──之所以從蘇聯時期提取，一方面是因為，蘇聯二戰電影在時間範疇上的閉合性，可以提供一個整體性的視野；另一方面是因為，就兩個時期的比較而言，該維度更具有針對性。

蘇聯時期的二戰電影，依託於意識形態的強大力量，力圖實現其政治宣傳和思想教育的作用〔註 12〕，國家形象的塑造以及國家認同的建構是電影生產的重中之重。蘇聯共產黨對表現蘇聯人民在偉大的衛國戰爭中建立功勳的作品給予了高度評價，並總結說：「真正的藝術就是如此：它既再現過去，又培養出蘇維埃愛國主義者和國際主義者」〔註 13〕，可見「國家」對於電影的重要意義。在二戰電影的具體操作過程中，一方面有自上而下的指導，「社會主義現實主義」原則作為蘇聯電影界的官方政策，自始至終都在強調要表現革命發展中的現實，強調作家和編劇必須恪守共產主義的英雄主義和愛國主

〔註 12〕克里斯汀·湯普森，大衛·波德維爾，陳旭光、何一薇譯，世界電影史〔M〕，北京：北京大學出版社，2004 年，第 90 頁。A·卡拉甘諾夫，傅保中譯·蘇聯電影·問題與探索〔M〕，北京：中國電影出版社，1988 年，第 105 頁。

〔註 13〕辛華編譯，蘇聯共產黨第二十五次代表大會主要文件彙編〔G〕，北京：生活·讀書·新知三聯書店，1977 年，第 108 頁。

義精神；另一方面有電影人自下而上的服從〔註 14〕，題材內容大多都是從形形色色的、悲劇性的戰爭事件中選取能夠表現蘇聯軍人守必固、攻必堅的素材〔註 15〕，來表現對父權領袖的信任、對英雄人物的讚美、對犧牲與人民疾苦的痛惜以及對愛國精神的頌揚。於是從《彩虹》到《解放》，從《她在保衛祖國》到《他們為祖國而戰》，從《伊萬的童年》到《這裏的黎明靜悄悄》〔註 16〕，這些電影共同呈現了蘇聯人民團結一心保家衛國的歷史。

蘇聯二戰電影史大致可以劃分為五個階段：第一階段，戰時電影，塑造了一系列反映祖國保衛者的典型形象，共同呈現了蘇聯人民的英雄主義與愛國情懷；第二階段，戰後十年電影，從不同層面再現了戰爭中的英雄形象，深入思考了英雄主義主題；第三階段，解凍時期電影，通過關注普通人，表現更加自然和樸實的英雄主義；第四階段，停滯年代電影，無論是全景史詩還是戰壕真實，都同樣頌揚了蘇聯人民的英雄主義和頑強不屈；第五階段，改革時期電影，雖然數量很少，但同樣再現了忠誠報國的蘇聯士兵。總體而言，無論是《青年近衛軍》〔註 17〕中塑造的浮雕式的英雄群像；還是《一個人的遭遇》中描述的英雄在苦難中的成長；以及《自己去看》〔註 18〕中，以少年游擊隊員的視角鋪開的無數戰士視死如歸的血淚史，英雄主義主題一以貫之。

〔註 14〕 也有研究者指出蘇聯二戰電影並不是鐵板一塊，比如馬克·費羅（MArc Ferro）就指出《伊萬的童年》表現了戰爭的真相，它不是官方眼裏的真相，而是導演塔爾夫斯基自己眼裏的真相，為了說出這一真相，導演借助了孩子的眼光。從某種意義上說，這種提法有其重要意義，但是在本研究的具體語境中，我們仍然認為，這種「非官方的真相」只是對正統的二戰敘事做出了有限的衝擊，但並未從根本上觸及蘇維埃政權和制度。

〔註 15〕 A·卡拉甘諾夫，傅保中譯，蘇聯電影·問題與探索〔M〕，北京：中國電影出版社，1988 年，第 107 頁。

〔註 16〕 《彩虹》（1944），導演 М. Донской，敘述了一個淪陷的鄉村的恐怖景象；《解放》（1972），導演 Ю.Озеров，五集戰爭巨片；《她在保衛祖國》（1943），導演 Ф.Эрмлер，典型的「戰鬥電影」，表現了女拖拉機手在戰爭中成長；《他們為祖國而戰》（1975），導演 С.Бондарчук，改編自肖洛霍夫的小說，頓河草原保衛戰中戰士們為了佔領高地，傷亡慘重。另外兩部下文中有詳細介紹。

〔註 17〕 《青年近衛軍》（1948），導演 С.Герасимов，改編自 А.Фадеев 的小說，表現了敵佔區的少年英雄們從事地下戰鬥抵抗德軍的故事，青年近衛軍集體就義的場面成為蘇聯電影史上的經典畫面之一。

〔註 18〕 《自己去看》（1985），導演 Э.Климов，改編自白俄羅斯作家 Алесь Адамович 的紀實文學，以一個稚氣未脫的少年游擊隊員的視點展示了白俄羅斯人民在二戰中的悲慘遭遇，反映了戰爭的恐怖面目。

　　劉書亮就蘇聯二戰電影在題旨與風格等方面的流變情況，指出這些電影讓我們看到了慘烈的搏鬥、可歌可泣的英雄和慘絕人寰的屠殺〔註 19〕。胡榕從內容角度指出，蘇聯二戰電影從表現兩個世界的截然對立，過渡到表現處於歷史轉折點中的普通人，再到戰爭對青春的毀滅以及忠誠與背叛的精神較量，電影當中反法西斯的悲壯主題和英雄主義永無窮盡〔註 20〕。從「慘烈」、「可歌可泣」、「毀滅」以及「悲壯」這樣的話語中我們可以看到，無論蘇聯二戰電影的主題如何變化，電影的感情基調卻從來沒有改變，那就是「悲」──可以把它理解成悲壯、悲傷、悲慟、悲苦等等。而所有這些對「悲」的敘述，最後凝聚成蘇聯二戰電影的「厚重感」，這是戰後幾十年間蘇聯人民對第二次世界大戰的共同記憶。

　　綜上，本研究認為蘇聯二戰電影對國家認同的建構是依託於意識形態的力量，通過英雄主義和集體記憶兩個方面共同實現的。下文中我們會對「英雄主義」和「集體記憶」的概念進行界定，並梳理其與「國家認同」之間的邏輯關聯；而「意識形態」的相關論述則在研究方法部分展開。

三、概念闡釋

（一）國家認同

　　上文中已經指出，國家認同是「一個人確認自己屬於哪個國家，以及這個國家是怎樣一個國家的心靈性活動」〔註 21〕。這裏我們將著重分析「國家」的內涵與「認同」的基礎。

　　就制度性與功能性來講，「國家」可以用一種復合性定義來表述，首先它是一套機構，由國家的相關人員操縱；其次，這些機構處在通常被稱為社會的那個以一定的地理界線劃分的領土的中心；最後，國家壟斷著其領土內的規則制定〔註 22〕。這是一個相對廣義的概念，本研究更傾向於使用狹義方式

〔註 19〕劉書亮，從《斯大林格勒大血戰》到《自己去看》──前蘇聯二戰題材電影的發展與演變述評〔J〕，當代電影，2005 年 5，第 67～69 頁。

〔註 20〕胡榕，重溫那遙遠的悲放──蘇聯反法西斯優秀影片評述〔J〕，世界電影，1995 年 2，第 6～28 頁。

〔註 21〕江宜樺，自由主義、民族主義與國家認同〔M〕，臺北：揚智文化事業股份有限公司，2000 年，第 12 頁。

〔註 22〕John A.Hall&G.John Ikenberry，施雪華譯，國家〔M〕，長春：吉林人民出版社，2007 年，第 2 頁。

上的「國家」概念——專門用來形容近代以後出現的「民族國家」，或稱「民
族的國家〔註23〕」，即以民族主義原則確立合法性的國家，它的成員擁有很大
程度民族的團結和整合〔註24〕，這就能夠同時表達出「治權獨立」的政治性
格以及「民族統一」的族群文化意涵〔註25〕（當然，這裏首先認同蘇聯和俄
羅斯聯邦均為「民族國家」〔註26〕）。這當中提到的「民族主義」原則，本研
究遵從的是「族群——象徵主義」範式。——對民族主義的研究主要包括四
種範式：現代主義、永存主義、原生主義以及族群——象徵主義。

　　現代主義強調民族主義是現代化的產物，作為「民族建構」的一種過程，
以及作為一種意識形態和運動，民族主義及其民族自治、民族統一和民族認
同的理想相對而言是現代的現象，它們將主權、統一和獨特的民族放到了政
治舞臺的中央，並且用它們的形象來塑造整個世界〔註27〕。永存主義認為「民
族」作為人類共同體的範疇，是永存的和無處不在的，它通過證明某些民族
的前現代起源，對現代主義的主張提出了嚴肅的挑戰〔註28〕。原生主義是對

〔註23〕安東尼・史密斯（Anthony D.SMith）認為，「民族國家」這一復合術語存在兩
　　　　個問題，第一個問題涉及構成這個復合詞語的兩部分之間的關係，通常「國
　　　　家」會成為這個復合詞中的主導，而「民族」只是心理的附帶現象，主權國
　　　　家的伴隨物；第二個問題是經驗性的，在現實中，單一的「民族國家」即國
　　　　家與民族完全重合是非常少見的，世界上近百分之九十的國家是多族群國
　　　　家，並且它們中半數存在著嚴重的族群分裂問題。所以，可以使用「民族的
　　　　國家」這樣更為中性的描述性術語。

〔註24〕Anthony D.SMith，葉江譯，民族主義：理論，意識形態，歷史〔M〕，上海：
　　　　上海世紀出版集團，2006年，第17頁。

〔註25〕江宜樺，自由主義、民族主義與國家認同〔M〕，臺北：揚智文化事業股份有
　　　　限公司，2000年，第6頁。

〔註26〕郝時遠認為，就蘇聯而言，其國際聯盟的構建事實上是按照民族國家模式進
　　　　行的。構建多民族的社會主義民族國家是列寧的建國思想，在建立各個民族
　　　　國家的基礎上實現蘇維埃國際聯盟是蘇聯建國的初始設計。斯大林模式主導
　　　　的蘇聯中央集權體制不僅形成了各個民族無「國家」和聯盟無「民族」的民
　　　　族國家二元衝突結構，而且導致了蘇聯在反對民族主義的鬥爭中向沙俄帝國
　　　　的回歸，隨著衛國戰爭之後的「俄羅斯化」進程，他們一直試圖構建的「蘇
　　　　聯民族」最後發展成為大俄羅斯民族主義。具體參見郝時遠・重讀斯大林民
　　　　族（нация）定義〔J〕，世界民族，2003年4，第1～8頁；2003年5，第1
　　　　～9頁；2003年6，第1～11頁。

〔註27〕Anthony D.SMith，葉江譯，民族主義：理論，意識形態，歷史〔M〕，上海：
　　　　上海世紀出版集團，2006年，第49頁。

〔註28〕Seton-WAtson. *NAtions And StAtes*〔M〕. London：Methuen，1977.轉引自 Anthony
　　　　D.SMith，葉江譯，民族主義：理論，意識形態，歷史〔M〕，上海：上海世
　　　　紀出版集團，2006年，第53頁。

自然主義的回歸，認為民族是在自然狀態中超越社會紐帶的個體，他們或者是將民族追溯到社會生物學的根源，或者是強調感受民族原生性的原始依戀。而族群——象徵主義是對上述三種範式的補充，它採用社會——歷史和文化的分析方法，給予記憶、價值、情感、神話和象徵以更多的重視，在不忽視外部的政治、經濟等因素的同時，尋求進入民族主義的歷史向度和內心世界。本研究立足於族群——象徵主義範式，強調「國家」既是一個獨立的政治實體，同時又是具有族群象徵意義的多民族統一的想像的共同體。

下面我們來關注國家認同的基礎是什麼，這有利於我們更清楚地理解國家認同的相關維度。江宜樺將國家認同的標的分成三類：族群血緣關係、歷史文化傳統和社會政治經濟體制，並相應地將「國家認同」在概念上化約成三個主要層面——族群認同、文化認同與制度認同，族群認同又常常要借助文化認同的力量〔註29〕；許紀霖在探討現代中國的民族國家認同問題時，也講到政治認同與文化認同之間的緊張關係〔註30〕。江宜樺所講的制度認同，是指一個人在肯定特定政治、經濟和社會制度的基礎上產生的政治性認同，與許紀霖所講的政治認同具有內在的一致性。按照政治哲學的研究理路，上述二者的區分也可以融合進「民族主義理路」與「自由主義理路」兩種論述系統當中。

「民族主義理路」的支持者認為國家是維護民族文化、實現民族使命的制度性組織，而認同是個別成員認清自己所屬脈絡，從而產生歸屬感的心路歷程，認同的基礎是血緣種姓、歷史神話、語言宗教、生活習俗等等民族文化，認同表現為回溯式、尋根式的活動；「自由主義理路」的支持者則認為國家是一群人為了保障私人利益、防止彼此侵犯而組成的政治共同體，他們的認同比較不強調歸屬與情感，而多了意志選擇的成分，認同的是產生共識的基礎，包括憲政制度、程序規則、基本人權保障以及公平正義原則等等〔註31〕。Yael Tamir 認為自由主義與民族主義兩種理路是可以互補的，她指出，自由主義的傳統尊重個體自主性、反思與選擇，民族主義的傳統強調歸屬、忠誠與團結，兩者通常被視為互斥，但其實可以調適在一起，自由主義者可以承認歸屬感、

〔註29〕 江宜樺，自由主義、民族主義與國家認同〔M〕，臺北：揚智文化事業股份有限公司，2000 年，第 15 頁。

〔註30〕 許紀霖，現代中國的民族國家認同〔J〕，世界經濟與政治論壇，2005 年 6，第 92～94 頁。

〔註31〕 江宜樺，自由主義、民族主義與國家認同〔M〕，臺北：揚智文化事業股份有限公司，2000 年，第 21～24 頁。

成員身份和文化淵源的重要性，以及因之而來的對群體的獻身，民族主義者則可以欣賞個人的自主、權利和自由，同時也保持對民族之內和民族之間社會正義的信奉〔註32〕。本研究在民族主義路徑的基礎上兼顧了自由主義的主張，認為國家認同包括文化認同與制度認同兩個層面，這兩個層面當中是存在內在張力的，也正是這種張力，為認同的建構留下了諸多空間。

（二）英雄主義

人類總是這樣或那樣地崇拜英雄〔註33〕，英雄主義是人類社會由野蠻向文明演進過程中逐漸形成的一種具有集體意識的精神價值觀，它具有鮮明的民族和國家特色，有強烈的歷史感、時代感和人格的震撼力〔註34〕。英雄主義要通過英雄來體現，而英雄與國家血脈相連。

首先，英雄代表國家理想。英雄主義具有集體性特徵，英雄情結常常是集體理想的表徵。有研究指出，作為宋代人格精神內在圖示的「英雄詞」，表現的不單是個人的英雄主義情結，更多的是整個民族的英雄主義情結；它揭示的不僅是士人人格的挺立，更多的是全民族要求強健和復興的渴望。此種英雄形象不僅是詞人的自許或者他許，更多的應是那個特定時代、社會、人心的一種普遍理想——國家權威與民族自信的重建〔註35〕，該研究試圖表明，文學作品呈現的英雄情結其實是普遍民族國家理想的表徵，那麼我們應當也可以從電影作品中找到這樣的聯結，即英雄或英雄主義與時代理想及國家權威之間的聯繫。就如同上古的英雄神話是一個族群抵禦自然界的侵害和外來威脅的精神信念；在民族國家時代，英雄神話同樣體現了一個國家對強健與尊嚴的信仰。

第二，英雄承載國家意識。英雄具有榜樣的力量，他能夠召喚和激勵整個社會。它通過選取社會群體中具有崇高、悲壯、不屈和進取品格的具體人物作為摹本或榜樣，旨在弘揚某一特定時期這一社會群體所追尋的最完美、

〔註32〕Yael Tamir. *Liberal Nationalism*〔M〕. Princeton：Princeton University Press，1993 年，第 6 頁.

〔註33〕托馬斯·卡萊爾，張志民、段忠橋譯，論英雄與英雄崇拜〔M〕，北京：中國國際廣播出版社，1988 年，第 15 頁。

〔註34〕潘天強，英雄主義及其在後新時期中國文藝中的顯現方式〔J〕，中國人民大學學報，2007 年 3，第 140 頁。

〔註35〕陳晨，民族文化的狂想與英雄神話的升騰——宋詞中英雄主義的精神管窺〔J〕，西華師範大學學報（哲社版），2004 年 5，第 15～19 頁。

最高尚、最能代表整體利益的宏大目標，並以此號召、鼓動和激勵社會所有人模仿這一人物，以達到完成這一事業的最終目的〔註 36〕。也就是說，英雄的奮鬥目標將轉化成所在集體的共同目標，新中國十七年（1949～1966）革命英雄電影敘事就是圍繞人物表象而展開的，其敘事成就在於使革命英雄成為意識形態的表象化符碼，在表徵權威意識形態的價值和準則的同時，獲得社會群體的普遍認同〔註 37〕，這樣，社會群體就通過認同英雄繼而認同了英雄所承載的權威意識形態，即國家。如果說在上文「國家理想」的層面，英雄被化約成一種形而上的追求，那麼在「國家意識」方面，它則成為一種具有向心力和凝聚力的實在，他號令天下為共同的目標努力奮鬥。

第三，英雄構成國家歷史。在一些古代文化裏，人們推崇英雄為民族之父，或者為國家的締造者〔註 38〕。在托馬斯·卡萊爾（Thomas Carlyle）看來，世界歷史實質上就是在世界上活動的偉人的歷史，神、先知、詩人、教士和文學家等等都是英雄主義的類型〔註 39〕，本研究並不是要站在這樣的英雄史觀的立場，只是要提出「英雄」這一概念自身的豐富性。在悉尼·胡克（Sidney Hook）那裏，更進一步把「人人皆可為英雄」的口號作為規範的理想，他認為在民主社會裏，所有的人都會受到召喚，所有的人都可能被挑選，而在一個合作互助的環境中，把這種信念奉行起來，能鼓勵人們持續不斷地努力，結果往往會把希望變成成就〔註 40〕。從締造者到偉人，他們撐起了國家的宏觀框架；而所謂的「全民英雄」則形構了微觀歷史。在某種程度上講，英雄連接了國家歷史的過去、現在和未來。

綜上，藝術作品通過對英雄形象的塑造和英雄主義的再現，可以實現對理想與現實的交融，對過去與未來的承接，也就是說，英雄一方面帶領我們走進民族國家的歷史向度和內心世界，另一方面也讓我們看到國家的現實與

〔註 36〕潘天強，英雄主義及其在後新時期中國文藝中的顯現方式〔J〕，中國人民大學學報，2007 年 3，第 140 頁。

〔註 37〕黎萌，論「十七年」革命英雄主義電影的敘事模式〔J〕，當代電影，2004 年 5，第 107～109 頁。

〔註 38〕Sidney Hook，王清彬等譯，歷史中的英雄〔M〕，上海：上海世紀出版集團，2006 年，第 4 頁。

〔註 39〕托馬斯·卡萊爾，張志民、段忠橋譯，論英雄與英雄崇拜〔M〕，北京：中國國際廣播出版社，1988 年。

〔註 40〕悉尼·胡克，王清彬等譯，歷史中的英雄〔M〕，上海：上海世紀出版集團，2006 年，第 164～165 頁。

未來，並讓每一個人參與其中，在這樣的基礎上，進一步鍛造起國家認同。

英雄主義是民族文化的一部分，通過對英雄神話的塑造，可以實現民族主義理路所提倡的國家認同；作爲一種立足現實又指向未來的願望理想和行動力量的化身〔註41〕，他的行爲又可以體現個體自主、反思與選擇，對個體的張揚則暗合了自由主義理路的國家認同觀。

（三）集體記憶

首先對三個相似的概念作以簡要梳理：集體記憶、社會記憶和歷史記憶。王明珂認爲，三者分屬於三種不同的範疇：最廣的範疇是「社會記憶」，它是指在一個社會中所有藉各種媒介保存、流傳的「記憶」，比如圖書館的典藏、大山蘊含的神話以及一般言談間的現在與過去等等；其次是「集體記憶」，是指在前者中有一部分「記憶」經常在此社會中被集體回憶，而成爲社會成員間或某一個次群體成員間分享的共同記憶，如一次球賽記錄，過去重要的政治事件等等；範疇最小的是「歷史記憶」，是在集體記憶中，以該社會所認定的「歷史」的形態呈現與流傳的那一部分記憶，人們藉此追溯社會群體的共同起源及其歷史流變，它以神話、傳說或被視爲學術的「歷史」、「考古」等形式流傳〔註42〕。這當中任何一種記憶範疇都能與認同產生關聯，因爲對自己的過去和對自己所屬的大我群體的過去的感知和詮釋，乃是個人和集體賴以設計自我認同的出發點，而且也是人們當前——著眼於未來——決定採取何種行動的出發點〔註43〕。借助電影呈現出的第二次世界大戰，是被社會成員集體回憶的重要政治事件，歸屬於「集體記憶」的範疇。

「集體記憶」由莫里斯・哈布瓦赫（Maurice Halbwachs）提出，他認爲記憶從來不是「個人的」，時間、空間以及各種自然事件和社會事件的秩序，都在向我們施加著影響，這種「現實感」構成了我們記憶活動的起點；對於那些發生在過去，我們感興趣的事件，只有從集體記憶的框架中，我們才能重新找到它們的適當位置，這時我們才能夠記憶〔註44〕。集體記憶不是一個

〔註41〕李啓軍，英雄崇拜與電影敘事中的「英雄情結」〔J〕，北京電影學院學報，2004年3，第1頁。
〔註42〕王明珂，歷史事實、歷史記憶與「歷史心性」〔J〕，歷史研究，2001年5，第137〜138頁。
〔註43〕哈拉爾德・韋爾策編，季斌、王立君、白錫堃譯，社會記憶：歷史、回憶、傳承〔M〕，北京：北京大學出版社，2007年，第3頁。
〔註44〕莫里斯・哈布瓦赫，畢然、郭金華譯，論集體記憶〔M〕，上海：上海人民出版社，2002年，第289頁。

既定的概念，而是一個社會建構的概念。集體記憶在一個由人們構成的聚合體中存續著，並且從其基礎中汲取力量。現在的一代人是通過把自己的現在與自己建構的過去對置起來而意識到自身的，在這種「對置」當中，我們能夠同時獲得歷史認同和社會認同——按照麥金太爾（Alasdair MacIntyre）的說法，「我自己的生活史總是被納入我從中獲得自我認同的那個集體的歷史中的。我是帶著過去出生的；……若是試圖脫離這種過去，那就意味著要改變我當前的關係。擁有歷史認同和擁有社會認同是一碼事」〔註45〕。

上文關於「國家認同」的討論中我們曾經指出，民族主義理路上的「國家認同」給予「記憶」較多的重視，按照本尼迪克特·安德森（Anderson，B）的提法，每一個民族的天命不是返回光榮的過去，而是在現代環境中，在轉變了的條件下，再造其精神〔註46〕，也就是說，國家的「記憶」同樣需要面對現代的改造，那麼剛好，「集體記憶的框架」可以為國家認同的建構提供有力的支撐。

巴里·施瓦茨（Barry Schwartz）在哈布瓦赫理論的基礎上進一步說明，一個社會當前所感知到的需要，可能會驅使它將過去翻新，但是，即使是處於當代的改造之中，通過一套共有的符碼和一套共有的象徵規則，各個前後相繼的時代也會保持生命力〔註47〕。也就是說，集體記憶一方面翻新著過去，另一方面仍然延續著歷史。對國家而言，翻新涉及到當下的制度和政策；延續則涉及到民族和傳統——換句話說，國家認同和集體記憶成了並行不悖的兩條線索，它們都融合了當下的信仰和理念，同時又保持著歷史和傳統的延續，兼顧了國家認同的制度和文化層面。國家把認同塑造融入到集體記憶的過程中，通過集體記憶獲得了自身的合法性。總之，我們通過考察集體記憶的重塑方式，可以瞭解到國家認同的變化和重構。

〔註45〕 AlAsdAir MAcIntyre. *Der Verlust der Tugend*〔M〕，FrAnkfurt AM MAin1995.轉引自哈拉爾德·韋爾策編，季斌、王立君、白錫堃譯，社會記憶：歷史、回憶、傳承〔M〕，北京：北京大學出版社，2007年，第 11 頁。

〔註46〕 Anderson，Benedict. The goodness of nAtions，in Peter VAn der Veer And HArtMut LehMAnn（eds），*NAtion And Religion：Perspectives on Europe And AsiA*. Princeton：Princeton University Press.轉引自 Anthony D.SMith，葉江譯，民族主義：理論，意識形態，歷史〔M〕，上海：上海世紀出版集團，2006年，第31 頁。

〔註47〕 劉易斯·科瑟，導論：莫里斯·哈布瓦赫〔A〕，莫里斯·哈布瓦赫，畢然、郭金華譯，論集體記憶〔M〕，上海：上海人民出版社，2002年，第 37～49頁。

　　當然，從某種意義上來說，英雄主義也可以算作是集體記憶的一部分，本研究之所以將二者區分開來，除了基於論述方便的考慮，更重要的是在於對二者進行論述的側重點不同：英雄敘事更強調與「國家」之間的精神層面的聯結，是一種橫向的擴展；而記憶敘事更關注於對國家歷史的呈現，是一種縱向的延伸。

第二節　研究取徑及方法

一、研究取徑：「中間層面」的電影研究

　　電影研究在二十世紀六十年代中期發展成為一個學科〔註 48〕，而事實上，對電影的研究早在二十世紀初已經開始。學者們通常把電影理論發展分成兩個時期：經典電影理論時期與現代電影理論時期。經典電影理論時期〔註49〕以電影本體研究為重點；從讓・米特里開始，電影符號學興起，經典理論與現代理論接軌，二十世紀六十年代以後的電影理論轉向了文化與哲學層面，並呈現出內在的連貫性，符號學、敘事學、精神分析學、意識形態批評以及「身份政治學」等逐步登上歷史舞臺。

　　大衛・波德維爾指出，現代電影理論提供了三種主要的理論框架，即「主體——位置理論」、「文化主義理論」和「中間層面的研究」〔註50〕：二十世紀七十年代，主體——位置理論產生廣泛影響，該理論認為，主體是通過其與客體以及其他主體的關係而界定的一種認知類型，主體性通過表達系統建構起來，電影作為一種符號系統，能夠把觀眾結合成一個統一的主體，從而展開一個意識與無意識相互作用的過程，這個過程使意識形態的目的得以實現。

〔註48〕20 世紀 60 年代中期，電影課程在北美所有的學院和大學成為吸引人們加以選擇的人文學科，從那時起，電影理論與歷史成為學術研究的一個組成部分。

〔註49〕經典電影理論時期的代表人物包括于果・明特斯伯格、俄國形式主義學派等等，一般認為，巴贊和克拉考爾的研究預示著經典理論行將終結，現代理論探索即將開始（李恒基、楊遠嬰主編，外國電影理論文選〔M〕，北京：生活・讀書・新知三聯書店，2006 年，序言第 9 頁）。

〔註50〕大衛・波德維爾，當代電影研究與宏大理論的嬗變〔A〕，大衛・波德維爾，諾埃爾・卡羅爾主編，麥永雄、柏敬澤等譯，後理論：重建電影研究〔M〕，中國社會科學出版社，2000 年，第 4～42 頁。（原書作者譯為大衛・鮑德韋爾，與大衛・波德維爾是同一作者的兩種譯法，本文統一為大衛・波德維爾。）

　　一些電影理論家對此提出質疑，認爲主體──位置理論在關於社會因素如何能夠對意識形態進行批判和抵抗的問題上沒有提供令人滿意的解釋；並且指出「統一的自我」是一種虛構。這就引發了二十世紀八十年代文化主義思潮的形成，這一思潮大致包括三個流派：法蘭克福學派的文化主義，後現代主義以及文化研究。他們強調，主體性不完全是由表達方式建構的；人們也不總是鎖在靜態的主體位置；他們是超越主體理論範圍的更爲自由的力量。因此他們的關注對象不是文本，而是文本的接受。

　　在主體──位置理論與文化主義之間，還有一條中間層面的研究路徑，它既有經驗方面的重要性，又有理論方面的重要性。這類研究不是由理論驅動而是由問題驅動，在電影美學、機制與受眾反應之間越過了傳統的界限。比如，它關注電影製作者、類型和民族電影的經驗研究、電影實業研究以及電影歷史研究。粗略來看，中間層面的研究似乎更關注社會和歷史，而沒有過多關注主體性，但事實上，它包含著與前兩種框架共同的理論旨歸，它通過對背景邏輯的追尋中和了「主體──位置理論」與「文化主義理論」之間的爭論。

　　事實上，「主體──位置理論」和「文化主義理論」是電影橫向研究的一體兩面：對國家認同而言，主體──位置理論更接近於外部建構，文化主義理論更接近於自我建構；而「中間層面的研究」是電影縱向考察的重要依託──國家認同是社會──歷史背景中，文本與受眾、外部與內在共同作用的結果。本研究探討的是蘇聯和俄羅斯聯邦兩個時期二戰電影中國家認同的建構，最終要追溯的是電影生存的社會──歷史語境，所以主要是站在中間層面研究的立場上。

　　我們的研究從文本切入，並試圖把社會──歷史和受眾整合於其中，這種整合的前提是，我們認爲，文本當中是具有「歷史性」的。按斯蒂芬·希斯（Stephen Heath）的說法，這種「歷史性」包括電影機構的決定、意義生產的情況、特殊強調的詞彙等等〔註 51〕，也就是說，電影文本當中涉及到機構的作用、電影人的生產、文本自身的力量，這就連接起了電影生產到傳遞的過程。另一方面，Robert Lapsley 和 Michael Westlake 又指出，文本既非全面開放，可做千百種詮釋，也不是絕對封閉，只包含單一意義，事實上，閱讀由歷史性來決定〔註 52〕，也就是說，文本與受眾之間相互連接並達成理解的

〔註 51〕 Stephen Heath.*Questions of Cinema*.London：Macmillan，1981 年，第 243 頁.
〔註 52〕 Robert Lapsley&Michael Westlake，李天鐸、謝慰雯譯，電影與當代批評理論〔M〕，臺北：遠流出版事業股份有限公司，1997 年，第 198 頁。

紐帶也是「歷史性」。這樣，我們就通過關注電影文本的「歷史性」，連接起了電影從生產、傳遞到接受的整個過程。

二、研究方法：深度解釋學

本研究站在中間層面的立場上，試圖將電影文本、認同與歷史統合在一起。在這種路徑下，我們借鑒了約翰・Ｂ・湯普森的深度解釋學架構。湯普森指出，文化分析可以被解釋為對象徵形式的研究，這一研究與歷史過程和社會背景有關，在這一過程和背景中，象徵形式被生產、傳輸與接收——總之，文化分析是對象徵形式的意義構建物和社會背景化的研究〔註53〕。湯普森進一步說明，深度解釋學〔註54〕能夠為這個意義上的文化分析提供一個方法論架構。

解釋學的傳統認為，就社會研究而言，它的具體問題與自然科學中存在的具體問題是截然不同的，在社會研究中，我們調查的客體本身已經是一個先前解釋過的領域〔註55〕，即我們研究的客體領域已經包含了另一重主客體關係。湯普森所提出的方法論架構，首先考慮到了這一主客體關係當中象徵形式被主體所解釋的方式，也就是日常生活的解釋學〔註56〕；但他同時強調要超越這個層次的分析，以便考慮象徵形式的其它方面，他所指的就是上述主客體關係當中涉及的客體領域。他把對客體領域的解釋過程分成了三個層面：社會——歷史分析、正式的或推論性分析以及解釋／再解釋。

所謂社會——歷史分析，是重構象徵形式生產、流通與接收的社會和歷史

〔註53〕約翰・Ｂ・湯普森，高銛譯，意識形態與現代文化〔Ｍ〕，南京：譯林出版社，2005年，第301頁。

〔註54〕深度解釋學來源於解釋學傳統，而解釋學傳統來自於古希臘的文學辯論，解釋學的傳統強調許多社會現象都是象徵形式，而象徵形式從根本上來說必然是認識和解釋的問題。這一傳統產生以來發生了很多變化，它的發展聯繫到19世紀的著作和20世紀的哲學家——特別是狄爾泰、海德格爾、伽達默爾和保羅・利科。在利科等人這裏，吸收了諸位思想家關於意義與理解的哲學反思，同時又提出一種「深度解釋學」，即認為在社會研究中，如同在其它領域一樣，解釋過程可以而且的確要求由一些說明性的或者「客觀化」的方法作中介傳達。

〔註55〕約翰・Ｂ・湯普森，高銛譯，意識形態與現代文化〔Ｍ〕，南京：譯林出版社，2005年，第297頁。

〔註56〕湯普森把這種「日常生活的解釋學」看作深度解釋學方法原始的、不可避免的出發點，該出發點可以重構象徵形式在社會生活各種背景內被解釋和理解的方式。參見約翰・Ｂ・湯普森，高銛譯，意識形態與現代文化〔Ｍ〕，南京：譯林出版社，2005年，第302～303頁。

條件，觀察規則與慣例、社會關係與機構，以及使這些背景形成分化的社會結構領域的權力、資源和機會的分配；所謂正式的或推論性分析，是要關注象徵形式的內部組織和結構特徵，可以採用敘事學和符號學等分析方法；所謂解釋／再解釋，是建立在前兩項分析的基礎之上，「解釋」是在推論分析方法基礎上進行創造性的意義建構，這一過程同時又是一種「再解釋」，因爲作爲客體的象徵形式已經是先前解釋過的領域的一部分，這一「再解釋」不同於社會──歷史領域內的主體所說的意義，而是綜合了主體與歷史之後的重新詮釋；它可以既超越象徵形式的背景化（社會──歷史分析），又超越象徵形式的閉合（正式或推論分析），進而避免簡化主義和內在主義的謬誤〔註57〕。

　　本研究關注的是俄羅斯二戰題材電影文本對國家認同的建構，從某種意義上說，它正是深度解釋學方法的一種實踐，只是本研究對深度解釋學的運用進行了某種豐富：深度解釋學更側重一種橫向的方法建構，但是並沒有涉及縱向歷史的比較，本研究認爲歷史差異中也表徵著重要的意義，所以在這方面做出了一點嘗試，在歷史維度上給予意義流動一架新的梯子。

　　在深度解釋學的框架下，本研究將從文本出發，分別在英雄主義和集體記憶層面上考察兩個時期二戰電影對國家認同的建構。第一步，綜合運用敘事學和符號學方法，對文本進行「推論分析」；第二步，結合歷史條件與社會狀況，對上一步的推論分析作出「解釋」；第三步，綜合推論分析與歷史──社會分析，綜合英雄主義與集體記憶層面，對前兩步作出「再解釋」，「解釋」和「再解釋」的過程將採用意識形態分析方法。下面我們將結合本研究的具體情況，對敘事學、符號學和意識形態分析方法及其運用作出具體闡釋。

（一）敘事學分析

　　二戰電影是戰爭電影中一個非常重要的子類型。按照堯斯（Jauss，Hans Robert.）和科恩（Cohen，Ralph.）的講法，「類型」是一個過程，一個歷史的、相對的，以重複爲主導、以變化和革新爲基調的過程〔註58〕。在俄蘇二戰電

〔註57〕約翰・B・湯普森，高銛譯，意識形態與現代文化〔M〕，南京：譯林出版社，2005 年，第 303～315 頁。

〔註58〕Cohen，Ralph. History and genre. New Literary History，1986：Vol.17，No2，Winter，p205～206；Jauss，Hans Robert. *Towards An Aesthetic of Reception*，The Harvester Press，Brighton，p80，Neale，Genre，British Film Institute，London，p19.轉引自奧利弗・博伊德──巴雷特、克里斯・紐博爾德編，汪凱、劉曉紅譯，媒介研究的進路〔M〕，北京：新華出版社，2004 年，第 572 頁。

影的發展中，這一過程表現得尤爲顯著，二戰電影在「重複」與「革新」之間書寫了豐富的類型電影史。在電影研究框架下，類型研究（或稱樣式研究）常常與敘事研究聯繫在一起，這在很大程度上是因爲敘事結構是理解不同類型和原型的關鍵〔註59〕，鑒於此，敘事理論成爲電影文本分析得以展開的首要基礎。

「敘事學」這一術語由茨維坦・托多洛夫（T.Todorov）在 1969 年首次提出，他參與的是一場旨在以索緒爾語言學這一「引航科學」來研究所有文化現象的結構主義大革命〔註60〕。由羅蘭・巴特（R. Barthes）、克勞德・布雷蒙（C. Bremond）、熱拉爾・熱奈特（G .Genette）、格雷馬斯（A.J.Greimas）和托多洛夫等人創立的敘事學是整個結構主義研究領域裏的一個分支，他們遵循索緒爾（Ferdinand de Saussure）對「語言」（系統）與「言語」（系統基礎上的個體言說）的區分，把具體的故事看作由某種共同符號系統支持的具體敘事信息。索緒爾語言學認爲「語言」高於「言語」，關注重點是語言符號系統的結構元素和組合原則；敘事學家們同樣也將一般敘事置於具體敘事之上，主要關注點是基本結構單位（人物、狀態、事件等等）在組合、排列、轉換成具體敘事文本時所依照的跨文本符號系統原則。敘事學的基本假設是，人們能夠把形形色色的藝術品當作故事來闡釋，是因爲隱隱約約有一個共同的敘事模式〔註61〕。

「敘事學」有兩大研究路徑：語式敘事學和主題敘事學〔註62〕。最先發展起來的是「語式敘事學」，它關注講述所用的表現形式，包括敘述者的表現手法、作爲敘事中介的表現材料、敘述層次、敘述的實踐性和視點等等；與之相對應的是「主題敘事學」，它關注被講述的故事、人物的行動及作用、「行

〔註59〕克里斯・紐博爾德，活動圖像的分析〔A〕，奧利弗・博伊德——巴雷特、克里斯・紐博爾德編，汪凱、劉曉紅譯，媒介研究的進路〔M〕，北京：新華出版社，2004 年，第 548 頁。

〔註60〕F.Dosse，*History of Structuralism*，Vol. 1，trans. D. Glassman，Mineapolis：The University of Minntsota Press，1997，pp59～66.

〔註61〕戴維・赫爾曼（David Herman），馬海良譯，敘事理論的歷史（上）：早期發展的譜系〔A〕，James Phelan，Peter J. Rabinowitz 主編，申丹、馬海良等譯・當代敘事理論指南〔M〕，北京：北京大學出版社，2007 年，第 4～21 頁。

〔註62〕安德烈・戈德羅將之稱爲「表達敘事學」和「內容敘事學」。參見安德烈・戈德羅、弗朗索瓦・若斯特，劉雲舟譯，什麼是電影敘事學〔M〕，北京：商務印書館，2005 年，第 10 頁。

動元」之間的關係等，主要聚焦於文本的內容向度。本研究所採用的是「主題敘事學」路徑，一方面，關注主題本身所傳達的訊息，雅克·奧蒙和米歇爾·馬利認爲該層面的主題分析是一種最爲普及的影片探討方式〔註63〕——具體到本研究中，即關注國家認同的建構；另一方面，「主題敘事學」關注主題的呈現，這就常常涉及到文本的敘事結構分析以及敘事元素安排。

那麼，在主題敘事學的研究路徑下，什麼是敘事結構？什麼是敘事元素？

塞默爾·查特曼（S.Chatman）曾經指出〔註64〕，現代敘事作品必不可少地具有結構的複雜性，敘事本身就是一個結構，它應該能夠與所講的故事區分開，自身就傳達出某種意義。敘事的必要組成成分包括故事和話語，故事是指一連串事件加上人物和環境；話語是內容得以傳達的手段。按照符號學的講法，「表達」和「內容」這樣的區分尚不足以捕捉到交流情形中的所有元素，與這一區分有交叉的是「材料」和「形式」之間的區分。也就是說，敘事文本應當包含（1）表達的形式和材料，和（2）內容的形式和材料，查特曼把這一結構具體爲如下所示的四方矩陣：

	故事（內容）	話語（表達）
形　式	事件 { 行爲 遭遇 存在 { 人物 環境	敘事傳達的結構※
材　料	人和物等等 經過作者的文化代碼的預先處理	表徵 { 語言 電影 芭蕾舞 啞劇 ……

對於本研究而言，「表達的材料」是電影；「內容的材料」是經過生產者篩選過的素材；「內容的形式」包括事件、人物和環境；而「表達的形式」是

〔註63〕雅克·奧蒙、米歇爾·馬利，吳珮慈譯，當代電影分析〔M〕，南京：江蘇教育出版社，2005 年，第 121～122 頁。

〔註64〕塞默爾·查特曼，故事和話語（導言）〔A〕，奧利弗·博伊德—巴雷特、克里斯·紐博爾德編，汪凱、劉曉紅譯，媒介研究的進路〔M〕，北京：新華出版社，2004 年，第 590～594 頁。

指把事件性、人物性、環境性以及它們一一正式代表的關係賦予文本，這種「賦予」的方式就是本研究談到的「主題敘事學」路徑下的「敘事結構」，換句話說，它是指把人物、事件與環境組織起來的方法。本研究中的「英雄敘事」，就是基於敘事結構的探討。

　　兩個時期的二戰電影為我們展現了豐富多元的敘事，為了探索多元化敘事下是否具有潛在的共同結構，建立敘事的文法是必須的，也就是說，要找出敘事的最小單位和規則，來控制敘事的選擇與組合，進而製造意義〔註 65〕——這裏的敘事單位，也就是我們所說的敘事元素。關於電影敘事單位的確定，克里斯丁・麥茨的「巨大橫組合（grande syntagmatique）」提供了電影敘事片段的一個廣泛分類〔註 66〕：從自主鏡頭開始安排不同的階級分層，從最小的片段延續到最大的片段，麥茨共分了八個階層：自主性鏡頭、平行的組合項、注解的組合項、描述性組合項、替代性組合項、場、插曲式段落、一般性段落〔註67〕。而文森特・明尼里（Vincente Minnelli）在《金粉世界》的片頭分段研究中，在「巨大橫組合」的基礎上確立了更大範圍的分隔方式〔註68〕，他用「章節」把全片分成五個大部分，都是可以各用幾個句子簡述各段內容的大的敘事體，接下來是「超段落」、「段落」和「次段落」，他的「段落」基本與麥茨的段落類型相對應。本研究中電影的敘事單位主要以「章節」、「超段落」和「段落」三個層次來說明：「段落」依據場景轉換來劃分；「超段落」比「段落」大，比「章節」小，它把「段落」歸納為幾個次級主題；這些次級主題共同構成「章節」，也就是說，「章節」代表著大的敘事中心的轉換。本研究中的「記憶敘事」就是圍繞著「敘事元素」展開的分析。

〔註65〕 Robert Lapsley&Michael Westlake，李天鐸、謝慰雯譯，電影與當代批評理論〔M〕，臺北：遠流出版事業股份有限公司，1997 年，第 179 頁。

〔註66〕 ChristiAn Metz. *FilM LAnguAge*. New York：Oxford University Press，1974.

〔註67〕 具體來講，自主性鏡頭：一種是段落鏡頭，即整場戲是在單一鏡頭內完成，另一種是插入性鏡頭，例如在一較大的片斷中主觀的影像；平行的組合項：兩個主題以蒙太奇手法穿插交織，這兩者之間的時空關係並不特定；注解的組合項：短暫鏡頭的蒙太奇，再現一種情境或生活的方式；描述性組合項：一連串鏡頭構成某時刻混合的描述；替代性組合項：同時有兩個連續事件發展，每一個有其自身空間，卻又同時發生，例如追逐場景；場：鏡頭的連續展現空間上的一致性；插曲式段落：包含組織過但不一致的鏡頭；一般性段落：此處的不一致性，只是不重要時刻的省略。

〔註68〕 Raymond Bellour. *L，Analyse du film*. Paris：Albatros，1979。轉引自雅克・奧蒙、米歇爾・馬利，吳珮慈譯，當代電影分析〔M〕，南京：江蘇教育出版社，2005 年，第 63 頁。

（二）符號學分析

在敘事結構和敘事元素背後，又指向了怎樣的意義？為了探討這一問題，我們需要進一步引入符號學理論。奠定了敘事學傳統基礎的索緒爾，同時也是符號學的創立者之一。他把概念和音響形象的結合叫做符號，在符號內部，「音響形象」或「概念」分別用能指與所指代替，能指與所指之間的關係是任意的〔註 69〕。從能指到所指之間的過程被稱作意指〔註 70〕。有電影研究者在此基礎上把電影符號分成了三類：圖像符號、指示符號和象徵符號：圖像符號是對目標對象的再現；指示符號是指向對象的功能，比如來訪者的敲門聲；象徵符號是指與它的對象藉由觀念或習慣而聯結，象徵意義的基礎要依賴於傳統；一個符號可能屬於這三種當中的一種或多種類別〔註 71〕，本研究要探討的不是這一微觀層面的意指過程，而是內涵與外延構成的系統，所以對三類符號未作區別。

羅蘭・巴特指出，所有的意指系統都包含一個表達層面（plan d' expression，縮寫為 E）和一個內容層面（plan de contenu，縮寫為 C），意指行為則相當於這兩個層面之間的關係（R）：ERC。當從這個 ERC 系統延伸出第二個系統的時候（前者變成後者的一個簡單要素），如果前者變成了後者的能指，那麼第一系統則構成外延層面，第二系統構成內涵層面〔註 72〕。具體來說，外延則是指詞語和其它現象的字面含義或外在含義，比如芭比娃娃的外延指一個小玩具；內涵是指一個詞語或傳播形式的文化含義，通常包括其象徵的、歷史的和情感的內容。在媒介分析中常常要探尋目標和象徵對象的內涵，研究文本中角色的行為與對話的內涵，然後將這些意義與社會的、文化的和意識形態等方面相聯繫〔註 73〕。

在這樣的分析路徑下，我們也可以看出敘事學、符號學與文化分析的某

〔註 69〕費爾迪南・德・索緒爾，高名凱譯，普通語言學教程〔M〕，北京：商務印書館，1980 年，第 102 頁。

〔註 70〕羅蘭・巴爾特，王東亮等譯，符號學原理〔M〕，北京：生活・讀書・新知三聯書店，1999 年，第 39 頁。

〔註 71〕Robert LApsley&MichAel WestlAke，李天鐸、謝慰雯譯，電影與當代批評理論〔M〕，臺北：遠流出版事業股份有限公司，1997 年，第 62～64 頁。

〔註 72〕羅蘭・巴爾特，王東亮等譯，符號學原理〔M〕，北京：生活・讀書・新知三聯書店，1999 年，第 83～84 頁。

〔註 73〕阿瑟・阿薩・伯傑，李德剛、何玉譯，媒介分析技巧（第二版）〔M〕，北京：中國人民大學出版社，2005 年，第 27～28 頁。

種綜合，按照英格伯格・豪斯特莉（Ingeborg Hoesterey）的講法，敘事學發展
史包括三個階段〔註74〕：第一階段是古代階段，即敘事理論的早期發展，它
是一些諸如「文學理論」和「形態學」之類的「力場」互相聯結和交錯的網
絡〔註75〕；第二階段是以結構主義範式爲基礎的「經典」敘事學；第三個階
段是所謂的「批判」敘事學，豪斯特莉稱之爲「新希臘化」時期，在這一時
期敘事理論重新定位和分化，產生了一系列回應後結構主義的亞學科，經常
被提及的有精神分析、性別分析和意識形態分析等等，本研究正是第三階段
主要方法的具體實踐。

（三）意識形態分析

　　意識形態概念起源於法國，1797 年由安東尼・德斯圖・德・特拉西（Antoine
Destett de Tracy）提出，兩個多世紀以來對其的討論主要分成兩大路徑：一條
是法國特拉西的理性主義傳統，將意識形態與科學相對立，歷經了涂爾幹
（Durkheim）的結構主義修訂，以及美國路徑中意識形態在實證主義標籤下
與科學的對立；另一條通常被稱爲是歷史主義的，認爲社會研究的問題與科
學研究的問題有著根本的不同，強調意識形態的社會視野，經由黑格爾、馬
克思、曼海姆下溯到哈貝馬斯。在社會科學研究的不同面向中，「意識形態」
被賦予了多種多樣的又常常是含糊不清的含義。按照克利福德・格爾茨
（Clifford Geertz）的說法，意識形態和科學的界限，如果有什麼界限的話，
成了現代社會學思想的斯芬克斯之謎；我們要做的不是把它限定爲「某種模
糊不清的東西」，也不是把它從科學討論中徹底清除掉，而是繼續努力使之變
得無害；要認眞地將意識形態作爲一個互動的符號體系——當作互相影響的
意義模式——來檢驗。格爾茨形象地把意識形態比作了「社會現實的地圖以
及產生集體良心的母體」。在格爾茨這裏，意識形態更多地是一個相對靜態的
符號框架。他認爲在不穩定的國內國際秩序中存在著普遍的迷失感，面對這
種迷失，需要一個對政治難題做出分析、思考和反應的符號框架〔註76〕。

〔註74〕Ingeborg Hoesterey，「Introduction」in A.Fehn，I. Hoesterey，And M.Tatar
　　　（eds.），*Neverending Stories：Towards A Critical Narratology*，Princeton，NJ：
　　　Princeton University Press，1992，p3.

〔註75〕戴維・赫爾曼（David Herman），馬海良譯，敘事理論的歷史（上）：早期發
　　　展的譜系〔A〕，James Phelan，Peter J. Rabinowitz 主編，申丹、馬海良等譯・
　　　當代敘事理論指南〔M〕，北京：北京大學出版社，2007 年，第 19〜20 頁。

〔註76〕克利福德・格爾茨，韓莉譯，文化的解釋〔M〕，南京：譯林出版社，1999 年。

　　大衛‧麥克里蘭似乎比格爾茨走得更遠，他指出意識形態最好不要被看做是一種獨立的符號象徵體系，而與另一種體系（如科學）相對立；就其被牽扯到權力和資源的不公平分配而言，它是每一種符號象徵體系的一個方面；對於具體分析來說，要嘗試把意識形態分析與控制和統治的分析相聯繫，以此保持概念的批判潛能〔註77〕。約翰‧B‧湯普森也把意識形態視為一個批判性概念，他把意識形態概念與尋求集體共有的價值觀加以區分，把它重新定向於意義用來維護統治關係的複雜方式〔註78〕，也就是說，意識形態不是象徵形式或象徵體系本身，而是「象徵形式的社會運用」。麥克里蘭和湯普森更多強調了意識形態的動態特徵。

　　本研究承認，意識形態包含著靜態和動態的雙重內涵。它首先是一個符號框架，在這個意義上，前文提到的「國家認同」、「英雄主義」和「集體記憶」都屬於意識形態的範疇；另外，當我們把意識形態作為一種分析手段的時候，它則退到後臺，變成一種運作方式，按照這樣的邏輯，在英雄主義、集體記憶和國家認同之間流動的，才是意識形態。在本研究中，我們將從動態意義上使用這個概念，即「意義維護統治關係的方式」。

　　按湯普森所言，意識形態的理論架構對應著「現代文化的傳媒化」過程，即大眾傳播機構的迅速擴散和傳輸網絡的發展，使得商品化的象徵形式通過它們傳向日益擴大的受眾領域〔註79〕。也就是說，在「社會運用」的過程中暗含著另一條商品化（或商業化）的線索。文森特‧莫斯可指出，商業化過程特指在受眾與廣告商之間創造一種關係〔註80〕。不論對於電影或電影產業而言，這個概念是否精確，但是他都指出了一個現實，就是電影要考慮到受眾和市場因素。商業化傾向表現在影片的生產、發行和放映等各個環節。就電影內容而言，通常會運用一些吸引眼球的商業元素，比如設置懸念、戲謔手法、煽情、大場面的視覺衝擊、明星的運用等等；電影的敘事策略也變得更加符號化，包括欲望敘事、準神話敘事、淺層化敘事和奇觀敘事等等。而

〔註77〕大衛‧麥克里蘭，孔兆政、蔣龍翔譯，意識形態（第二版）〔M〕，長春：吉林人民出版社，2005年。
〔註78〕約翰‧B‧湯普森，高銛等譯，意識形態與現代文化〔M〕，南京：譯林出版社，2005年。
〔註79〕約翰‧B‧湯普森，高銛等譯，意識形態與現代文化〔M〕，南京：譯林出版社，2005年，第12頁。
〔註80〕文森特‧莫斯可，胡正榮等譯，傳播：在政治和經濟的張力下──傳播政治經濟學〔M〕，北京：華夏出版社，2000年，第140頁。

這些商業元素的運用和符號化的手段常常會消解或部分消解文本原初要承載的意義。

　　具體到本研究中，「意識形態」的動態概念可以提供一種分析手段，來解釋二戰影像的社會運用——這當中包含兩個層次，一是「英雄主義」和「集體記憶」如何建構「國家認同」，二是在國家認同建構過程中，各種意識形態的相互滲透及其影響。

第三節　研究框架、樣本及意義

一、研究框架

　　把上文提及的敘事學、符號學和意識形態分析方法落實到本研究中，即「英雄敘事」和「記憶敘事」是兩個巨大的「能指」，我們將通過分析它們的敘事結構或者敘事元素，得出它們所代表的「所指」，而這個分析的過程就是我們所說的「意指」。這個過程構成了第一個 ERC 系統，當我們把這個系統作為第二個系統的能指的時候，也就是說這個 ERC 系統構成了一個外延層面，它又進一步指向了一個內涵層面，這個內涵層面就是本研究的核心概念「國家認同」，從外延到內涵的分析，涉及到的是蘇聯和俄羅斯社會的歷史。

　　在整體的敘述當中，又一直滲透著意識形態分析的方法。由此可以總結出本研究的大致脈絡，如下圖所示：

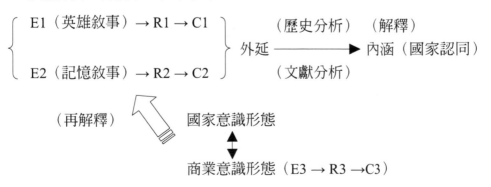

　　具體來說，本研究的主體論述將分成三個部分：

　　第一部分，結合蘇聯二戰電影，考察俄羅斯二戰電影在「英雄主義」的

層面上建構了怎樣的國家認同，並結合歷史條件和社會背景對此作出解釋（即上圖中的 E1－R1－C1 到國家認同）；

第二部分，結合蘇聯二戰電影，考察俄羅斯二戰電影在「集體記憶」的層面上建構了怎樣的國家認同，並結合歷史條件和社會背景對此作出解釋（即上圖中的 E2－R2－C2 到國家認同）；

第三部分，是對前兩部分的綜合考察和深度解釋，在前兩部分的對比分析中，我們沒有特別強調俄羅斯二戰電影的商業元素，相對而言，蘇聯二戰電影是「國家意識形態」統一運作的結果，而俄羅斯二戰電影是「國家意識形態」與「商業意識形態」共同作用的結果，鑒於此，這一部分我們將突出對商業意識形態的考量，重在探討國家認同建構過程中諸種意識形態的相互交織、運行及其影響（即上圖中加入了 E3－R3－C3 之後，對意識形態運作的再解釋）。

通過上述分析我們試圖得出，俄羅斯二戰電影對國家認同的建構呈現出怎樣的特徵；以及這種特徵與特定歷史條件下的政治、經濟和文化邏輯的關聯。

二、電影文本選擇

本研究選取的電影文本來自於蘇聯和俄羅斯聯邦兩個時期。蘇聯時期二戰電影選取了三部：《一個人的遭遇》（1959）、《伊萬的童年》（1962）和《這裏的黎明靜悄悄》（1972），本研究認為它們可以作為蘇聯二戰電影的典型代表。

首先，是在電影發展階段方面的典型性。蘇聯時期的二戰電影大致可以分為五個發展階段（見本章第一節），藝術電影的發展主要集中在中間三個階段，二戰電影無論是在主題方面還是在藝術方面都漸趨成熟。這三部電影都出品於這三個階段，涉及三個年代，《一個人的遭遇》拍攝於五十年代，《伊萬的童年》拍攝於六十年代，《這裏的黎明靜悄悄》拍攝於七十年代。

第二，是在本研究的關注點「英雄主義」層面上的典型性。就主要人物而言，這三部電影涉及到戰爭中的英雄群像，也涉及到英雄個人；就精神主旨而言，涉及到英雄主義與人道主義的相互融合。需要說明的是，就表現戰爭場面而言，只選取了戰壕真實〔註81〕類別的電影，沒有選擇全景戰爭電影

〔註81〕 「戰壕真實」是蘇聯電影從蘇聯軍事文學中借用的概念，與「司令部真實」相對應，後者主要表現司令部裏的運籌帷幄；而前者重在表現前沿陣地上的出生入死，事件多圍於一個狹小的空間範圍，時間跨度不大，人物涉及不多，戰事涉及單位通常為連、排或偵查小分隊。

（例如《莫斯科保衛戰》等等）；就英雄地位而言，只選擇了普通軍人，沒有選擇領袖人物，這主要是因為在俄羅斯聯邦二戰電影中，這幾類電影是缺席的，沒有對照意義，所以捨去。

第三，是在本研究的關注點「集體記憶」層面上的典型性。這三部電影涉及到「戰爭與女性」、「戰爭與孩子」、「戰爭俘虜」等重要題材類別。另外，電影導演和編劇等都是身懷戰爭記憶的一代人，比如《這裏的黎明靜悄悄》，它改編自「前線作家」鮑里斯・里沃維奇・瓦西里耶夫的同名小說，談到該作品的創作動機時，作者就曾強調這是由於「記憶的推動」，這一代作家不僅熟悉「赴義的一代人」，而且帶著生者對死者的誠摯感情來寫作，而電影導演斯坦尼斯拉夫・羅斯托茨基也同樣是經歷過戰火洗禮的那一代蘇聯藝術家，他們的作品很大程度上代表了那一時期蘇聯人民對戰爭的記憶。

第四，就「意識形態」而言，蘇共中央對電影事業的政策不斷調整，蘇聯電影進入了「相對穩定和繼續繁榮發展時期」，這些影片都是在這樣的歷史背景下走上銀幕的。

鑑於此，蘇聯時期的二戰電影選取了上述三部。

俄羅斯聯邦二戰電影選擇的是 2000 年以後的作品，一方面是因為解體之後俄羅斯電影工業的發展到這一時期才趨於平穩，另一方面是這一時期的電影商業化相對比較充分。

據筆者統計，2001～2010 年在俄羅斯聯邦文化部註冊的二戰電影共有 42 部。鑑於筆者研究能力有限，所以對這 42 部作品進行了兩重篩選。第一重，截取了這十年的中段，也就是 2004～2007 年，共有 18 部作品。這樣的篩選，一方面是考慮到 2005 年是衛國戰爭勝利六十週年，這一年份比較具有紀念意義；另一方面是中間時段能夠相對清晰地呈現出這十年的方向和特徵。第二重，在這 18 部作品中，按照電影俄文名稱首字母排序，抽取了序號為 2、5、8、11、14 和 17 的作品，這六部作品分別是：《堆聚石頭有時（Время собирать камни）》、《勝利日（День Победы）》、《兄弟就是力量（Неслужебное задание）》、《無敵艦長（Первый после Бога）》、《阻力（Противостояние）》和《流氓（Сволочи）》〔註82〕。

〔註82〕《堆聚石頭有時》，俄文片名出自《聖經・舊約全書》，所以本研究遵循《聖經》中對該句的譯法進行了翻譯。《兄弟就是力量》，俄文原名直譯為「非公務任務」，本研究選取了電影中的一句意味深長的臺詞進行了意譯。

　　爲了後文論述方便，這裏首先對本研究中選取的二戰電影劇情加以簡要介紹。《這裏的黎明靜悄悄》講述了準尉瓦斯科夫帶領五名紅軍女戰士，在高地上遭遇一支十六人組成的德軍小分隊，爲了堅守陣地保衛祖國，準尉負傷、五位女戰士英勇犧牲的事跡。《一個人的遭遇》講述了索庫洛夫在戰後回憶他的二戰經歷，包括在德軍戰俘營的輾轉，親人的去世，以及兒子的壯烈犧牲。《伊萬的童年》講述了小偵察兵伊萬在戰爭前線的生與死。

　　《堆聚石頭有時》講述的是，戰爭宣告結束、德軍正在撤退的過程中，德軍中尉魯道夫堅決要求奔赴俄羅斯，他要親手排除自己部隊埋下的八處地雷，蘇聯軍方派出了大尉焦明與魯道夫共同完成排雷任務。《勝利日》講述了尼古列科和普里瓦洛夫在勝利日這天相逢在紅場，回憶起懲戒營以及共同作戰的歲月。《兄弟就是力量》同樣是發生在戰爭即將結束時期的一個故事：在捷克領土上有一支零散的法西斯分隊，他們頑固地試圖衝破蘇聯軍隊的西部防線，爲了消滅法西斯殘餘力量，上尉瓦羅尼科夫和哥薩克少尉謝爾巴共同帶領偵察隊完成了作戰任務。《無敵艦長》講述了無敵的海軍艦隊指揮官馬里尼如何頂著內務部審查的壓力最終取得海戰的勝利。《阻力》講的是蘇軍偵察隊指揮官中尉別斯法米林抓出軍隊醫院裏的內奸以及消滅僞軍的事件。《流氓》講述了一批少年犯罪分子被送進訓練營，之後被派出執行艱巨任務，最後炸毀德軍陣地的故事。

三、研究意義

　　本研究圍繞蘇聯及俄羅斯聯邦二戰題材電影展開，主要探討二戰電影中的國家認同建構問題，研究涉及傳播學、社會學、政治學和歷史學等多個學科，就理論層面和現實層面而言，都具有重要的研究意義。

（一）理論意義

1. 大眾傳播與國家認同

　　近年來，學者們就不同的個人、集體、地域是否永久地擁有並且保持某些排他性的典型特質提出了質疑，他們在探討：人們對國家、城市、村鎮、社區等概念的認同，是不是基於某些被社會化了的意義而逐步形成，並且隨著歷史條件的改變而一直經歷著變化和轉型——在相關問題當中，核心是關

於民族和民族－國家的討論〔註 83〕。國家認同是維繫一個國家存在和發展的重要紐帶〔註 84〕，隨著全球化在政治、經濟和文化領域的持續滲透，國家認同如何應對危機和挑戰日益成為一個重要的研究課題。Richard Rorty 在強調民族自豪感對於國家認同的重要作用時指出：民族自豪感是國家自我完善的必要條件，每個國家都要依靠藝術家和知識分子去塑造民族歷史的形象，去敘說民族過去的故事，描寫一個民族經歷過什麼又試圖成為什麼，不應該只是準確地再現現實，而應該是努力塑造一種精神認同〔註 85〕——大眾傳播在國家認同建構中的意義可見一斑。

本尼迪克特‧安德森曾經探討了文學與政治想像之間的關聯，以及這一關聯中豐富的理論可能〔註 86〕；他認為存在著一種完全憑藉語言，尤其是詩和歌的形式來暗示其存在的特殊類型的共同體，這些民族主義的文化產物能以不同形式和風格顯示出政治愛與愛國心〔註 87〕。在電影研究中也發現了類似的政治想像：Robert Burgoyne 曾經提到了電影在國家想像中起到的核心作用〔註 88〕；Robert Brent Toplin 更是聲稱歷史電影能幫助形構數百萬人的思想〔註 89〕；關於戰爭電影對國家認同形成的重要作用也在很多學者的論述中有所提及〔註 90〕。

〔註 83〕 凱思‧內格斯、帕特里亞‧羅曼——維拉奎茲，全球化與文化認同〔A〕，詹姆斯‧庫蘭、米切爾‧古爾維奇編，楊擊譯，大眾媒介與社會〔M〕，北京：華夏出版社，2006 年，第 315～316 頁。

〔註 84〕 賈英健，全球化背景下的民族國家研究〔M〕，北京：中國社會科學出版社，2005 年，第 180 頁。

〔註 85〕 RichArd Rorty，黃宗英譯，鑄就我們的國家——20 世紀美國左派思想〔M〕，北京：生活‧讀書‧新知三聯書店，2006 年，第 1～9 頁。

〔註 86〕 吳叡人，認同的重量：《想像的共同體》導讀〔A〕，本尼迪克特‧安德森，吳叡人譯，想像的共同體〔M〕，上海世紀出版集團，2005 年，第 6 頁。

〔註 87〕 本尼迪克特‧安德森，吳叡人譯，想像的共同體〔M〕，上海世紀出版集團，2005 年，第 137～140 頁。

〔註 88〕 Robert Burgoyne. *Film Nation：Hollywood Looks At US History*.Minneapolis：University of Minnesoda Press，1997 年，第 122 頁.

〔註 89〕 Robert Brent Toplin. *History by Hollywood：The Use And Abuse of the American Past*. Urbana：University of Illinois Press，1996：vii.

〔註 90〕 參見約翰‧斯道雷‧記憶與欲望的耦合：從越南戰爭到海灣戰爭〔A〕，約翰‧斯道雷，徐德林譯，斯道雷：記憶與欲望的耦合——英國文化研究中的文化與權力〔M〕，桂林：廣西師範大學出版社，2007 年，第 136～153 頁。賈磊磊，戰爭電影：國家形象的顛覆與建構〔J〕，電影創作，2002 年 3，第 50～58 頁。

涉及到大眾傳播中國家認同建構的具體方式和邏輯，潘忠黨通過我國傳媒對香港回歸的報導探討了傳媒對中華民族歷史的敘事及其建構中的秩序〔註91〕；楊厚均通過解讀新中國革命歷史長篇小說分析了革命歷史圖景與民族國家想像之間的關係〔註92〕。電影作為國家認同建構的重要手段之一，對其展開的深入研究並不多見，本研究是對大眾傳播與國家認同建構研究的一個補充。

2. 電影與歷史

20 世紀末期以來，電影學與歷史學之間的關係變得更加直接和多元〔註93〕。在馬克·費羅看來，電影和歷史是相互介入的：首先，電影是歷史的代言人，影片對歷史的再現（無論是紀實的還是虛構的），常常會滲入某種意識形態，繼而引發社會影響力；第二，電影借助能夠增強影片功效的手段來介入歷史，這種能力常常與生產和接受電影的社會密切相關；第三，每部影片的背後都有「故事」，包括複雜的人事關係、對物或對人的規章制度以及名利的分配等等，這呈現的是人類的歷史〔註94〕；於是，從電影的角度解讀歷史或者從歷史的角度解讀電影，都能讓我們看到影片背後的社會。

本研究正是循著這樣一條思路，來探究影片及影片背後的社會與歷史，更重要的是，本研究涉及到兩個時期同類電影的對比，這讓我們能更深刻地理解電影在歷史中的調適過程，以及電影與社會之間千絲萬縷的聯繫。某種程度而言，是發展「電影與歷史」研究的一點嘗試。

（二）現實意義

本研究的現實意義主要體現在三個方面。

第一，國家認同於內能夠凝聚民心，於外可以應對全球挑戰，探討電影在國家認同建構中的作為與作用，有利於我們更嚴肅地看待民族歷史與文化

〔註91〕潘忠黨，歷史敘事及其建構中的秩序——以我國傳媒報導香港回歸為例〔A〕，陶東風、金元浦、高丙中主編·文化研究（第 1 輯）〔M〕，天津：天津社會科學院出版社，2000 年，第 221～238 頁。
〔註92〕楊厚均，革命歷史圖景與民族國家想像——新中國革命歷史長篇小說再解讀〔D〕，武漢：華中師範大學，2004 年。
〔註93〕李道新，重構中國電影——從學術史的角度觀照改革開放以來的中國電影史研究〔J〕，當代電影，2008 年，第 11 頁。
〔註94〕馬克·費羅，彭姝褘譯，電影和歷史〔M〕，北京：北京大學出版社，2008 年，第 8～13 頁。

傳統，更好地樹立民族國家意識，在全球化浪潮中守住我們的根基。

　　第二，圍繞俄羅斯二戰題材電影展開的研究，對我國而言具有重要的借鑒意義。中國與俄羅斯同樣面對著全球化的挑戰，電影事業同樣處於商業化的進程中，俄羅斯電影工業發展的路徑可以引發我們的諸多思考。

　　第三，國內目前對於俄羅斯聯邦電影尤其是二戰電影的專門研究非常有限，只有散見於期刊的部分電影介紹，以及李芝芳在其專著《當代俄羅斯電影》中對戰爭電影的整體掃描〔註95〕，本研究試圖在這一領域作出更多探索。

〔註95〕李芝芳，當代俄羅斯電影〔M〕，北京：文化藝術出版社，2003 年。

第二章　英雄敘事與國家神話

　　本章將結合蘇聯二戰電影，考察俄羅斯二戰電影在「英雄主義」層面上建構了怎樣的國家認同，並結合歷史條件和社會背景對此作出解釋。

　　第一節中，我們將考察「人物與事件的組合方式」，通過對兩個時期二戰電影的對比分析，得出俄羅斯二戰電影的敘事內核；第二節中，我們將借鑒俄國民間文學研究者普洛普的分析方法，探討兩個時期的二戰電影中，「英雄」角色在「出身」、「愛情」、「友情」和「功勳」四個功能上的不同表現，得出俄羅斯二戰電影的敘事主題；第三節中，將對前兩節得出的敘事內核和敘事主題加以綜合，並結合具體的歷史和社會背景，進一步探討國家神話的誕生。

第一節　內核：英雄造時勢

　　上一章中我們指出，本研究對「英雄敘事」的探討是圍繞敘事結構展開的。我們把敘事結構對應於「表達的形式」，它是指把事件性、人物性、環境性以及它們代表的關係賦予文本。對於俄蘇二戰電影而言，戰爭環境是恒定的，所以「人物性」與「事件性」是最關鍵的兩個要素。二戰電影中的人物通常對應於「英雄」主角（當然，也有非英雄人物擔綱主角的可能，本研究涉及的電影文本中沒有此類），所以本章的敘事結構分析就具體對應於：英雄與事件相加，共同串起整個文本的方式。我們將按照文本中的情節發展順序，把兩個時期的二戰電影分別劃分為六個章節（不包括電影片頭），通過觀察它們的縱向章節組合方式以及人物與事件的橫向串聯方式，來分析同一時期的電影是否具有內在一致，不同時期的電影是否又存在差異。具體劃分情況請參閱文後附錄。

一、蘇聯二戰電影：戰爭的底色

通過對三部蘇聯二戰電影的分章節探討（附錄一），我們發現，就橫向來講，這些電影共享著同樣的情節結構與敘事線索，並且側重講述「戰爭大背景及戰爭造就的人物命運」；就縱向來講，電影的敘事結構呈現出層層推進的特點，相應的，影片中的情感也體現出逐步深化的態勢。具體到每一個章節，主題的一致性與情感的豐富性相得益彰。

（一）章節 0：即電影片頭。

初看上去，三部電影切入主題的方式並不相同，索庫洛夫的遭遇是以他戰後的自述開始，他坐在春日的渡口，抽著土煙，在煙霧繚繞之中，畫面暈開，回憶登場；伊萬的苦難童年是從他溫暖的夢境進入，那裏有明媚的陽光和媽媽的笑臉；《這裏的黎明靜悄悄》則是以一位年輕姑娘的視角切入，畫外有布穀鳥歡快的叫聲，姑娘穿著火紅的衣服眺望著當年的戰鬥舊址，紅色的火焰鋪滿了整個屏幕又漸漸褪去，戰鬥舊址也從彩色變成了黑白。剝去影像的面紗，我們還是可以發現思想上的某種相似：它們都從遠離戰爭的地方開始，這種平靜和安詳製造了一種情緒上的錯覺，它們與影片結尾的「洶湧澎湃」遙相呼應，有力地渲染了整個文本的悲愴情感。

（二）章節 1：戰爭被拉近，主要人物出場，並對身份做出了詳細說明。

吞雲吐霧間，索庫洛夫述說了自己二戰前的生活經歷以及家庭狀況，他不能想像，站臺上與親人的送行竟成為永別；涉水而行後，伊萬在紅軍駐地高揚起黝黑倔強的臉，無論是故作成熟的表情還是偵查員的身份，與他的年齡都是那樣不相稱；從一開場，準尉瓦斯科夫就是一副恪守軍規的模樣，終於找到了一群符合他要求的「不喝酒不碰女人」的女兵前來報到，搭宿舍、建浴室，瓦斯科夫新添了諸多活計。總體而言，三部影片都頗費些筆墨交代了即將衝鋒陷陣的士兵們的身份背景與個性特徵。

（三）章節 2：講述了戰鬥之前戰友們的相處，儘管主角的身份不同，經歷不同，相處的方式也不同，但是他們彼此之間相互扶持的革命情誼大體相同。

索庫洛夫在被德軍押送至戰俘營的過程當中，與戰友們相互照顧，為了保護身邊共產黨員的安全，不得不殺死企圖告密的叛徒；中青年軍官與小伊萬之間亦父亦兄亦友的關係也被刻畫的淋漓盡致，大人們都在盡力呵護著這個被戰爭扭曲了心靈的孩子；年輕女兵們的相處既細膩又美好，一方面她們

傾聽並撫慰著彼此受傷的心，另一方面，又在相互讚美和鼓勵當中苦中作樂。越是平靜的生活，越為情感的爆發埋下伏筆。

（四）章節 3：情感鋪墊。

被俘期間，索庫洛夫強烈地表達了對德國兵的憤恨以及戰俘生活的悲涼；戰鬥間歇，儘管伊萬只看到了仇恨，但他身邊的大人們或許會暗生情愫（比如賀林上校與瑪莎），只是那種溫柔再也找不到擁抱的理由；戰鬥前線，準尉和女兵們如同親人般相互依靠和扶持，只是這種溫暖始終敵不過空曠的沼澤與冰冷的子彈〔註1〕。

（五）章節 4：出現轉機。

索庫洛夫終於找到了機會逃離德軍，並且還俘虜了一名德軍少校；伊萬拿到一把鋒利的匕首，自己在地下室裏開始了軍事演習，並高喊要生擒活捉敵人；姑娘們冒著生命危險演了一場伐木和嬉水的戲給敵人看，暫緩了德軍的行程。這些小小的勝利正是所謂的「欲抑先揚」。

（六）章節 5：壯烈犧牲。

索庫洛夫回家探親，才知道自己的故鄉遭到了空襲，幸免於難並從軍的兒子成了他唯一的寄託，可是這唯一的寄託又在勝利前夕被徹底打碎，兒子犧牲了；伊萬出去偵查遲遲未歸，唱機裏傳出悲傷的調子，暗示著伊萬已經遭遇不幸；五位女兵相繼壯烈犧牲，凝成一首淒美的絕唱。

（七）章節 6：痛定思痛。

埋葬了所有希望的索庫洛夫，還是在戰後收養了一個孤兒，並且希望那個孩子能夠在未來的路上經受一切；而那些沒有了未來的孩子，就像伊萬，則用自己的犧牲換來戰鬥的勝利，他生前的最後一個夢，與其說是對光明的渴望，不如說是對生命的惋惜；黎明的山谷依舊靜悄悄，似乎在祈願後輩一定要記得烈士們曾經為祖國付出的一切。

以上是我們對蘇聯二戰電影的敘事結構進行了整體概括，從章節 0 的平和寧靜，到章節 1、2、3 的情感鋪墊，再加上章節 4 與 5 的兩相對照，尤其反襯出戰爭的殘酷；文本結構的線性發展，加上一波三折的情節起伏，在章節 6 達到情緒的頂點，它們共同凝聚成直指心靈的厚重與悲愴。

〔註1〕這裏指的是《這裏的黎明靜悄悄》中最震顫人心的段落：麗札陷入沼澤，冉卡等女兵中彈犧牲。

二、俄羅斯二戰電影：英雄的力量

與蘇聯二戰電影相似的地方是，俄羅斯二戰電影也共享著同樣的情節結構與敘事線索（參見附錄二）。不同之處則在於，俄羅斯二戰電影側重講述「英雄在戰爭中的作為」，它們通常關注某一場戰役中的人物活動；此外，如果說蘇聯二戰電影體現出了情節層層推進、情感漸漸昇華的特點，那麼俄羅斯二戰電影則更像一種並列式的結構，人物特徵和情感釋放穿插於文本的從始至終。

（一）章節 0：片頭。

相較於蘇聯二戰電影片頭「與戰爭的距離感」，俄羅斯二戰電影的片頭更多體現了「戰爭的現場感」，它們通常以懸念開篇，以此來交代影片的故事背景、主要場景或者主要切入點。具體表現手法大致可以分為三類：

1. 從戰爭相關場景開始。陰暗的地下室配上低沉的音樂，一群德軍士兵穿梭往來安設地雷，其實是在交代《堆聚石頭有時》全篇敘事的核心背景；而水下艦隊奮力調整潛水艇且生死未卜，則為情節鋪開留下了一個懸而未決的引子。

2. 以文字形式引出敘事。「……戰爭已經宣告結束，但在捷克境內仍有一支德軍小分隊試圖穿越蘇軍西部防線……」，故事背景一目了然；而一則蘇聯懲治疏散區少年犯的法令則引出了關於成立訓練學校、安排學校校長並抓捕少年流氓的一系列事件，這些迅速完成的敘事其實都是在為接下來的訓練活動和任務委派做好鋪墊。

3. 第三類場面，在時間維度上遠離戰爭，而在心理空間上則保持著與戰鬥最切近的聯繫，那就是：數十年後勝利日的紅場和列隊檢閱的軍人。

（二）章節 1：交代人物身份，展開主要線索。

這一章節中，有兩大突出特點。

第一，引出一組主要矛盾，這組矛盾並不像我們慣常的思維一樣，涉及敵我之間的衝突，而是牽扯到蘇聯軍方內部的某種力量關係。比如影片會講到蘇聯常規部隊偵察兵與哥薩克部隊士兵之間的聯結；也會涉及無敵艦長馬里尼與內務部之間千絲萬縷的糾葛；還有蘇聯軍官焦明與德國軍官魯道夫之間複雜的情緒變化（儘管這裡涉及到蘇聯和德國雙方，但是嚴格來說，蘇聯的敵人是法西斯，而不是具體意義上的德國）；此外，訓練營教官與流氓學生之間相互戒備的心理；以及紅場上要「見證蘇軍榮譽」的尼古列科與「找伏

特加喝」的普里瓦洛夫之間的矛盾等等，都呈現了這種複雜的內部張力，而這種張力又為電影情節展開製造了一個氣場。

第二，引出一條輔助的感情線，這條線索總是涉及一個姑娘。比如善良倔強的女翻譯奈莉亞、安靜執著的農莊姑娘熱拉尼婭、在斯大林格勒圍困中幸存的女孩丹娘、情感豐富的軍醫薇拉，以及普里瓦洛夫鼓足勇氣才向其求婚的女人。當然也有一個例外《流氓》，因為影片中的主人公都只是十幾歲的小男孩。

（三）章節 2：首戰告捷。

在《堆聚石頭有時》、《兄弟就是力量》、《無敵艦長》和《阻力》中，雖然具體的戰鬥目標不同，但是都很清晰地展現了「首戰告捷」的橋段；《流氓》和《勝利日》的題材有些相似，都是受懲戒的人去執行一項危險任務，所以在這一部分中主要展現的是訓練或編組成型，應當說這可以算是思想改造上的某種勝利，所以我們也大致將其歸入「首戰告捷」的範疇。與此同時，輔助線索也並未中斷，故事中涉及的姑娘也都會在恰當的時間恰當的場合豐滿自己的角色。

（四）章節 3：行進受阻。

章節 1 當中提及的矛盾關係在這一節中劍拔弩張，當然這個時候可以有兩種完全相反的處理方式：緩和或加劇。為了排除八處排雷，魯道夫和焦明要穿越幾個城市和鄉村，途中他們遇到了一群強烈要求幫助排雷的村民，儘管這不在任務範圍之內並帶著未知的危險，焦明還是表現出了他的責無旁貸，魯道夫也並沒有置身事外，兩個人的矛盾關係在這樣的突發場合得到了緩解；《兄弟就是力量》的行動小組之一出了狀況，十幾位兄弟遭遇埋伏陣亡，給蘇聯官兵們帶來情感上的巨大撞擊，如何決定下一步的戰鬥計劃被提上了日程，前進抑或撤退，瓦羅尼科夫和謝爾巴最終達成了一致；內務部少校結束了他的觀望，正式介入對馬里尼的身份徹查，他的旁敲側擊讓馬里尼深受刺激；此外，天不怕地不怕的少年流氓用極為殘忍的手段來解決個人恩怨，教官安東也做出了不得已的處理決定；從未拿過武器的懲戒人員被布置致命任務，面對即將「出師未捷身先死」的狀況，連長和排長激烈爭執，但結局只有一種——「命令是不容討論的」；那剛剛萌芽的愛情，也在戰火燃起的時候慘痛夭折，自己人之間錯綜複雜的關係仍在繼續。總體而言，這一節中主要敘述了某場影響整體進程的突發事件及其解決。

（五）章節 4：兄弟情深。

如果說蘇聯二戰電影中的戰友之情是親如一家的相互關照與呵護，俄羅斯二戰電影中的戰友相處則展現出一種硬朗堅毅的情懷。隨著劇情的深入發展，戰士們之間的感情也逐步深化。焦明開始為他曾經憤恨的德國軍官解圍；哥薩克士兵為了替犧牲的戰友出氣想要解決俘虜；剛剛還一起打牌的弟兄轉眼就替自己上陣並且犧牲；小兄弟們作戰之前在機艙裏一起喝酒壯膽，他們懼怕死亡但始終還是要面對未卜的戰鬥；無論在戰場上，還是在部隊中，難兄難弟們對於「精誠合作」已經達成了相當的默契。

（六）章節 5：流血犧牲。

儘管每部影片的情節都很曲折，戰鬥也發生在不同的環境中，但是都呈現了同樣的內容──流血犧牲。需要特別強調的是，這裏的犧牲有兩大特點：首先，犧牲的人物都是配角，而主角是不死的──即便是看似例外的《無敵艦長》，它營造出一種全軍覆沒的態勢，而事實上在最後章節中，主角馬里尼孤身一人凱旋歸來；第二，特殊的環境裏，犧牲者完成了英雄壯舉，但是必須承認，在「犧牲」這一行為完成之前，他們當中的一些人尚未培養起慷慨赴死的信念。

（七）章節 6：勝利在望。

俄羅斯二戰電影的最後一個章節有著極為明顯的共性：儘管傷痕累累，但是勝利已在前方。比如《堆聚石頭有時》，焦明拋下與奈莉亞的情感糾葛，帶著魯道夫生前的遺願，孤身前往最難的雷區，並且他相信總會再相逢；《兄弟就是力量》中，只有謝爾巴一個人活了下來，這場艱苦的戰鬥奪走了眾多兄弟的生命，當謝爾巴站在山頂，遙望壯麗山川的時候，夕陽正好，漫山紅遍，那是血染的風采；當年的少年流氓，如今已鬢髮蒼蒼，老佳普終於在六十年後的勝利日，與老克特重逢，同樣的場景，不同的心情，青山依舊在，幾度夕陽紅。

總體而言，俄羅斯二戰電影從交代人物身份和展開主要線索講到首戰告捷，從行動受阻講到兄弟情深，又從流血犧牲講到勝利在望，章節 2、3、4 不是為犧牲做情感上的準備，它們與犧牲是一個前後相連的過程，犧牲只是這個過程的極端表達；章節 6 則給出了一個最終結果，那就是勝利。

三、從時勢造英雄到英雄造時勢

結合下面的圖表，我們來總結一下俄蘇二戰電影的敘事內核。

就人物與事件的橫向串聯方式而言，蘇聯二戰電影當中，戰爭背景是先行的，先有國難當頭，後有英雄輩出。從革命情誼到報國情懷，從大義凜然到承受創傷，都是在一個宏大的歷史背景下得以呈現的。戰爭讓他們迅速成長，祖國讓他們團結一心——這尤其凸顯了蘇聯二戰電影「時勢造英雄」的精神內核。

俄羅斯二戰電影當中則很少強調所謂的「保家衛國」，而是更側重組織內部從糾結到和諧的過程，電影淡化目標，強調力量，偉大衛國戰爭的勝利是蘇聯人民巨大犧牲的結果。先有英雄集結，後有大勢所趨——這集中體現了俄羅斯二戰電影「英雄造時勢」的敘事理路。

就縱向章節組合而言，蘇聯二戰電影採用了單線推進的方式，無論在情節還是情感上都呈現出持續走高的態勢，它們著重敘述核心人物的成長史；俄羅斯二戰電影則是多線並行，並且多線之間藤蔓相連，它構成了一個交織的網狀結構，在情節和情感上都呈現出了相當的複雜性，它們著重敘述矛盾格局中的英雄作為。總體而言，無論是橫向差別還是縱向差異，都源自於核心人物——英雄的不同面向，我們將在下一節中對「英雄」角色展開具體深入的分析。

章 節	蘇聯二戰電影	俄羅斯二戰電影
1	人物出場，交代身份	人物出場，展開線索
2	戰友相處	首戰告捷
3	情感舖墊	行動受阻
4	出現轉機	兄弟情深
5	壯烈犧牲	流血犧牲
6	痛定思痛	勝利在望
內容組合	「時勢造英雄」	「英雄造時勢」
結構組合	⇓	⬆⬆ ⇓⇓⇓

第二節　主題：化悲痛爲力量

　　無論「時勢造英雄」還是「英雄造時勢」，電影總歸都是在講述英雄，那麼這兩種敘事框架下的英雄呈現到底有著怎樣的差異？這些差異又分別代表了怎樣的意義？各種意義叠加在一起，又融滙成怎樣的主題？

　　爲了回答這一問題，本研究借鑒了俄國民間文學研究者普洛普（Vladimir Propp）的民間故事分析。普洛普在不同文化的故事結構之間建立了相似性，認爲在自己分析的 100 個俄羅斯民間故事中，無論外在主題如何不同，都存在著一個基礎的情節結構〔註 2〕。他把童話故事中的人物分成了七種角色：惡人、協助者、救援者、公主及其父親、信差、英雄和假英雄，並指出，儘管登場人物的名字變了，但是每個角色對應的功能沒有改變，這就使得依據登場人物的功能進行童話故事的研究成爲可能，他把 7 種角色對應了 31 種功能。——所謂功能，即指人物的行爲範疇，由對行爲過程意義的看法而界定〔註 3〕。在此基礎上，他提出四個觀點：第一，人物功能是故事穩定不變的元素，不依賴於它們如何完成、由誰來完成；第二，童話故事裏，已知的功能數目是有限的；第三，功能的順序總是一樣的；第四，所有的童話故事，按照其結構來分，都是同一類型的。他在研究結論中預測，未來此方法可能會擴及所有的敘事〔註 4〕，雖然這個形式主義化的模式不能完全適用於電影方面〔註 5〕，但是威爾·賴特（Wright，W.）還是結合該理論和列維——斯特勞斯的神話敘事概念分析了美國西部片，只不過分析越縝密，離普洛普的模式就越遠。本研究認爲，儘管在藝術電影中，對普洛普模式的整體運用會顯得過於教條，但是「角色」和「功能」概念本身可以被整合進二戰電影「英雄敘事」研究中，我們可以分析「英雄」這個單一「角色」的諸種「功能」，進而闡明其對應的意義。

〔註 2〕克里斯·紐博爾德，活動圖像的分析〔A〕，奧利弗·博伊德——巴雷特、克里斯·紐博爾德編，汪凱、劉曉紅譯，媒介研究的進路〔M〕，北京：新華出版社，2004 年，第 549～550 頁。

〔註 3〕普洛普將「功能」細分爲三十一種，比如「艱巨的工作」、「掙扎」、「調遣」等等。參見 Propp，V. Morphology of the fork tAle. Austin：University of TexAs Press，1968，p.21～23.轉引自阿瑟·阿薩·伯傑，李德剛、何玉譯，媒介分析技巧（第二版）〔M〕，北京：中國人民大學出版社，2005 年，第 31 頁。

〔註 4〕Robert Lapsley&Michael Westlake，李天鐸、謝慰雯譯，電影與當代批評理論〔M〕，臺北：遠流出版事業股份有限公司，1997 年，第 182 頁。

〔註 5〕比如彼得·伍倫（Peter Wollen）用該理論分析了希區柯克的電影《西北偏北》，被認爲更加證明了這種理論對於電影而言過於僵硬。

我們以英雄為軸，抽離出不同的橫截面：

1、英雄出身（在章節 1 主要人物出場時就已經暗示了相關信息，在後續章節中又有補充說明）；

2、英雄愛情（在蘇聯二戰電影中會有專門部分呈現，在俄羅斯二戰電影中輔助線索是最明顯的證明）；

3、英雄友情（蘇聯及俄羅斯二戰電影分別在章節 2 和章節 4 中表現明顯，當然也散見於其他各個章節）；

4、英雄功勳（主要體現在章節 5、6 當中）。

事實上這四個「截面」也就是普洛普所說的「功能」。上文我們提到了普洛普的四條分析結論，結合本研究的具體文本，我們可以得出一些不同的觀點。首先，英雄角色的功能也是俄蘇二戰影片中穩定不變的元素，但是它們如何完成、由誰來完成其實代表著不同的意義；第二，本研究只關注其中四種功能，至於功能總量是否有限不在本研究關注範圍之內；第三，功能不一定存在嚴格的順序，二戰電影中，它的實現是穿插在整個敘事當中的；第四，儘管是同樣的英雄題材類型，但功能呈現方式的差異卻不容忽視。

就此，本節的前四個部分將分別圍繞「英雄出身」、「英雄愛情」、「英雄友情」和「英雄功勳」展開論述，每一部分都會把蘇聯二戰電影與俄羅斯二戰電影兩相對照，來審視它們在能指（呈現）與所指（意義）上的差異。本節的第五部分是對前四個部分的匯總，意在梳理兩個時期不同的英雄主題。

一、出身：從根正苗紅到不問出處

蘇聯人民曾經在第二次世界大戰中做出偉大犧牲，在這一過程中做出重要貢獻的所有人物均可以稱之為英雄。所謂的英雄出身，是指英雄的個人身份、家庭背景與社會關係。

（一）蘇聯二戰電影：英雄出身的統一性

「英雄出身」是蘇聯二戰電影重要的情節組成部分，本研究選取的三部影片均在這方面做出了詳細交代。《一個人的遭遇》段落 3～9 講述的就是索庫洛夫的個人經歷與家庭狀況：1900 年出生，曾經參加紅軍；之後給富農做苦工，回到家之後親人都餓死了；他娶了一個叫伊琳娜的姑娘，生下了幾個孩子，大兒子是個天資聰明的數學家；結婚十七年之後，索庫洛夫走上了戰場。

《伊萬的童年》中最主要的英雄角色是小伊萬，他的身份主要是通過兩種方式表達的：一是伊萬夢裏對媽媽和小夥伴的記憶，二是影片中大人們的側面陳述：

【段落 32】賀林上校在講，加里采夫大尉在聽。

> 伊萬的父母應該都犧牲了，他的經歷很苦，當過游擊隊員，腦子裏只有一個念頭，就是復仇。

對英雄出身作出最爲細緻交代的當數影片《這裏的黎明靜悄悄》，每位女主人公上戰場前的經歷都以蒙太奇方式和彩色調子加以描述：比如，護士莉達的丈夫犧牲了，她的孩子跟著外婆一起住在營地附近的鎮上，所以莉達常常會半夜出去看望他們，這也爲莉達的臨終囑託埋下了伏筆；軍人子女冉卡則親眼目睹了家人被槍決，一個愛沙尼亞女人把她藏了起來，她才幸免於難；孤兒院的孩子加爾卡則謊報了年齡和父母身份才來到部隊。

總體而言，蘇聯二戰影片中的英雄，或者父母犧牲，或者妻離子散，他們的家庭悲劇和國家危難總是緊密聯繫在一起。就英雄人物自身而言，不論年齡，不論性別，全都拿起武器，走上了保家衛國的道路。——這樣的出身從一開始就賦予了影片強烈的悲劇色彩。

（二）俄羅斯二戰電影：英雄出身的複雜性

相對於蘇聯二戰電影而言，俄羅斯二戰電影較少強調家庭背景的悲劇性。就上戰場之前愛情和親情被切斷而言，俄羅斯二戰電影幾乎不加筆墨，或者僅是一筆帶過。主人公要麼是孤兒，要麼是流氓，要麼從剛一出場就是訓練有素的戰士，更有甚者在參軍之前已經與家人斷絕一切關係。總之，俄羅斯二戰電影的英雄出身呈現出的極大的複雜性，具體來說，包括三類。

第一類是無家可歸的普通蘇聯軍人，比如《堆聚石頭有時》的主人公之一大尉焦明，段落 9 中他與上校對話，談到戰爭結束不想回家，因爲妻子得而復失，他早已沒家可回；《阻力》中的主人公偵察兵指揮官別斯法米林，從小在保育院長大，從來不知道自己的父母是誰。

第二類是聯合力量，《堆聚石頭有時》的章節 1 中，在蘇軍辦公室內，眾軍官審訊魯道夫，談到他的身份、家庭和動機：魯道夫的父母是波羅的海地區德國人，他自己是軍官，不屬於任何黨派，因爲覺得羞愧和恐懼，所以想要幫助俄羅斯清除地雷；《兄弟就是力量》的主人公之一謝爾巴是哥薩克少

尉，章節 1 中指揮官命令他和蘇軍中尉瓦羅尼科夫共同殲滅敵軍小分隊，瓦羅尼科夫說「這不是出於公務，而是出於友誼」，但謝爾巴卻說，「或許是友誼，或許是公務」。本研究將此類英雄稱爲「聯合力量」。

第三類是「污點」戰士，比如《無敵艦長》的主人公馬里尼，他的父母和哥哥都是被稱爲「人民敵人」的人，他與家人斷絕了關係才進入了蘇聯軍隊；《勝利日》的主人公之一普里瓦洛夫，因爲在求婚的時候一時興起鳴放了信號槍，於是被巡邏隊抓進監獄，他上前線時的身份是「願意爲解放事業努力的服刑人員」；再比如《流氓》的主人公，是一群殺人搶劫的少年犯，他們被送進訓練營，之後又被送上戰場。我們將之統稱爲「污點」戰士。

（三）主調與複調的變奏：國家立場的表述

從蘇聯到俄羅斯，二戰電影中的「英雄出身」呈現了一種「主調與複調的變奏」。這裏所講的「主調」和「複調」，是對音樂術語的借用。所謂主調音樂，是指音樂由一條旋律線（主旋律）加和聲襯托性聲部構成；而複調音樂是指音樂由若干（兩條或兩條以上）各自具有獨立性（或相對獨立）的旋律線有機結合在一起並協調流動，是一種多聲部音樂。本研究認爲，就英雄出身這一點而言，如果把蘇聯二戰電影和俄羅斯二戰電影分別對應於一種音樂類型，那麼前者是主調音樂，後者是複調音樂。具體來說，前者有一條明確的主旋律，即英雄只有一種面孔，他們根正苗紅；每個英雄所呈現出的具體而微的差別，只是主旋律的襯托性和聲的差別。後者則具有多條獨立的旋律線，英雄有若干面孔，無論年齡、無論性別、無論出身，皆有可能成爲英雄，而這多條旋律線又是相互協調的，他們糅合成一個整體，成爲國家態度和立場的一種表徵。

悉尼・胡克（Sidney Hook）認爲，對於成爲英雄而言，所有的人都有可能被挑選上，是因爲通過人們所具有的能力和潛力的自發性的變化，自然界本身呈現了豐富多彩的發展的可能性，而一個設計得很明智的社會當可把它盡量發揮，以便作爲挑選的出發點。這種千差萬別的變化乃是人格和價值發生新的萌芽的泉源和希望〔註6〕。在悉尼・胡克的相關論述中，把英雄的標準放到很寬，他認爲任何人只要把工作做好，對公眾的福利做出特殊貢獻，都可以算作英雄。本研究無意於探討英雄的邊界到底在哪裏，但是這種「人人

〔註 6〕悉尼・胡克，王清彬等譯，歷史中的英雄〔M〕，上海：上海世紀出版集團，2006 年，第 165 頁。

均可被挑選」的機制是適用的，它其實是一種鼓勵，包含了不同時期對英雄的不同期待，同時也是國家包容力的一種表徵。我們具體來看一下俄羅斯二戰電影在英雄出身方面的兩點變化及其承載的意義。

1. 根不正苗不紅又如何

俄羅斯二戰電影中的英雄主角，並不都是根正苗紅的共產主義戰士，這在《勝利日》和《流氓》中表現尤為明顯。《勝利日》的主角是一群從監獄走上戰場的特殊人物，影片以兩位老兵對二戰的回憶開頭，而表現戰爭時期的首個段落，就是在監獄廣場的一次會議。

【段落2】指揮官發言。

> 被囚禁的人們！今天，當與德國法西斯侵略者的神聖的戰爭進行的時候，蘇聯政府歡迎那些為了蘇聯人民不能袖手旁觀的人。這些人是存在的，並且就在我們中間。他們寫了赦免申請書，在允許的情況下，他們請求派他們到與可惡的敵人鬥爭的作戰部隊。蘇聯政府歡迎這些人。今天下達了關於提前釋放和派遣以下囚犯到作戰部隊的命令。

《流氓》的主角則是一群殺人放火、膽大妄為的疏散區的少年，用教官安東·維切斯拉沃維奇的話說：

> 這不是孩子，而是慣犯，是竊賊，是殺人犯，對他們來說成年人的權威是完全缺席的，因此，別指望他們對我們恐懼和尊重，並且一秒鐘都不要把後背面對他們，因為你教給他們的一切都能被拿過來對抗你。

按照蘇聯內務部的指示，年滿 11 歲的重犯可以遵照成年人的法律處以死刑，但是指揮官們決定緩和這些少年犯的命運，讓他們在祖國面前贖自己的罪，於是把他們組成了訓練營（儘管訓練之後是要派出執行不可能的任務，這是後話。相關內容會在後續章節繼續闡述）。

如果說蘇聯二戰電影中的英雄大多是從普通人成長起來的，那麼在俄羅斯二戰電影中，則是從一個極端走向另一個極端。他們是英雄，但不是所謂的理想類型，他們身上承載著戰爭的創傷和對社會的反抗。影片中「贖罪」的概念出現了多次，教官安東·維切斯拉沃維奇是剛剛從流放地回來的運動員中將，軍官們認為他可以用血來贖自己的罪了，段落 39 在軍事司令部裏，安東得知將要交給孩子們爆破敵軍基地的艱巨任務，儘管心痛卻仍要說著「為

蘇聯服務」；少年犯們被送進訓練營同樣是以贖罪的名義，他們不懂得要贖什麼罪甚至也不是很清楚該為誰贖罪，但他們用流血和犧牲保衛了祖國。

2.「外來的和尚」也念經

這裏所說的「外來的和尚」，具體來說，就是二戰中的德軍，俄蘇二戰電影中對這些人物的塑造頗有深意。《堆聚石頭有時》當中，不僅塑造了為保衛國家安寧勇敢排雷的大尉焦明，同時還塑造了一位特殊的同樣具有英雄品質的人物：德軍軍官魯道夫。在以往的二戰電影中，德國士兵通常都是以反面形象出現的，殺人不眨眼，見到蘇聯士兵就開槍（比如《這裏的黎明靜悄悄》段落 99）；搶奪蘇聯士兵的衣服鞋子，準備穿在自己身上然後去玩女人（如《一個人的遭遇》段落 14）；或者，被蘇軍俘虜之後老實招供。而在俄羅斯二戰電影中，對德國軍人的表述常常是中性的甚至是正面的，魯道夫願意留在蘇聯幫助排雷，即便他知道最後仍需要面對蘇聯人民的審判。事實上在俄羅斯時期其它的二戰電影中我們也可以看到這樣的傾向，比如《兄弟就是力量》。

【段落 38】蘇軍司令部，審問俘虜。

蘇軍指揮官：我們想知道主力分隊的行軍路線、人數和武器。

俘虜：我已經什麼都沒有了：無論祖國、家庭還是朋友，甚至也失去了自我。而你想奪走我最後的東西——我的信仰和人格。

這個被俘虜的德國士兵堅決不肯招供，他要堅守自己作為一名軍人的職責和自尊。與之相似，在另一部電影《流氓》中，則反映了德國軍人對戰爭、對人性的一些反思。

【段落 53】德國軍營，空降過程中被掃射的蘇聯訓練兵的屍體擺放在地上。

德國軍官：天啊，都是孩子……就為了戰爭嗎？我們都在做什麼？

【段落 55】德國軍營指揮辦公室。

德國軍官：真不能理解，怎麼會是孩子。他們怎麼能到基地來？

從中我們可以看出影片的傾向性：其實是在嘗試把「法西斯分子」與「德國人」相互剝離開，「魯道夫最後在排雷時犧牲，有力地說明法西斯主義也是德國人的敵人〔註 7〕」。不該忘卻的是對法西斯主義的痛恨，而不是重新拾起對其他國家和民族的仇恨。

〔註 7〕白嗣宏、胡榕，俄羅斯電影的永恒題材〔J〕，世界電影，2005 年 4，第 4～10 頁。

　　總體而言，從蘇聯二戰電影的英雄根正苗紅，到俄羅斯二戰電影的英雄不問出處，其實是借英雄形象來表達蘇聯和俄羅斯兩個國家不同的立場。蘇聯更側重整齊劃一的典型，俄羅斯更強調兼容並包；蘇聯愛憎分明，與敵人劃清界限，俄羅斯則深知，世界上沒有永遠的朋友或敵人。從某種意義上講，主調與複調的變奏，分別形構了兩種不同的國家形象。

二、愛情：從點到即止到此情可待

（一）蘇聯二戰電影：回望

　　《這裏的黎明靜悄悄》上半部分中用很大篇幅講述了戰士們參軍前的愛情，這些愛情均以回憶的形式展開，它們色彩斑斕地開始，又伴隨著戰火的蔓延，黯然失色地結束。莉達在戰前與丈夫和孩子幸福地生活在一起，他們會笑盈盈地看著對方，生活充滿柔情蜜意；戰火燃起的時候，丈夫去了戰場，後來壯烈犧牲了，而這也成為莉達心裏的痛。冉卡與一位已婚少校相戀了，他們一起騎馬一起射擊，可是他們所謂的甜蜜愛情遭到了冉卡家人的極力反對，家人犧牲之後冉卡來到前線找到上校，愛情無疾而終，她被安排到了炮兵營。麗札原本和父母住在護林隊，她喜歡上了暫住在隊裏的戰士，戰士拒絕了她的示愛，但是在離開護林隊以後的日子裏，還是經常給麗札寫信要她多讀書。加爾卡的回憶是以想像加夢幻的方式表現的，她像一個天使，和相互愛慕的人生活在童話世界裏，後來她遺失了腳上的水晶鞋，跑回了孤兒院。學生索尼婭和男孩米沙的戀愛還只是處於懵懵懂懂的狀態，就遇上了德軍佔領明斯克，米沙上了戰場，臨行前送了索尼婭一本詩集，這本詩集在後來的日子裏一直陪伴著索尼婭，她常常會朗誦當中的詩句，為冷酷的戰爭歲月帶來了縷縷溫情。

　　在戰場上廝殺和奮戰的時候，也會有一些平凡的愛情在萌芽，麗札去幫準尉解開船上的繩索，在姑娘們跳舞的時候幫準尉圓場，都傳遞出了一個女孩內心的情感訊息；女房東瑪利亞每次見到準尉時候溫暖的笑容，以及對準尉個人生活的關照，也表達了純樸婦女心中的柔情。但是影片對於這些微妙的情感只是點到為止，在戰爭年代，少有圓滿，只有微瀾。

　　《伊萬的童年》中對愛情的講述，是賀林上校、大尉加里采夫和醫務官瑪莎之間曖昧的情感。大尉加里采夫喜歡瑪莎，但是卻要裝出嚴厲的樣子，最後他把瑪莎調回了後方醫院。賀林上校與瑪莎的一段對手戲則是在白樺林

裏，當賀林吻了瑪莎之後，似乎又覺得這並不是很妥當，於是讓瑪莎趕緊離開，軍人們很自覺地把感情扼殺在了搖籃裏。相對於整部影片的敘述，這段插曲又只是一個很小的組成部分，愛情成了蘇聯二戰電影中的驚鴻一瞥。

硝煙中的愛情，被擊打得支離破碎，傷痕累累的男男女女們整理好了行裝，奔赴戰場。國仇也好家恨也罷，他們共同頂起蘇維埃的天——各頂半邊天。

（二）俄羅斯二戰電影：守望

如果說蘇聯二戰電影中的愛情常常是以失落結局，那麼在俄羅斯聯邦二戰電影中，則是以守望的面貌出現；如果說蘇聯二戰電影中的愛情更多地是一種回憶，那麼在俄羅斯二戰電影中，常常是現在時。

在《堆聚石頭有時》當中，女翻譯奈莉亞和大尉焦明的愛情是一條貫穿始終的線索。焦明不止一次表達過對奈莉亞的愛慕，奈莉亞對焦明的感覺也已經超越普通的友情，在魯道夫犧牲之後，互相安慰和鼓勵的兩個人也有了床第之歡，但是還有另外的人在等著奈莉亞，所以她一直都處在矛盾狀態中，不能接受焦明的求婚。影片的最後一個段落，是焦明孤身一人去排除下一處地雷，因為情況危險所以他堅決不肯帶上奈莉亞，奈莉亞孤單地站在人群聚集的小廣場上泣不成聲。

【段落 55】小廣場，馬車旁。焦明在裝行李。

奈莉亞：我坐什麼車去？

焦明：你不去。或者說，你要晚點再去。馬車會載你到車站。

奈莉亞：我不明白。

焦明：我按老路線前進。

奈莉亞：怎樣按老路線？你打算一個人去排雷？你需要有人幫助。魯道夫說過，最後這處雷區最複雜，他自己都很擔心。你不能去冒險，這個地區可以疏散的，等它爆炸了，人們不會受到影響。

焦明：這是我的工作，你完全不瞭解。我有記錄和圖紙，我可以順利排雷。

奈莉亞：那你帶上我吧，我可以幫你。

焦明：幫忙？怎麼幫？

奈莉亞：你想讓我幫的一切。

焦明：我該走了，我們告別吧。

奈莉亞：我不放你走，我要和你一起去。請帶上我……

焦明：我會說，躲到店鋪下面去……我該走了，一切都會好的，或許某一天我們會重逢……

（奈莉亞提著行李，站在廣場，痛哭。）

《無敵艦長》當中，小姑娘丹娘從第一眼見到馬里尼就愛上了他，她靜靜地愛著，與馬里尼同喜同悲。在段落 55 中所有人都以爲馬里尼已經犧牲了，丹娘站在懸崖邊眺望大海，似乎也在憑弔自己的愛情；但是最後馬里尼還是回來了，丹娘最終沒有向馬里尼坦白這一切，馬里尼依舊只是她心目中無敵幸運的無敵艦長。在《兄弟就是力量》中也是如此，熱拉尼婭始終是處於一種等待的狀態中，從影片開始她就守在門口，問謝爾巴是不是要同哥薩克部隊一起離開營地；謝爾巴帶兵出發的時候，她站在草坪上目送著戰士們離開；作戰過程當中有傷員被送回，她焦灼地跑去瞭解情況；直到後來她站在晨光中，期期艾艾地說著，茨岡女人跟她講過，她會嫁給哥薩克丈夫然後生下三個孩子……儘管謝爾巴從未給過她任何回應，哪怕只是眼神的鼓勵，熱拉尼婭還是一直守望在那裏。

這種等待變成了一種儀式，前方有男人們的廝殺，後方有女人默默的支持。女人不再去頂那另外的半邊天，她們守著大地望著男人——那些頂天立地的人。

（三）民族與國家的聯姻：國家話語的表徵

對英雄愛情的探討，在某種程度上可以理解爲對男性與女性關係的一種探討。蘇聯二戰電影中的英雄，無論男女，共同奮戰在第一線，各頂半邊天，他們的性別概念被模糊了；而俄羅斯二戰電影中的英雄是清一色的男性形象，女性往往是作爲一個等待英雄的角色出現的，她們回歸了大地回歸了傳統。——這樣的性別選擇，在某種程度上契合了不同的國家話語。

泰格（L.Tiger）曾經暗示說戰爭有可能是男性特質美的基本組成部分[註8]，那麼二戰電影就成爲男性氣質的一種重要的符號實踐。我們知道，國家

〔註 8〕R.W.康奈爾，柳莉、張文霞等譯，男性氣質〔M〕，北京：社會科學文獻出版社，2003 年，第 93 頁。

是一個具有男性氣質的機構，它有組織的實踐活動是與性別結構的再生產息息相關的，而性別又是在符號實踐中被組織起來的〔註9〕，也就是說，符號實踐中的性別結構再生產直接影響到國家男性氣質的伸張。那麼，二戰電影中的性別呈現就與國家產生了緊密的關聯，英雄的男性氣質可以成為「國家」的重要表徵。與之相對，國家的締造者們經常因為女性作為妻子和母親的角色而肯定她們的價值，並且經常把民族看做是建立在女性要為之負責的「家庭價值」之上，同時也把民族看做是家庭本身，這是在「想像的共同體」內把女性定位於一種特定的角色的開始〔註10〕。換句話說，女性代表著「家庭價值」和民族心性。

在蘇聯二戰電影中，有很多作品再現了富有男性陽剛特徵的英雄，比如，與《這裏的黎明靜悄悄》同時期的影片《解放》，它是一幅波瀾壯闊的全景戰爭歷史畫卷，影片一方面肯定了最高統帥斯大林的軍事才華和歷史功績，另一方面通過茨維塔耶夫等人犧牲時的不同描寫，強調了紅軍軍人的職責和尊嚴。而另一方面，表現「女性與戰爭」的二戰影片也佔有非常重要的地位，從《她在保衛祖國》、《第四十一》、《戰爭中沒有女性》到《我記著的和我熱愛的》等等，都塑造了英勇奮戰在陣地前沿的巾幗英雄。換句話說，蘇聯二戰電影中的女性並未回歸家庭，而是加入了戰鬥的洪流，女性似乎不再是「民族」的表徵，民族的概念被淡化，影片更強調各民族統一在蘇維埃社會主義聯盟國家的旗幟下。

這與當時的歷史背景不可分割，蘇聯時期的電影藝術與政治之間有著極其緊密的關聯，從二十世紀三十年代社會主義現實主義原則創立開始，電影就面臨著尋找新主人公的任務，來表現蘇維埃政權下男女公民心理的變化和塑造共產主義的典型；1956 年蘇共二十次代表大會的召開和赫魯曉夫的秘密報告暗示了斯大林時代的結束，文藝政策開始鬆動，在後斯大林時代，儘管赫魯曉夫和勃列日涅夫對文藝界的政策鬆緊不同，但是對戰爭題材的反思和對戰爭中人的道德價值觀念的重估都是藝術表現的重點〔註11〕。對於諸如此類的主題而言，女性都是不容忽視的重要方面，無論是鼓勵男男女女投入戰

〔註 9〕 同上，p100。
〔註10〕 阿雷恩・鮑爾德溫，布萊恩・朗赫斯特等，陶東風等譯，文化研究導論（修訂版）〔M〕，北京：高等教育出版社，2004 年，第 168 頁。
〔註11〕 遠嬰，蘇聯電影的三次革命〔J〕，當代電影，1989 年 6，第 119～127 頁。

鬥，紀念蘇聯人民的偉大犧牲，還是反思生與死、戰爭與和平，女英雄都是良好的教育素材和悲情元素。作為世界兩級當中的一級，蘇聯已經擁有強大的地位，他需要鞏固的是意識形態的統一性，以及國家內部的一致性。

而在俄羅斯時期的二戰電影中，英雄是清一色的男性，女性通常遠離了前線留守在後方，電影中一方面呈現了女性的堅韌，另一方面又承載了一種期待。道格拉斯·凱爾納在分析蘭博系列電影時曾經指出，蘭博這一人物代表了一系列特定的男權、美國的清白與強大以及尚武的英雄主義等形象，而這些形象充當了在里根時代意義非凡的男性主義和愛國主義的意識形態的載體〔註 12〕。對於俄羅斯二戰電影而言，清一色的男性英雄形象同樣是為了展現俄羅斯的強大以及尚武，而這些形象是後大國時代俄羅斯精神目標和愛國主義的重要載體。康奈爾認為，在任一給定的時間內，總有一種男性氣質為文化所稱頌，它成為占支配性地位的男性氣質；在葛蘭西看來，支配性是一種文化動力，憑藉著這種動力，一個集團聲稱和擁有在社會生活中的領導地位〔註 13〕。也就是說，俄羅斯二戰電影依託英雄形象呈現出男性氣質的強大，這種男性氣質經過置換，表徵了國家的強大，國家建構了自己在社會生活中的權威地位和領導地位。

之所以如此，是因為對俄羅斯而言，紀念與反思固然重要，但是對未來的期待更重要。1991 年蘇聯解體，剛剛走上歷史舞臺的俄羅斯聯邦面臨著政治、經濟、文化等方面的急劇轉折。在二十世紀的最後十年裏，無論是經濟體制的轉向，還是政治格局的重組，無論是對外政策的更新，還是社會文化的轉型，幾乎沒有一個領域的變化不是紛爭不斷〔註 14〕。一個曾經能與美國相抗衡的超級大國不復存在，大國地位的衰退引發了俄羅斯對男性氣質的狂熱崇拜。俄羅斯總統普京曾經這樣告誡人民：「在當今世界，任何人都不打算與我們為敵，任何人都不想這麼做，任何人也不需要這麼做。但我們對任何人也不抱特別的期望。任何人都不會提供幫助。我們需要自己去爭得在『經

〔註 12〕道格拉斯·凱爾納，丁寧譯，媒體文化——介於現代與後現代之間的文化研究、認同性與政治〔M〕，北京：商務印書館，2004 年，第 103 頁。

〔註 13〕R.W.康奈爾，柳莉、張文霞等譯，男性氣質〔M〕，北京：社會科學文獻出版社，2003 年，第 39、105 頁。

〔註 14〕馮紹雷，20 世紀的俄羅斯〔M〕，北京：生活·讀書·新知三聯書店，2007 年，第 198 頁。

濟陽光』照耀下的地方〔註 15〕。」從這樣的言論中我們可以看出一個國家的強國意願以及對國際地位的抗爭，他們需要強權，需要權威。俄羅斯二戰電影對英雄的陽剛、強勢和果敢的塑造，暗合了整個國家對復興的期待。

另一方面，俄羅斯二戰電影把「民族」推到了前臺，它們在述說一個「統一的俄羅斯民族」的堅韌與期待。別爾嘉耶夫在論述俄國文化的特徵時曾指出：歷史上的俄羅斯民族注定具有陰柔的天性，既消極又馴服，它像待字閨中的少女，永遠在等未婚夫，等丈夫，等主宰者。俄羅斯民族是溫順的女性，她認爲男性因素是超驗的、外來的。在俄羅斯民族的性格中陰陽失和，作爲男性的自由，不能控制深藏俄羅斯內部的民族陰柔力，所以她總是等待外來的陽剛因素，而沒能從俄羅斯民族自身之中發掘出個人因素。別爾嘉耶夫認爲走出這種怪圈的因素只有一個：發掘出俄羅斯自身內部的精神深處的男性的、個人的、有形的因素，把握自己民族的天性，喚醒男性的閃光的內在意識。並且他相信，世界大戰能喚醒俄羅斯的陽剛之氣，向世界展示俄羅斯的男人面龐〔註 16〕。而電影裏女性對男性的等待，似乎暗示著這個有著女性堅韌特質的民族，在等待著一個男性的強有力的國家的凱旋。電影裏對英雄愛情的描述，已經超越了男女之情，在某種意義上，它表徵了民族與國家的聯姻。

三、友情：從革命道義到江湖俠義

（一）蘇聯二戰電影：革命道義

蘇聯二戰電影中的英雄友情，或者是脈脈溫情，或者是風雨同舟，它常常被作爲一種底色，來襯托戰爭的殘酷和生命的苦難。

在《這裏的黎明靜悄悄》中，有很大篇幅在講述戰士們戰前的生活，其中最著名的段落是姑娘們河邊沐浴的一場戲。從「冉卡像條美人魚」到對加爾卡的鼓勵，姑娘們一面證明了「士兵生活，澡堂是第一滿足」，另一方面也展示了姑娘們在相互讚美中結下的友誼。接下來，姑娘們在舞會上彈琴跳舞，準尉在上級領導的鼓勵下試圖一起參與，最後卻很尷尬地收場了，但這剛好

〔註15〕普京，總統國情咨文（2002）〔R〕，轉引自馮紹雷，20 世紀的俄羅斯〔M〕，北京：生活・讀書・新知三聯書店，2007 年，第 225 頁。

〔註16〕Н・А・別爾嘉耶夫，俄國魂〔A〕，索洛維約夫、賈澤林、李樹柏譯，俄羅斯思想〔M〕，杭州：浙江人民出版社，2000 年，第 258～274 頁。

襯托出後來在山崗上,戰士們由淺入深的革命情誼。陣地戰之前熱身的時候,準尉分別與五位姑娘聊天,展示出一名戰鬥經驗豐富的老兵對姑娘們的關懷和照顧。他們因保家衛國走到一起,又團結一心爲了奪取勝利而努力。

《伊萬的童年》中的英雄友情,一方面是作爲偵察兵的伊萬與同志們的戰友之情;一方面是同志們對晚輩伊萬的照顧和疼惜,都是很溫暖樸實的感情。比如在駐紮營的地下室裏,伊萬先是與加里采夫大尉聊偵查方面的書;之後又發現了一把刀,問加里采夫可否送給他,知道了這是加里采夫好友的遺物,於是只要求玩到晚上;這個時候偵查員卡塔索尼其過來說,他會給伊萬弄一把這樣的刀,並且憐愛地看著伊萬⋯⋯。

《一個人的遭遇》中,這種友情主要體現在如下幾處:戰俘在行軍中互相攙扶,以免被德軍看守拉出去槍斃;留宿教堂的時候,軍醫給戰士們療傷;在勞動中互相扶助,以免同志在礦石廠上倒下;以及在戰俘宿舍裏,索庫洛夫把僅有的食物與戰友們平分共享。這種同行互助更多地是對生命本身的關注。

總體而言,蘇聯二戰電影強調了戰爭環境下同志們之間純樸深厚的感情,它們凸顯的是一種「戰友」關係,關注於組織內部,彰顯集體主義。

(二)俄羅斯二戰電影:江湖俠義

友情在俄羅斯時期的二戰電影中是尤爲重要的部分,它不僅僅是戰友之間的關懷和鼓勵,更多的是男人之間的兄弟情義;它不僅僅是上陣前的熱身,更是支撐著兄弟們奮戰到底的力量。

大尉焦明起初對魯道夫充滿了敵意,因爲他痛恨法西斯。在排除第一處地雷的時候,他甚至還要拿著槍監控魯道夫。隨著劇情的深入,他們共同經歷了居民家裏的襲擊事件,以及小村莊裏臨時排雷的並肩作戰,兩個人之間的關係發生了微妙的變化。在地雷已經爆炸的小城裏,百姓聚集在樓下要收拾法西斯分子,焦明站出來努力去安撫百姓,甚至還挨受了市民們的拳打腳踢。當魯道夫犧牲之後,焦明義不容辭地肩負起繼續排雷的任務,在焦明心裏,魯道夫已經與法西斯沒有關係,他只是一個曾經與自己共同完成一項事業的盟友。

《兄弟就是力量》渲染的是蘇聯士兵與哥薩克士兵團結一致的情義。作戰過程中,爲了隱蔽目標,隊伍分成兩路前進,但是在謝爾巴和瓦羅尼科夫的分隊到達約定地點之後一個小時,另一隊仍沒有到⋯⋯焦急的謝爾巴帶上

一個士兵就要回去搜尋，瓦羅尼科夫則帶了其餘的人跟在後面隨時準備增援。當看到隊員們橫七豎八地倒在血泊中的時候，謝爾巴心痛不已，他說，他和這些哥薩克騎兵一同經歷過所有的戰鬥，他們對自己來說就是兄弟，現在他們不在了，他要繼續前行，為兄弟們的犧牲復仇。在這樣的時刻，俄羅斯電影沒有打出宏大的口號，而是呈現了最真實的人性，血氣方剛的戰士們不僅僅是為祖國而戰，更是為兄弟而戰，為自己而戰，也恰恰是這種義薄雲天贏取了最後的勝利。在《流氓》中，這種兄弟之情更加突出，因為這些少年犯被送到訓練營之後，他們根本不知道接下來派給自己的會是怎樣的任務，他們也並未把保衛祖國作為每時每刻銘記在心的目標，他們每天面對的，只有教官，和他們的同類。儘管他們曾經都是殺人放火的不良少年，但是他們重視每一個人的尊嚴和利益，他們反感團隊中那些欺負人的小頭目，所以當有人被挑釁的時候，他們會暗中助力，為朋友兩肋插刀。比如，佳普和克特不滿另一個孩子的尋釁滋事，於是他們替常常聚在一起的「六人組」出了氣。這種兄弟情義與時代無關，僅與每一個個體有關；也與戰爭無關，僅與彼此相關。所以我們看到，兄弟倆相互依靠著坐在山頭，望著對面火紅的夕陽；這種感情穿越了時光的流逝，也穿越了歲月的風塵，當他們六十年後再次重逢的時候，飽經風霜的情感和滄桑被揮灑到淋漓盡致。

（三）集體與個人的排序：主流價值觀的塑造

在蘇聯二戰電影中，英雄友情是戰爭特殊環境裏，人們相互扶持相互依靠的心靈慰藉，它講述的是悲苦的共同命運中流淌的純樸情誼。英雄們信奉「團結就是力量」——也就是「團結可以帶來力量」，於是，他們在一個共同的革命目標之下團結在一起，頗有「天下興亡匹夫有責」的意味。——先集體再個人；先有國難當頭，後有凜然大義。

在俄羅斯二戰電影中，這種情義更強調黏合度和力量感，「兄弟」這個詞本身就代表著力量，不需要宏大的目標，只需要彼此信任。這種兄弟情更像一種超驗的情感，而有了「兄弟同心」，接著就有「其利斷金」以及救國家於水火。當個人被鍛造得更加強大，集體則從這種氣勢中汲取了生命力。我們可以看《兄弟就是力量》當中的一段對話：

【段落 9】山路，行進的車上。

哥薩克士兵：斯大林同志打開金庫拿出了將軍的肩章，當時在他辦

公室要授予上校梅塔裏尼科夫（哥薩克部隊的指揮官）少將軍銜。
他說，「給你這個不僅是因為你的請求，還是因為你堅持到底」。這
就是兄弟。

（下車。大家陸續離開，蘇聯士兵謝爾蓋其和萬尼亞在最後。）

謝爾蓋其：現在的兄弟不是老一輩那種了，現在的兄弟，是祖國需
要哥薩克。哥薩克是兄弟，而兄弟就是力量。

湯姆·多爾蒂認為最古老的戰爭故事的福音書就是在講：戰爭不是地獄，
而是一個叫做天堂的地方，一個遠比膽小鬼的家園高尚得多的地方，一個充
滿光榮與神聖兄弟情誼的角鬥場，他繼而指出美國電影《黑鷹墜落》和《我
們曾經是戰士》都在背負著戰友之情的沉重道義，此外，影片中還蘊涵著一
套緊跟潮流的價值觀——尊重穿軍裝的社會公僕，支持軍事條例，讚美在戰
火中鑄造的道德操守〔註 17〕，他這裏講到的都是對生命個體的強調與尊重。
對俄羅斯二戰電影來說同樣如此，戰爭作為一種宏大的背景，把兄弟情義無
限放大，一方面戰場上的廝殺和犧牲激起了復仇的力量；一方面每個個體對
「生死與共」的認同成為國家贏得勝利的重要保障。

四、功勳：從血灑疆場到笑傲江湖

（一）蘇聯二戰電影：血灑疆場

蘇聯二戰電影對英雄功勳的描述，有三個層面。

第一，是主角的犧牲。在《伊萬的童年》裏，伊萬最終被處以絞刑，影
片沒有直接表現這一場面，而是通過檔案資料的公佈、絞刑場地的畫面以及
伊萬最後的夢來達到敘事目的。空曠的房間裏，是弔在橫梁上的繩索，這也
為觀眾的聯想留下了廣闊的空間，影片流露出的悲涼感瞬間充斥整個畫面。
《這裏的黎明靜悄悄》的下半場，進入了局部戰爭的描述，五位女戰士相繼
犧牲。麗札心裏默念著準尉說的「戰爭結束和要她一起唱歌」，艱辛地跋涉在
沼澤地，幾番掙扎之後還是深陷進去，她用來探路的長樹枝斜插在沼澤當中，
黎明又陷入沉寂，那是死一般的寂靜；索尼婭幫準尉去找煙袋的路上，被德
國士兵一槍殺死；被嚇得直喊媽媽的加爾卡也被一槍擊中；莉達因為手榴彈

〔註 17〕湯姆·多爾蒂，徐建生譯，作為道德新武器的新戰爭片——評《黑鷹折翼》
和《我們曾經是戰士》〔J〕，世界電影，2003 年 4，第 20～29 頁。

負傷了，冉卡爲了引開敵人高聲唱歌奮戰在叢林中，彈盡之後的冉卡毫無懼色地倒下了，緊接著，莉達爲了不拖同志的後腿開槍自殺。五位女主角全部身亡。當然，《一個人的遭遇》中的主角並沒有犧牲，但是影片從始至終都在表現索庫洛夫的悲劇命運，這是精神層面上的另一種犧牲。總體而言，蘇聯二戰電影是要講述在通往勝利的道路上，蘇聯人民從肉體到精神所經受的巨大創傷，「犧牲」爲這場戰爭塗抹了濃厚的悲劇色彩。

第二，是信念。《這裏的黎明靜悄悄》中，準尉這樣鼓舞士氣：

> 敵人在朝我們行進，我們不能指望增援，我們要堅守陣地，甚至沒有力量也要堅守，因爲我們身後是祖國。

戰鬥尾聲，負傷的莉達躺在石頭上，準尉心痛地說：「等到和平時代我們該怎樣回答我們的子孫，爲什麼男人們沒能保衛我們的媽媽？」莉達則回答說，「不要這樣，我們保衛了祖國。」簡短的對話，飽含深情。

《一個人的遭遇》中更著重強調了信念的支撐，索庫洛夫被俘期間，儘管承受著巨大的苦難，但他始終想要回到自己部隊；眞正回到自己部隊之後他要求馬上把自己編進步兵連；聽到兒子犧牲的消息，儘管他說「在德意志的土地上埋葬了自己最後的歡樂和希望」，但他還是領養了萬尼亞，並希望萬尼亞能健康成長。蘇聯戰士們清楚地知道自己所要擔負的職責，並且要大聲講出他們對祖國的忠誠以及前進的信念。

第三，是紀念。戰士們走完了自己的人生也建立了卓越的功勳，影片中有很多段落從側面呈現了對戰友犧牲的紀念。比如《這裏的黎明靜悄悄》，準尉收好索尼婭的黨證和帽徽，說德國人切斷了生命的延續；莉達和冉卡埋葬了加爾卡，並把她的帽徽也放在了一起；影片最後，在和平年代，年老的準尉來到姑娘們的犧牲地弔唁，在附近遊玩的年輕人受到感染，把手中的鮮花擺在了墓碑前，墓碑上刻著姑娘們的名字，以及「爲祖國而犧牲的烈士們永垂不朽」的字樣。這種紀念是對往事的追悼，更是對苦難的訴說。

（二）俄羅斯聯邦二戰電影：笑傲江湖

與蘇聯二戰電影相對應，俄羅斯二戰電影的英雄功勳也有三個層面。

第一，就建立功勳的方式而言，有犧牲的烈士，也有不死的英雄。本研究選取的六部電影中，都是在塑造英雄群像，經歷了曲折的戰鬥之後，很多戰士壯烈犧牲，但是主角是不死的，他總是以勝利的姿態，宣告希望就在前

方。比如在《阻力》中，指揮官別斯法米林帶領著小分隊取得了戰鬥的勝利，影片結尾是他的旁白：

「距離戰爭結束並不遙遠了，我們都有這樣的感覺。但是我們當中沒有人知道，還有什麼樣的命運的撞擊在通往勝利的道路上等待著我們。」

《兄弟就是力量》的結尾則是以聲畫的方式講述了一種期待：

【段落 67】山頂。

謝爾巴把身負重傷的瓦羅尼科夫放在平地上，瓦羅尼科夫問：「我們贏了？」謝爾巴說：「當然，我們贏了。」瓦羅尼科夫仰望著天空，天邊正有蘇軍鳴放的禮炮騰空而起，瓦羅尼科夫一邊說著「禮炮」，一邊合上了雙眼。

畫面從謝爾巴站在山頂的背影拉開，前面是晨曦和俄羅斯壯美的山川。

對於《堆聚石頭有時》而言，影片中並沒有戰爭的考驗，所以英雄的功勳更多是在於他們保衛了國家的安寧。焦明和魯道夫聯合起來排除了一處處地雷，就是他們的功勳。最後，魯道夫犧牲了，但是焦明接過魯道夫的槍，去完成最後的任務，體現了一種孤膽英雄的氣概。總體而言，俄羅斯二戰電影講述的是勝利，它關注走向勝利的過程，但更關注勝利本身。

第二，大音希聲。俄羅斯二戰電影中，戰士們對祖國的愛以一種更為含蓄的方式表現出來，這種愛不是掛在嘴上的口號，它可以是一個眼神，或者一陣歡呼。比如《無敵艦長》的結尾，馬里尼傷痕累累，站在岸邊，身前是全體士兵和後勤人員的含淚注視，身後是被戰火燒得只剩下一半的蘇聯海軍旗幟，馬里尼轉過身，意味深長地看著旗幟飄揚，對祖國的情感、對同志的悼念，所有複雜的情感，全都包含在了他凝重的眼神中。《流氓》的結尾，佳普和克特成功地炸毀了德軍陣地，兩個人在山頂相擁歡呼，儘管在段落 8，兵役委員會的人審訊克特的時候，他還在挑釁地問「對誰贖罪」，但這一刻，他們卻用行動交給了祖國一份答卷。這種信念成了骨子裏流淌的東西，不需要言語，是心底的聲音。

第三，另一種紀念。《勝利日》的段落 46，閱兵式結束，尼古列科和普里瓦洛大坐在露天酒館裏。

普里瓦洛夫：讓我們來紀念我們的烏茲別克戰友！

尼古列科：願他與大地同在。

身著阿富汗戰服的士兵：我們尊敬的老戰士，你們有著勝利者的光榮，你們保衛了和平。在我的時代裏我們也在戰鬥，但是我沒有勝利的感覺。請允許我給你們唱首歌……

（士兵彈吉他唱歌，酒館裏的人眼含熱淚）

《流氓》的結尾則提供了另外一種補償。2005 年勝利日，佳普與克特重逢，這些孩子當年在訓練營裏是沒有名字的，而這個時候，克特沉重地喊出了佳普的全名。如果說當年他們只是一些無名的英雄少年，那麼此時此刻，他們終於可以給自己正名。俄羅斯二戰電影紀念的不僅僅是四十年代的那場戰爭，同時也包含了對歷史的反思和對時代的回應。

（三）過程與結果的側重：國家信念的體現

總體而言，蘇聯二戰電影講述的是傷亡的苦難，而俄羅斯二戰電影是在吹響勝利的號角；前者重過程，後者重結果；前者側重英雄的悲劇命運，後者則側重英雄的卓越戰績。在《勝利日》的開場，尼古列科曾站在紅場發出這樣的感慨：

尼古列科：是的，偉大的戰爭給了我們榮譽，在勝利日要去紅場。

讓所有人看到，蘇聯軍隊的榮耀依然存在。

俄羅斯人珍視他們的歷史和榮耀，就如同 Makc 在影評中強調的：誰也不能奪走我們的勝利，時間會讓一切各就各位，像從前一樣〔註 18〕。這種對勝利與光榮的記憶對於民族國家而言是重要的——英雄的過去、偉大的人物、昔日的榮光，所有這一切都是民族思想所賴以建立的重要基礎。大家擁有過去的共同光榮和現在的共同意志；一起完成了偉大的功績，並希望完成更大的功績，這些都是形成一個民族的基本條件〔註 19〕。也就是說，它是增強民族自豪感與國家凝聚力的重要力量。

五、化悲痛為力量

通過上文的分析，我們看出，俄蘇二戰電影在英雄出身、英雄愛情、英

〔註 18〕Makc. День Победы……〔EB／OL〕，俄羅斯電影戲劇網，2007／5／9。
〔註 19〕Renan. Qu'est-ce qu'une nation？Paris：Calmann-Levy，1882。轉引自安東尼·史密斯，葉江譯，民族主義：理論、意識形態、歷史〔M〕，上海：上海世紀出版集團，2006 年，第 38 頁。

雄友情和英雄功勳這四個層面上呈現出了諸多不同，當我們把這種不同按照「蘇聯」和「俄羅斯」的脈絡進行匯總的時候，它們各自呈現出一脈相承的特質。

（一）蘇聯二戰電影依託於一條主旋律，淡化民族概念強調國家聯盟，於是它們關注集體範疇，關注戰爭中人的普遍命運。它通過呈現三種對立，強調了戰爭的創傷和國家的悲痛。

1、愛與恨的對立。它們用很大的篇幅渲染戰士們失落的愛情以及相互之間深厚的友情——以最溫和最純樸的方式；同時又明確地表達對法西斯的痛恨，比如伊萬，他腦海裏永遠都會記著要復仇，比如索庫洛夫，他痛恨戰爭，痛恨自己被俘虜時所經受的一切。

2、相聚與分離的對立。這一點在《這裏的黎明靜悄悄》中表現最為突出，戰爭打響以前，戰士們有著美好的相遇與相處；戰爭爆發後，緊跟著就是妻離子散、家破人亡。

3、生與死的對立。戰鬥英雄們偉大地生，光榮地死，幾乎全部犧牲——即便幸運地與死神擦肩而過，終究也還是「埋葬了最後的歡樂」。

總體而言，國家是全體蘇聯人民共同的精神歸屬，人民用出生入死的神話表達了對國家的忠誠與熱愛；他們反思戰爭，因為它是一切悲劇和痛苦的起源。戰爭作為一個宏大的時勢與背景，它創造了一批用鮮血和生命捍衛祖國的英雄，在光影當中流轉的，是二十世紀最悲愴的交響樂。

（二）俄羅斯二戰電影則以多聲部的方式，呈現了民族與國家的聯姻，強調個人在集體中的作用，頌揚英雄勝利的榮耀。它也呈現了三種對立，但它強調的是「化悲痛為力量」。

1、男性與女性的對立。男性的英雄業績代表了權威與強大，女性的退居家庭則代表了對力量的期待與執著。

2、失與得的對立。俄羅斯二戰電影烘托了一種光榮強大的兄弟情義，在戰鬥中會有戰友犧牲，有失去兄弟的痛；相應的又有尊嚴、榮譽以及勝利的補償。

3、對抗與聯合的對立。最突出的例子就是《堆聚石頭有時》中的焦明與魯道夫——從勢不兩立到共同進退。

總體而言，英雄氣概是俄羅斯人民最寶貴的精神財富，無論國家興亡無論改朝換代，他們始終是大國崛起的中流砥柱；他們從不懼怕戰爭，因為他

們堅信力量能打造奇跡。英雄作為理想與行動的化身，即便身經百戰，也總會吹響勝利的號角，在光影當中迴蕩的，是飽含期待的力量頌歌。

第三節　神話：強國的夢想

如果說「英雄造時勢」代表了俄羅斯二戰電影的英雄敘事內核；「化悲痛為力量」彰顯了俄羅斯二戰電影的英雄敘事主題，那麼「強國的夢想」則訴說了俄羅斯在與蘇聯不同的國家體制與社會背景下對國家認同的不同期待與表達。

所謂「強國的夢想」主要從如下幾個方面體現出來：第一，俄羅斯二戰電影中的英雄無論出身何處，都具有神話般的力量，這種力量為「強國的夢想」提供了重要的基礎；第二，俄羅斯二戰電影中的英雄皆為男性，這體現了國家對陽剛、尚武以及強權的追尋，與此同時，回歸家庭的女性又呈現了對陽剛力量以及勝利果實的期待，他們共同表徵了「強國的夢想」；第三，俄羅斯二戰電影中尊重個體，頌揚兄弟情義，他們相信「其利斷金」，這強化了對「強國的夢想」的信念；第四，英雄大難不死，身經百戰，打造凱旋與勝利的榮耀，這表徵著「強國的夢想」的最終實現。

本研究認為，俄羅斯二戰電影中的英雄敘事構成了當代俄羅斯的國家神話。

一、英雄敘事與國家神話

在列維——斯特勞斯看來，神話總是涉及一些託稱是很久以前就已發生的事件，然而賦予神話以運算價值的是它的特殊模式所描繪的內容，這些內容是沒有時間性的，它以同樣的方式解釋現在、過去和將來〔註20〕。斯特勞斯通過研究一系列內容龐雜的神話，發現這些表面上任意又複雜的敘述實際上具有強烈的規律性和系統性，它們共享著同樣的結構〔註21〕，也正是這樣的結構傳達了意義。從某種意義上講，二戰電影的英雄敘事與斯特勞斯的神話敘事有著極大的相似性，這種相似性不僅僅體現在它們都具有內在一致的敘事結構，同時還體現在它們與「英雄」的相關，差別只是在於：一個是上古版本，另一個是現代版本。

〔註20〕列維——斯特勞斯，神話的結構研究〔A〕，葉舒憲編選，結構主義神話學〔M〕，西安：陝西師範大學出版社，1988年，第17頁。

〔註21〕雅克·奧蒙、米歇爾·馬利，吳珮慈譯，當代電影分析〔M〕，南京：江蘇教育出版社，2005年，第86～87頁。

　　威爾・賴特認爲，包括列維——斯特勞斯在內的大多數人類學家和大多數文學批評家都是一樣，默認原始社會才有神話，而現代社會有歷史和文學；神話要麼被視爲歷史和哲學範疇的非歷史的原始的形式，要麼被視爲作家創造文學傑作時挪用和操控的原型模式（比如神、起源、革命）〔註 22〕。對於「現代社會到底有沒有神話」這一問題，恩斯特・卡西爾（E.Cassirer）曾有過非常精闢的論述，他指出，神話被我們用來創造新世界，但它在這個世界裏依然生存著，神話的力量受著更高權能的監督和壓制，只要人類的理智、道德和藝術力量占著絕對優勢，那麼神話就可以被杜絕、制服，但一旦上述力量失去了優勢，那麼混亂就會捲土重來。那時，神話思想就會重新擡頭，進而滲透到人類生活的一切領域〔註 23〕。事實上，列維——斯特勞斯也曾經提出過，現代社會中，政治在很大程度上取代了神話。比如，歷史學家提起法國大革命，總是指過去發生過的事件的結果，這一系列不可逆轉的事件的深遠影響至今仍然能夠被人們感受到；但是對法國政治家來說，正像他的追隨者一樣，法國大革命既是屬於過去事件的一個結果——正像在歷史學家看來一樣——又是一個能夠在當代法國的社會結構中覺察到的無時間性的框架，這一框架可以爲解釋法國的社會結構提供一條線索〔註 24〕。

　　我們認爲，媒體文本作爲政治話語的再現，可以被視爲神話的表徵。我們可以把二戰電影的英雄敘事讀解爲現代社會的神話敘事，二戰是一個過去的事件，但英雄提供了一個無時間性的框架，它可以爲解釋從蘇聯到俄羅斯的社會結構提供一條線索，更具體地說，英雄與國家的血肉相連使得它上升爲一種國家話語和國家神話。

二、國家神話的實現：語言、儀式與情感

　　卡西爾在分析列維——斯特勞斯、弗雷澤和泰勒等人對神話的表述時指出，他們所代表的兩種彷彿對立的思想傾向應當被結合起來思考。泰勒把神

〔註 22〕威爾・賴特，神話和意義〔A〕，奧利弗・博伊德——巴雷特、克里斯・紐博爾德編，汪凱、劉曉紅譯，媒介研究的進路〔M〕，北京：新華出版社，2004年，第 552 頁。

〔註 23〕恩斯特・卡西爾，張國忠譯，國家的神話〔M〕，杭州：浙江人民出版社，1988年，第 335 頁。

〔註 24〕列維——斯特勞斯，神話的結構研究〔A〕，葉舒憲編選，結構主義神話學〔M〕，西安：陝西師範大學出版社，1988 年，第 17 頁。

話完全理智化，這樣就完全看不到神話中那種「非理性的」因素——即神話賴以產生並與之共存亡的情感背景；而列維——斯特勞斯認爲神話思維與我們的邏輯思維毫無聯繫，神話的前邏輯語言只能與前邏輯思維狀態相對應，這就使得理解神話成爲一種奢望。在卡西爾看來，神話語言和情感背景都是需要被重視的因素，那些認爲「神話起源於語言的謬誤」，「純粹是一些幻覺效應」的講法都是說不通的，他認爲，禮儀是比神話更持久的因素，比如諸神和英雄神話故事其實是對儀式的解釋；人在儀式中並非處於純粹思辨或沉思狀態，而是經歷一種情感生活。神話是情感的表現，語言的符號系統引起了感覺印象的具體化，神話的符號表達則造成了情感的具體化。而通向神話世界的唯一線索，必須到人的情感生活中尋找。當儀式變成了神話，人就將開始探究這意味著什麼，以及爲什麼〔註25〕。換句話說，神話當中最核心的因素是儀式，儀式通過符號來表達，人通過符號理解儀式，進而經歷一種情感生活，至此儀式完成了神話化的過程，開始表徵意義。對於蘇聯和俄羅斯二戰電影而言，它們再現了「時勢造英雄」以及「英雄造時勢」的儀式，儀式文本爲受眾解讀提供了「悲痛」或者「力量」的情感，英雄敘事獲得了神話的地位，它表徵了「愛國的詠歎」和「強國的夢想」兩種不同的國家認同。

三、國家神話的歷史土壤

　　神話的產生是需要歷史土壤的；對於神話從「儀式」到「認同」的理解，也需要具備從蘇聯到俄羅斯聯邦這段歷史的認知。

　　卡西爾在 1943 年的時候指出，20 世紀已經具備了產生神話的土壤，他的這一結論主要來自於第一次世界大戰之後的國際局勢，他認爲所有交戰國都面臨著同樣的根本困難，戰爭並未眞正解決問題，各方面的新問題層出不窮，尤其在德國，通貨膨脹和失業的壓力使得整個德國的社會經濟制度面臨著全面崩潰的危險〔註26〕。沿著卡西爾的思路，對於二戰之後解體之前的蘇聯而言，調整國內國際形勢、修復精神創傷等重大任務都爲神話的產生提供了土壤；而蘇聯解體之後，在廢墟上重整旗鼓的俄羅斯聯邦面臨著政治、經濟和社會的劇烈動盪，轉軌時期矛盾叢生、壓力阻力巨大，又爲新神話的誕生提

〔註25〕恩斯特・卡西爾，張國忠譯，國家的神話〔M〕，杭州：浙江人民出版社，1988年，第 1～56 頁。
〔註26〕同上，p310～311。

供了土壤，於是新的神話在 21 世紀捲土重來。二戰電影是蘇聯與俄羅斯社會的國家神話，它依託於二十世紀的這場戰爭，賦予它以運算價值的是它的英雄敘事所展現的內容，這些內容是沒有時間性的，它可以被用來解釋國家的歷史、現在與未來。總體來說，兩個時期國家神話主題的不同和呈現方式的差異，都源自於兩個時期神話土壤的不同。

蘇聯從興起到衰落的過程，像一條弧線，貫穿了 20 世紀的百年歷史。這場巨大的社會主義實驗是以「蘇聯模式」爲其核心部分的，這一模式也引發了上個世紀一場大規模的爭論——「蘇聯模式」究竟是 20 世紀世界革命的典範還是老沙皇擴張和沙俄專制帝國的再現？無論怎樣，一個不容否認的事實是，將近世界三分之一的人口共同歸屬於同一個疆域遼闊的帝國。蘇聯帝國的歷史，與幾位重要領導人的名字緊密相關：列寧、斯大林、赫魯曉夫、勃列日涅夫、戈爾巴喬夫。列寧時期，「一黨集權」成爲蘇聯模式的既定前提，「世界革命」的思想爲蘇聯模式注入了一支強心劑。斯大林時期，他一方面帶領和推動了蘇聯工業化的輝煌成就，爲第二次世界大戰的需要提供了物質條件；另一方面也發起了黨內鬥爭和「大清洗」，「他的功績和罪行竟是如此地須臾不可分離」〔註 27〕。二戰時期，蘇聯的文學和藝術是蘇聯人民抗擊德國法西斯入侵最重要的思想武器，黨中央 1943 年關於電影問題的一個專門會議決定了戰爭條件下電影業的實際任務，即主要精力放在新聞短片和紀錄電影的生產上，當時曾有千餘名作家和詩人作爲隨軍記者步入了作戰部隊的行列，有 150 餘名電影攝影師工作在戰地前沿和游擊隊當中，這些作品在人民心裏激起了熱烈的反響，鼓舞了人民，使人民樹立了必勝的信念〔註 28〕。

赫魯曉夫上臺執政，則連接了兩個迥然相異的時代。前一個時代是 1953 年之前，蘇聯人還沒有從高歌凱旋的歡慶聲中走將出來，人們對用自己生命與鮮血捍衛過的一切，依然充滿著無限的憧憬與陶醉，而這美好的一切都與「斯大林」這個名字緊密相連，他曾是「再世的列寧」，「蘇聯各族人民的父親」以及「歷史火車頭的司機」，相應的，戰爭期間極度膨脹的電影潮流更是走到極端，一些藝術紀錄片表現國家領導人在寬大的辦公室裏的沉思狀，或是大步流

〔註 27〕馮紹雷，20 世紀的俄羅斯〔M〕，北京：生活・讀書・新知三聯書店，2007 年，第 62 頁。

〔註 28〕М・Р・Зезина，Л・В・Кошман，В・С・Шульгин，劉文飛、蘇玲譯，俄羅斯文化史〔M〕，上海：上海譯文出版社，2005 年，第 285～287 頁。

星穿過高大輝煌的走廊，1949 年拍攝的《柏林淪陷記》當中，一對情侶在大堆群眾的背景之前重逢，而斯大林在人群中則呈現出鶴立雞群的架勢〔註29〕；另一個時代是 20 世紀 50 年代下半期與 60 年代初，雖然當年的激情尚未全然衰減，但是這時他們所做的，是爲當年被無辜趕進地獄的人平凡昭雪，是要求對那些被奉爲金科玉律的傳統進行更改〔註30〕。也正是在這樣的背景下，文化領域的「解凍」開始推進。1954 年，愛倫堡發表了在當時引起激烈爭論的小說《解凍》，這部小說的標題成爲時代新潮流全面而形象的概括，它反映了自 50 年代中期起社會精神生活中眾多變化的實質，而這些變化是與當時在黨和國家的生活中恢復列寧主義原則、克服斯大林個人崇拜之後果的努力分不開的，也出現了對人們記憶猶新的衛國戰爭事件進行重新思考的可能性，於是在戰爭題材的作品中，常常是體現那些承擔過戰爭全部重擔和苦難的普通人〔註31〕。藝術電影在這個時期得到了極大的發展，我們熟悉的《雁南飛》、《士兵之歌》等影片以及本研究涉及的《一個人的遭遇》和《伊萬的童年》都是在這個時期出現的，它們被稱爲用新的視點來表現戰爭，表現出新的人道主義趨向，《伊萬的童年》在情節上依循著蘇聯二戰電影的慣例，在手法上則進行了異乎尋常的抒情處理，這也曾經引起蘇聯當局的不滿〔註32〕。

　　勃列日涅夫時期，政治穩定成爲一個突出特點，經濟措施的一系列干預也使得當時的改革策略走向破產；政治上層的停滯與僵化，相應地也與社會微觀層次上缺乏效率、缺乏革新進取精神的狀況相匹配；20 世紀 60 年代末，勃列日涅夫進一步強調要「加強黨的紀律」，在意識形態與文化領域實行「擰緊螺帽」的方針〔註33〕。在電影藝術領域，力求克服五六十年代產生的某些偏向，既反對「粉飾」，同時也反對「非英雄化」，於是，一方面影劇院的銀幕上充斥了爲紀念例行的紀念日而發行的戰爭史詩巨片；另一方面，「解凍」

〔註29〕克里斯汀‧湯普森，大衛‧波德維爾，陳旭光、何一薇譯，世界電影史〔M〕，北京：北京大學出版社，2004 年，第 377 頁。

〔註30〕馮紹雷，20 世紀的俄羅斯〔M〕，北京：生活‧讀書‧新知三聯書店，2007 年，第 48～79 頁。

〔註31〕М‧Р‧Зезина，Л‧В‧Кошман，В‧С‧Шульгин，劉文飛、蘇玲譯，俄羅斯文化史〔M〕，上海：上海譯文出版社，2005 年，第 306～310 頁。

〔註32〕克里斯汀‧湯普森，大衛‧波德維爾，陳旭光、何一薇譯，世界電影史〔M〕，北京：北京大學出版社，2004 年，第 379～380 頁，第 452～453 頁。

〔註33〕馮紹雷，20 世紀的俄羅斯〔M〕，北京：生活‧讀書‧新知三聯書店，2007 年，第 86～88 頁。

時期發展起來的人道主義思想和民主的理想也得以延續〔註34〕,《這裏的黎明靜悄悄》就是當中突出的代表。

我們看到,戰時和戰後初年的戰鬥紀錄片表達了強烈的英雄主義和愛國主義情懷,這是特殊歷史時期的產物。本研究的關注重點是20世紀五十年代以來的二戰題材藝術電影,除去七十年代的史詩巨片,蘇聯二戰電影大多表現戰爭中的普通人,以及他們的悲慘遭遇和苦難歷程,他們深刻地反思了這場戰爭,同時又與國家一道共同承擔著戰爭的創傷——所有這些,都與當時社會上的政治文化思潮緊密相關,無論政權格局如何更叠,也無論改革的觀念如何萌動,都從未觸動原有的政治體制,國家的統一的意識形態領導從未改變。所以電影當中表現出來的,更多的是歷史厚重感以及悲痛的情懷,那是一種愛國的詠歎。

1985年,戈爾巴喬夫當選為蘇共中央總書記,之後迅即決定把1986年2月25日定為蘇共二十七大開幕日,2月25日在蘇聯歷史上具有特殊意義,三十年前的這一天,赫魯曉夫向蘇共二十大揭露了斯大林的罪行。赫魯曉夫關於「個人崇拜及其後果」的揭露,後人只記住了「個人崇拜」,而斯大林主義的經濟行政「後果」卻被悄然忽略了,戈爾巴喬夫尋求實現的社會轉變是非斯大林化的第二步。赫魯曉夫倉促上陣,單槍匹馬與斯大林的幽靈交鋒,三十年後,戈爾巴喬夫則試圖以周密的計劃向斯大林的遺產——蘇聯墨守成規的集權經濟體制發動大舉進攻〔註35〕。蘇共第二十七次代表大會上,正式提出了「民主化」和「公開化」的口號,發起了對舊體制的批判。戈爾巴喬夫的改革從經濟管理體制,過渡到政治領域,社會出現混亂和動蕩,而隨著政治鬥爭進一步激化,蘇共內部由意見分歧發展為組織上的分裂,「民主派」開始左右蘇聯政局,1991年底改革徹底失敗。〔註36〕改革戰略策略等決策方面的原因,加上制度變遷與既定結構制約性之間的剛性衝突的深層原因,共同導致了蘇聯解體〔註37〕。馬特洛克(Matlock,J.F.)曾經這樣評價:「不實行

〔註34〕М·Р·Зезина,Л·В·Кошман,В·С·Шульгин,劉文飛、蘇玲譯,俄羅斯文化史〔M〕,上海:上海譯文出版社,2005年,第321~324頁。

〔註35〕科里斯丁·施米特·霍爾,鄒明、劉海濤等譯,戈爾巴喬夫:通往權力之路〔M〕,瀋陽:瀋陽出版社,1988年,導言。

〔註36〕海運、李靜傑主編,葉利欽時代的俄羅斯(政治卷)〔M〕,北京:人民出版社,2001年,第2頁。

〔註37〕馮紹雷,20世紀的俄羅斯〔M〕,北京:生活·讀書·新知三聯書店,2007年,第93頁。

改革，俄羅斯就不具備帝國的力量。實行改革，俄羅斯就失卻了帝國的願望」〔註 38〕。事實上，蘇聯解體的確帶來了政治、經濟和文化領域的深刻變革，帝國衰亡了；但是，這並不意味著帝國願望的失卻。

蘇聯解體後，在葉利欽的領導下，作爲蘇聯主要繼承國的俄羅斯，開始了旨在建立市場經濟制度和西方民主政體的全面激進的改革，改革導致了激烈的社會衝突、持續的經濟危機、人民的貧困和國家的衰落，但是改革畢竟使俄羅斯發生了深刻的變化，在社會思潮領域尤其雜亂紛呈。改革派主張激進改革，期盼回歸歐洲，推崇西方自由主義市場經濟模式，歷史上屬於「西歐派」；而以俄共爲代表的左翼勢力，則強調改革要面向社會，拒絕西方的自由主義，支持「公平、正義」的社會主義模式，他們的思想帶有不同程度的民族主義、愛國主義成分，有的甚至鼓吹大俄羅斯主義，秉承了歷史上斯拉夫主義的思想遺產〔註 39〕。

2000 年 3 月的總統大選，普京沒有強調自己的政治和意識形態傾向，更多的是強調愛國主義和強大的國家，這一主張網羅了或左、或右、或中間路線的大多數選民〔註 40〕，這在某種程度上也反映出俄羅斯人對國家的期待。事實上，葉利欽總統也經常以「超黨派」的國父形象出現，聲稱「俄羅斯需要一位強有力的總統來建立一個強有力的國家」〔註 41〕，新世紀以來，俄羅斯尤其重整旗鼓，「強國」最終成爲主導的意識形態。解體之後的俄羅斯電影業也發生了翻天覆地的變化，關於這一點我們會在第四章展開具體深入的探討，這裏我們只是要指出，2000 年以來的俄羅斯電影，逐步走上穩定的發展軌道，二戰電影作爲國家意識形態的重要載體，尤其彰顯了當下俄羅斯國家和人民的「強國夢想」，影片中英雄的強大、俠義以及不可戰勝成爲強國理念的重要表徵。

總體而言，無論是第二次世界大戰後國力的恢復，還是解體之後新國家的建設，都爲相應歷史時期的國家和人民帶來了諸多的考驗和挑戰，混亂的

〔註 38〕 小傑克‧F‧馬特洛克，吳乃華等譯，蘇聯解體親歷記〔M〕，北京：世界知識出版社，1996 年，第 792 頁。
〔註 39〕 海運、李靜傑主編，葉利欽時代的俄羅斯（政治卷）〔M〕，北京：人民出版社，2001 年，第 335～336 頁。
〔註 40〕 吳非、胡逢瑛，俄羅斯傳媒體制創新〔M〕，廣州：南方日報出版社，2006 年，第 9 頁。
〔註 41〕 海運、李靜傑主編，葉利欽時代的俄羅斯（政治卷）〔M〕，北京：人民出版社，2001 年，第 343 頁。

年代為神話的誕生提供了肥沃的土壤，兩種不同的國家體制和社會局勢，帶來了兩種不同的國家神話。戴維‧利明指出，神話對當代文化影響的例證之一就是國家主義，它像任何其它神話力量一樣，令千百萬人付出了自己的忠誠和生命；歷史學家和講故事的人把英雄經歷描繪成無所不在的神話，而英雄與國家血脈相連，比如林肯這類英雄就是「美國夢」的一個獨特方面；住在陋室空堂中的人，只要他們相信神話，他的寒舍就是一座城堡。〔註 42〕對於蘇聯人和俄羅斯人而言，只要他們相信英雄神話，他們的身後必然站著強大的國家，承載著他們愛國的詠歎，以及強國的夢想。

〔註 42〕戴維‧利明、埃德溫‧貝爾德，李培茱、何其敏、金澤譯，神話學〔M〕，上海：上海人民出版社，1990 年，第 147～148 頁。

第三章　記憶敘事與國家歷史

　　耶爾恩・呂森（Rüsen Jörn）認為，德國人的認同是由納粹時期尤其是納粹大屠殺的歷史影響以及人們對它們進行的解釋性回憶形成的〔註1〕。作為這場戰爭的另外一方，蘇聯人的認同也與衛國戰爭的歷史影響以及人們對它進行的解釋性回憶緊密相關；甚至俄羅斯人的認同也是如此，在俄羅斯人眼裏，這場戰爭仍是他們需要不斷提起的重要回憶，他們生產了諸多二戰題材的電影就是一個最好的證明。莫里斯・哈布瓦赫（Maurice Halbswachs）指出，記憶在很大程度上是借助從當下截取的資料而獲得對過去的重構〔註2〕，那麼反過來說，我們通過考察電影文本如何對過去進行書寫或重構，就可以總結出記憶敘事從所處時代截取了哪些資料，並進而分析這些資料所代表的意義。

　　研究框架中我們提出，要結合蘇聯二戰電影，考察俄羅斯二戰電影在「集體記憶」的維度上建構了怎樣的國家認同，並結合歷史條件和社會背景對此作出解釋。本章當中我們將從「文化記憶」和「政治記憶」兩個層面展開，每個部分都分別對書寫過去、截取資料和呈現意義進行分析；在這些分析之後，我們會走進歷史本身，進一步思考敘事背後的脈絡與根源。

〔註1〕耶爾恩・呂森，納粹大屠殺、回憶、認同——代際回憶實踐的三種形式〔A〕，轉引自哈拉爾德・韋爾策編，季斌、王立君、白錫堃譯，社會記憶：歷史、回憶、傳承〔M〕，北京：北京大學出版社，2007年，第179頁。

〔註2〕MAurice HAlbswAchs. The Collective MeMories〔M〕，HArper And Row：New York，1980：69.轉引自約翰・斯道雷，徐德林譯，斯道雷：記憶與欲望的耦合——英國文化研究中的文化與權力〔M〕，桂林：廣西師範大學出版社，2007年，第142頁。

第一節　延續的文化記憶

　　社會記憶需要某些可以讓回憶固著於它們的結晶點，例如某些日期和節日、名字和文件、象徵物和紀念碑、甚至日常用品等，諸如此類的回憶實踐對許多文化、集體和集體成員在一定時期的現實自我理解有著重要貢獻〔註3〕，也就是說這些「結晶點」和「象徵物」有利於促進文化認同和集體認同的形成。安東尼・史密斯（Anthony D.Smith）指出，當集體認同主要建立在文化成分比如種姓、族群、宗教教派和民族等的基礎之上時，認同感就最為強烈，因為建構文化共同體的文化成分趨向於持久穩定和緊固〔註4〕。在蘇聯和俄羅斯兩個時期的二戰電影中，有很多相同的元素（結晶點）被不斷重現，它們歸屬於「持久穩定的文化成分」。本節就將分析電影中這些相似的元素蘊含了哪些記憶的訊息，以及這種訊息背後的深層涵義。

一、蒼茫大地，壯麗山川

　　【這裏的黎明靜悄悄・段落 25】
　　麗札講述自己戰前在護林隊的生活與感情故事。
　　（場景：冬天的白樺林、林間的小木屋、白雪覆蓋的大地）

　　【一個人的遭遇・段落 47】
　　索庫洛夫在渡口，向一起吸煙的司機講述自己的經歷。
　　（場景：天空，遙攝向平靜的水面，白樺生長在水中）

　　【伊萬的童年・段落 20】
　　賀林上校與醫務官瑪莎暗生情愫，聊起各自的家鄉。
　　（場景：平靜的白樺林）

　　【堆聚石頭有時・段落 14】
　　駛向俄羅斯的火車臨時停車，士兵們衝下車廂，高喊著「Россия（俄羅斯）」。
　　（場景：白樺林，綠草，明亮的生機盎然的景色）

〔註3〕安格拉・開普勒，個人回憶的社會形式——（家庭）歷史的溝通傳承〔A〕，轉引自哈拉爾德・韋爾策編，李斌、王立君、白錫堃譯，社會記憶：歷史、回憶、傳承〔M〕，北京：北京大學出版社，2007 年，第 91～92 頁。

〔註4〕Anthony D.SMith，葉江譯，民族主義：理論，意識形態，歷史〔M〕，上海：上海世紀出版集團，2006 年，第 19 頁。

【無敵艦長・段落 55】

丹娘以為馬里尼已經犧牲，對著大海痛哭。

（場景：空中遙攝：蔚藍色的、壯闊的大海，迎面吹來陣陣海風）

【兄弟就是力量・段落 67】

瓦羅尼科夫犧牲了，謝爾巴獨自一人站在懸崖邊。

（場景：夕陽，灑向被森林覆蓋的高山）

【流氓・段落 1】

片頭。出字幕。

（場景：藍天，白雪覆蓋的高山、大地）

【勝利日・段落 44】

蘇聯士兵列隊行軍的畫面。

（場景：廣袤的大地）

【阻力・段落 37】

別斯法米林和廖沙步行回部隊。

（場景：蒼茫大地）

在本研究所選的九部電影中，壯美山川的意象從未被忽略——無論它們被用來渲染厚重悲愴的情感，還是直接被用作戰鬥場景。這樣的意象一方面展現了俄羅斯幅員遼闊、山川壯美的自然特徵，另一方面也把俄羅斯人與大地與故土緊密聯繫在一起。

電影中最經常出現的兩個意象，一是森林（尤其白樺林），二是大地。

白樺林是俄羅斯民族的象徵，俄羅斯就是白樺林的國度〔註5〕。列昂諾夫（Леонид Леонов）在他的文學作品中曾經這樣講過：「在歷數我們民族的養育者和為數不多的保護人時，忘記森林，就是忘恩負義。如同草原曾經培育我們祖先嚮往自由、在鬥爭中尋求快樂一樣，森林曾經賦予他們縝密的思維、敏銳的眼力，養成他們熱愛勞動和不達目的誓不罷休的頑強、堅定的性格」〔註6〕，很顯然森林與俄羅斯民族、俄羅斯文化血肉相連。斯蒂芬・丹尼爾斯（Stephen Daniels）認為民族身份被傳統和風景賦予了形式和內容，被那些現

〔註 5〕 郭軍寧，俄羅斯的白樺林〔J〕，百科知識，2006 年，7（上）：第 59 頁。

〔註 6〕 列・列昂諾夫，姜長斌譯，俄羅斯森林〔M〕，哈爾濱：黑龍江人民出版社，1984 年，第 320 頁。

在只是空洞的地點和景觀所代表，並被關於黃金時代、傳統、英雄事跡的故事及發生在古代或上帝所許諾之家園中的戲劇性命運所塑形〔註7〕。他強調了景觀的重要意義，也強調了家園與民族傳統和民族精神的結合。於俄蘇人民而言，白樺樹就是這樣一種能夠與民族傳統相融合的「景觀」。

此外，俄羅斯精神的景觀與俄羅斯土地是一致的，它們都是無限性、無形式性，追求無限與遼闊的〔註8〕，通過將集體的記憶與特定的祖先領土聯繫起來，形成祖國的觀念，人民被團結起來，個體以「記憶的領土化」方式和對親密的審美空間的珍愛將自己定位在時空之中，就是說，同一群體的一代又一代人通過對他們祖先的與特定的民族地貌相連的行為和價值觀所產生的共享記憶相互聯結，並且通過這樣的方式，民族的祖地為他們提供了情感上的安全和認同感〔註9〕。二戰電影通過對山川河流的再現，能夠喚起人民對故土最原始的感情，無論是蘇聯人，還是俄羅斯人，這片土地始終不曾改變，它們始終是國家認同中的重要組成部分。

二、為……乾杯

【這裏的黎明靜悄悄·段落 108】
準尉和莉達、冉卡隱蔽在草叢後，這個時候麗札、加爾卡和索尼婭已經犧牲了。三個人乾杯，為了犧牲的同志。

【一個人的遭遇·段落 36】
在德軍辦公室，因為之前索庫洛夫表達了自己對採石頭的不滿情緒，俘虜營營長想要槍斃他。臨死前允許索庫洛夫喝一杯——為了德國的勝利，索庫洛夫不肯喝，於是要為他的死亡乾杯。索庫洛夫說，如果為了我的死亡，為了擺脫這種痛苦，我喝，接著他連飲三杯，震懾了德國兵，營長決定不槍斃他。

〔註7〕 Stephen Daniels. Fields of Vision：Landscape Imagery and National Identity in England and the United States〔M〕，Cambridge：Polity，1993.轉引自阿雷恩·鮑爾德溫，布萊恩·朗赫斯特等，陶東風等譯，文化研究導論（修訂版）〔M〕，北京：高等教育出版社，2004 年，第 167 頁。

〔註8〕 尼·別爾嘉耶夫，邱運華、吳學金譯，俄羅斯思想的宗教闡釋〔M〕，北京：東方出版社，1998 年，第 3 頁。

〔註9〕 Anthony D.SMith，葉江譯，民族主義：理論，意識形態，歷史〔M〕，上海：上海世紀出版集團，2006 年，中文版前言。

【伊萬的童年·段落 12】

在加里采夫大尉宿舍，伊萬、賀林上校和加里采夫乾杯，爲了重逢，同時伊萬說祝願戰友（卡塔索尼其）能平安回來。

【堆聚石頭有時·段落 13】

火車餐車上，大尉焦明、翻譯奈莉亞和眾軍人一起聊天喝酒，舉杯共飲，爲了勝利。

【無敵艦長·段落 14】

營地食堂的餐桌上。海軍旅長和馬里尼聊天，討論海戰勝利的秘訣，全體乾杯，爲了勝利。

【兄弟就是力量·段落 43】

黑夜，行軍途中在林地休息，士兵們吃罐頭燜肉，因爲沒有足夠的杯子，所以輪著喝一瓶酒，爲了那些棒小夥（剛剛在戰役中犧牲的戰士）。

【流氓·段落 45】

孩子們被送上飛機，即將執行一項不可能的任務。孩子們沒有乾杯，只是輪流喝酒，爲了穩定情緒。

【勝利日·段落】

紅場附近的露天酒館。尼古列科和普里瓦洛夫互相詢問分別之後的生活，兩個人乾杯，紀念他們犧牲的戰友烏茲別克人伊利霍姆，祝願他與大地同在。

　　除《阻力》之外，其他電影當中都出現了乾杯或類似乾杯的段落，有戰鬥中對戰友的懷念，有上陣之前積聚勇氣的鼓舞，還有戰後對勝利和犧牲的紀念，這樣的畫面是俄蘇二戰電影的一大特色。乾杯這樣的行爲包含著怎樣的意義？這需要從伏特加說起。

　　俄羅斯人摯愛伏特加，儘管多年以來，禁酒對於俄羅斯而言一直是一個沉重的話題。這種摯愛與他們嚴酷的自然條件有關，俄羅斯的冬天極其寒冷，伏特加可以成爲抵禦嚴寒的一種手段。1942 年斯大林格勒會戰前夕，蘇聯最高統帥部下令保證前線戰士每天至少能夠喝到伏特加酒，以利於英勇的蘇聯紅軍打敗德國法西斯。所以後來會有這樣一種說法：蘇聯在二戰中的勝利依靠兩樣東西：伏特加和喀秋莎火箭炮。巴枯寧曾經說過，教堂對於人們起著

一種天國裏的酒館的作用，正如酒館是人間的某種天堂一樣，因爲不論是在教堂或是酒館裏，人們可以將自己所受的飢餓、壓迫和屈辱忘卻片刻，他們可以有時在狂熱的信仰中，有時在燒酒中竭力安慰自己對日常苦難的記憶〔註10〕。俄羅斯導演亞歷山大‧羅戈日金1998年拍攝的電影《民族狩獵的特點》當中，曾經有過這樣一段對伏特加的描述：伏特加是我國人民最獨一無二的發明，它不僅是烈性的飲料，還是民族特性的體現，也可以說是大眾生活特性的體現，它能夠把我們團結起來，避免徹底解體……〔註11〕總之，伏特加是俄羅斯文化一個重要的符號表徵。

伏特加文化有自己的傳統，自己的口號，自己的講究，特製的下酒菜肴，當然還少不了敬酒辭──也就是任何一個值得端起酒杯的共同話題〔註12〕。這也印證了別爾嘉耶夫（Николай Бердяев）所說的「俄羅斯民族有著巨大的自發力量，並且嗜愛形式」〔註13〕。乾杯這一行爲從來就是俄羅斯民族的特殊傳統，對於二戰而言，它還有著另外一層涵義，就是紀念。即便是戰爭過去十年後、五十年後、百年後，還是會找到那樣一些人，他們在桌上放好伏特加和黑面包紀念那些犧牲者，因爲他們把自己所有的鮮血都獻給了爲擺脫奴役獲得自由的戰鬥〔註14〕。伏特加對於二戰有著特殊意義，對於俄羅斯民族傳統更是意味深長。

三、幽默與苦難

【這裏的黎明靜悄悄‧段落1～3】

士兵戴著頭巾擠牛奶、行軍禮，被少校罰了五晝夜禁閉。

準尉要求調來不喝酒不玩女人的士兵，於是調來了一群女炮兵。

【一個人的遭遇‧段落42】

索庫洛夫找到機會想要逃跑，看到一位喝得七葷八素的德國軍官，他把軍官的衣服脫了下來帶走，軍官爛醉如泥，索庫洛夫拿了塊石頭給他做枕頭，他就那樣睡了。

〔註10〕韓顯陽，禁酒：俄羅斯的沉重話題〔N〕，光明日報，2005年，1（21）。

〔註11〕英紅，伏特加與俄羅斯式喜劇〔J〕，世界電影，2001年5，第98頁。

〔註12〕周雪，伏特加，俄羅斯之神〔N〕，經濟觀察報，2003年，2（17）。

〔註13〕尼‧別爾嘉耶夫，雷永生、邱守娟譯，俄羅斯思想──19世紀至20世紀初俄羅斯思想的主要問題〔M〕，北京：三聯書店，2004年，第2頁。

〔註14〕МАкс，День Победы……〔EB／OL〕，俄羅斯電影戲劇網，2007／5／9。

【伊萬的童年·段落 19】

白樺林當中搭建起的臨時醫務站。大尉加里采夫內心很關心瑪莎，可是當賀林少校來找他，他馬上裝出一副嚴屬狀，讓瑪莎安排好醫療隊，不要什麼事情都自己做。

【堆聚石頭有時·段落 36】

在整修的俱樂部裏，焦明和魯道夫排雷之後準備吃飯，找到了一副拳擊手套，兩個人就一起玩；他們在途中捎上的老奶奶在旁邊自己揮著拳頭幫忙加油。

【兄弟就是力量·段落 15】

首戰告捷，休息地。巴弗洛拿著要帶給家人的巧克力，曬夫丘克開玩笑說要吃他的巧克力，巴弗洛說帶給自己女人的，說曬夫丘克真是個貪吃的肚子，又說自己就像歌裏唱的：八個女人一個我，女人在哪我在哪，母親，妻子，三個娃，我的妹妹，還有阿姨納斯塔西亞，當然還有奶奶，如果她沒死的話。

【無敵艦長·段落 13】

餐廳裏，士兵們在吃飯喝酒，一個喝醉的軍官把煙頭扔進了廚房長的仙人掌花盆裏，廚房長氣壞了。

【流氓·段落 20】

訓練場上，孩子們不好好練習，和教官調侃，因為他們之前都是扒手，輕而易舉地偷了教練的證件。

【勝利日·段落 24】

雷區，尼古列科發佈命令之後，戰士們開始匍匐前進，普里瓦洛夫對伊利霍姆開玩笑說，也許那裏沒有地雷……

【阻力·段落 4、6】

哨兵廖沙在病房裏給大家講哲學上談的愛情，被大家取笑，沒談過戀愛又大講愛情。

果戈里在他的長篇小說《死魂靈》中曾經以剖白式的口吻講到，憑著神秘的運命之力，我還要和我的主角攜著手，長久的向前走，在全世界，由分明的笑，和誰也不知道的不分明的淚，來歷覽一切壯大活動的人生〔註15〕。俄羅斯

〔註15〕果戈里，魯迅譯，死魂靈〔M〕，北京：人民文學出版社，1977 年，第 147 頁。

式的幽默有一個傳統，就是「含淚的微笑」，儘管戰爭一直是俄蘇二戰電影反思的對象，但文本中還是不乏偶爾爲之的幽默，只是這種幽默背後，永遠暗藏著不盡的苦澀。也就是說，這種幽默是一個伏筆，隨著情節的展開，會有一場與之相對的戲，來震顫受眾的心靈。舉例來說，不喝酒不玩女人的士兵竟然是一群女兵，準尉教導說，「戰場上只有士兵和指揮官，沒有性別」，最後，這群代表著美好和柔韌的女人同男人一樣壯烈犧牲了；揮著拳頭加油的老奶奶似乎是童心未泯，但是後來，她在俱樂部裏唱歌，聲音洪亮高亢，大家問及她的年齡，才知道她不過三十五歲而已，卻在戰爭的摧殘下變成了老婦；曬夫丘克準備把巧克力和小禮物帶給家人，接下來的一場戰鬥他犧牲了，徹底切斷了他對團聚的夢想；普里瓦洛夫說或許那裏沒有地雷，接下來便是蘇軍戰士一批批倒在了雷區。由此可以看出，電影裏的幽默實際是爲了反襯戰爭的苦難，俄羅斯人民保持著他們面對苦難的樂觀，從另一個側面也折射出他們對苦難的態度。對受難的審美，可以說是俄國文化一個突出的特徵，東正教的人格理念——忠、誠、舍己、盡責、永不絕望、爲國家爲義理奮鬥至死，所有這些與自覺地承擔苦難一起，構成了俄國人和俄國知識分子的精神追求〔註16〕。而這種承受苦難，在苦難中不斷探求的精神代表了整個俄羅斯民族的信仰，用舍斯托夫的話說，通向活的眞理的唯一路徑就是苦役〔註17〕。

當然，電影當中也有例外，《無敵艦長》、《流氓》和《阻力》的幽默並沒有承擔這樣厚重的任務，這與俄羅斯電影生產的狀況有關，這三部電影是俄羅斯二戰電影商業化的突出代表，我們會在下一章詳加闡述。

四、夢境

【這裏的黎明靜悄悄·段落 103～104】
準尉昏倒，意識迷離。恍惚看到女房東瑪利亞幫他蒸好了饅頭，端來了牛奶；又恍惚看到五位女戰士，陷入沼澤的麗札也在和他說話。

【一個人的遭遇·段落 22】
被俘時在露天營地。下雨的夜裏，做夢恍惚看到自己的家人。

〔註16〕張冰，俄羅斯文化解讀——費人猜詳的俄羅斯文化之謎〔M〕，濟南：濟南出版社，2006 年，第 55 頁。
〔註17〕小楓，走向十字架上的眞——20 世紀基督教神學引論〔M〕，上海：生活·讀書·新知三聯書店上海分店，1995 年，第 4 頁。

【伊萬的童年・段落 0、9、47、65】

伊萬夢到媽媽；夢到和小女孩在滿載蘋果的車上；夢到在水邊，媽媽和他揮手說再見。

【堆聚石頭有時・段落 16、42】

魯道夫總是被夢驚醒，但是沒有具體表述夢的内容。

【兄弟就是力量・段落 15】

草坪。瓦羅尼科夫夢到自己不停問路，要去找自己未婚妻；然後他又看到了已經犧牲的萬尼亞，萬尼亞指給他看美麗的彩虹。

【無敵艦長・段落 13】

加里耶夫代馬里尼上陣後犧牲，馬里尼在船艙裏昏睡。腦海中閃回著加里耶夫、爆炸、以及他的家族照片，還有内務部少校。

【勝利日・段落 2】

指揮官在對囚犯們講，蘇聯政府歡迎不能對戰爭袖手旁觀的人，普里瓦洛夫在隊伍裏睡著了，夢到自己求婚的畫面。

　　除《流氓》和《阻力》之外，其它電影都出現過夢的意象，應當承認，「夢」是電影中很常見的一種表現手法，《無敵艦長》和《堆聚石頭有時》中的夢境就屬於這一類，夢與電影情節是串聯在一起的，它們只是推動和解釋情節的一種表達方式。但是俄蘇二戰電影的夢境還有另外一類，它們展現的是與現實世界並立的另一重世界，我們著重要分析的是這一類夢境。

　　就其表徵的内容而言，夢裏出現的人物通常都是主人公的家人（或者親如家人的人），夢裏表達的主題都是對戰爭的控訴和對美好生活的嚮往，它們的功能在於，完成從「夢」到「記憶」的置換。莫里斯・哈布瓦赫曾經指出，夢建立在自身的基礎之上，而記憶依靠的是我們的同伴，是社會記憶的宏大框架〔註 18〕，這些夢的意象，其實表達的正是戰後的一代又一代人對戰爭的記憶。

　　就其表達手法而言，夢的意象是詩電影的一種呈現方式，而詩電影是從蘇聯時期發展起來的重要的電影傳統。按照塔可夫斯基（A.Тарковский）的論述，「當我談論詩的時候，我並不把它視爲一種類型，詩是一種對世界的瞭解，

〔註 18〕莫里斯・哈布瓦赫，畢然、郭金華譯，論集體記憶〔M〕，上海：上海世紀出版集團，2002 年，第 75 頁。

一種敘述現實的特殊方式，所以詩是一種生命的哲學指南」〔註 19〕，二戰電影中的夢境，一方面是主人公的虛幻想像，是戰爭環境中對安寧的尋求，另一方面則體現了對戰爭與和平的反思。這種電影手法方面的繼承從某個側面傳遞了對蘇聯電影一種「曖昧的祝福」〔註 20〕。

五、歌聲嘹亮，舞姿飛揚

【這裏的黎明靜悄悄・段落 78】
爲了阻止德國士兵繼續前進，準尉和姑娘們演了一場伐木的戲，冉卡直接跑去河邊洗澡，一邊洗澡一邊高唱《喀秋莎》。

【一個人的遭遇・段落 16】
俘虜們在德國士兵的監視下列隊行走，領隊軍官命令俘虜們唱歌。於是大家高唱《喀秋莎》，不明就裏的德國兵開心地說唱得好。

【伊萬的童年・段落 59】
人群在歡呼勝利，同時高唱著《喀秋莎》。

【勝利日・段落 47】
酒館邊上，走來一位身著阿富汗戰爭軍服的戰士，他來給酒館的老兵們唱歌。他說老戰士們是眞正的勝利者，而自己的戰鬥沒有勝利感。

兩個時期的二戰電影中，均有歌唱的段落〔註 21〕，但無論從性質上還是數量上，都是有所差異的。就性質而言，蘇聯電影中豪邁的歌曲《喀秋莎》，透著無盡的悲苦，是對戰爭的控訴；而俄羅斯電影中的歌曲，是對歷史的反思。就數量和內容而言，本研究選取的每部蘇聯電影當中均有歌唱出現，且都是《喀秋莎》；俄羅斯電影中僅有一次，是一首與阿富汗戰爭相關的歌曲。

與這一情況相對照的，是俄羅斯電影中被重複利用的跳舞橋段，它在蘇聯電影中則少有出現。比較下來則會發現，蘇聯電影中的舞蹈會讓人心痛，而俄羅斯電影中的舞蹈是讓人心動，它們傳達的是完全不同的兩種情感。

〔註 19〕塔可夫斯基，陳麗貴、李泳泉譯，雕刻時光〔M〕，北京：人民文學出版社，2003 年，第 16 頁。
〔註 20〕化用本尼迪克特・安德森的說法，他說「『新』與『舊』以歷史性的方式結合在一起，而且前者看起來總像是在向死者召喚一種曖昧的祝福」。參見本尼迪克特・安德森，吳叡人譯，想像的共同體〔M〕，上海世紀出版集團，2005 年，第 177 頁。
〔註 21〕這裏是指參與情節的歌曲，而非配樂或畫外音。

【這裏的黎明靜悄悄・段落 41】

局部戰鬥未打響之前，剛剛沐浴過的女兵們，聚集在集體宿舍，打
扮得漂漂亮亮，開起了舞會。

【堆聚石頭有時・段落 21】

村民邀請排雷三人組去家裏參加聚會，聚會中焦明和奈莉亞跳舞，
焦明講到自己的媳婦跑了，並表達了對奈莉亞的喜愛之情，後來奈
莉亞給了焦明一個吻。

【無敵艦長・段落 20】

馬里尼請小酒館的女老闆（風姿綽約的瑞典女人）跳舞，兩人眉目
傳情，馬里尼挑逗瑞典女人，因為一直會踩到女人的腳，後來索性
把瑞典女人抱起來跳。

【勝利日・段落 3】

普里瓦洛夫的回憶。居民家裏，普里瓦洛夫和一個姑娘跳舞，姑娘
一直注視著普里瓦洛夫，普里瓦洛夫則有點緊張（因為他要表白），
後來終於鼓足勇氣開口，請求姑娘嫁給他。

　　俄羅斯是一個能歌善舞的民族，他們的芭蕾舞和交響樂都享有世界盛
譽。歌曲《喀秋莎》曾經廣泛流傳在蘇聯衛國戰爭時期的紅軍指戰員中，表
達了蘇聯姑娘對紅軍戰士的純真的愛情，謳歌了奮勇鬥爭、保衛祖國的紅軍
戰士，在世界反法西斯戰爭中起到了獨特的作用，並被世界各國人民傳唱[註
22]，它成為蘇聯文化的一個重要符號。而在俄羅斯時期，影片中的歌曲則表
達了對蘇聯歷史的反思，包括曾經的阿富汗戰爭。在俄羅斯電影《第九連》[註
23]的最後，蘇聯軍隊從阿富汗撤軍，戰士的旁白這樣說：我們這個小分隊被
祖國遺忘了，而兩年之後我們曾經為之奮鬥的國家也不在了。《勝利日》片尾
的那首阿富汗之歌，一方面傳達了對衛國戰爭勝利的紀念，另一方面又表達
了對戰爭以及蘇聯歷史的反思。而事實上，它們都指向了同樣一個事實，蘇
聯國家解體了，但是這片土地上的人民依然保留著英勇的鬥爭精神，而這種
精神會支撐著一個新的國家走向未來。

　　至於跳舞，我們可以說它是俄羅斯電影對蘇聯電影的一種集體致敬，也

〔註22〕佟殷，評《蘇聯名歌集 1 喀秋莎》〔J〕，藝術研究，2006 年 1，第 92 頁。
〔註23〕2005 年俄羅斯票房冠軍。

可以說是俄羅斯電影讓傳統成為可資利用的吸引眼球的手段，換句話說，是俄羅斯電影揉合了民族傳統和商業化時期的電影元素來傳情達意，這一點也將在下一章進一步闡述。

六、文化記憶：來自歷史深處的回聲

本節梳理了俄蘇二戰電影中經常出現的五個意象：山川大地、伏特加、幽默、夢境與歌舞，它們分別對應著俄羅斯民族精神、民族性格、人格理念、生命體驗與風俗傳統。

首先，俄羅斯土地的廣袤無垠、遼闊壯大與俄羅斯的精神是相適應的，自然的地理與精神的地理是相適應的〔註24〕，山川大地成為俄羅斯重要的符號表徵；第二，對烈性酒的熱愛，使得這個國家一方面以英勇頑強奪得了戰爭的勝利，另一方面又讓禁酒成為多年以來的重要話題，這多多少少體現了這個民族靈魂深處的矛盾性——無限的深邃、非凡的崇高與某種低賤、粗鄙混雜在一起〔註25〕；第三，一種「含淚的笑」把俄羅斯人固有的幽默特徵與承受苦難的執著聯繫在一起，這與第四點夢境結合在一起，綜合成俄羅斯深刻的精神信仰——對苦難的堅忍不拔，對彼岸世界、對終極的追求〔註26〕；第五，歌舞是民俗民情的一部分，俄羅斯的合唱歌曲和舞蹈的巨大力量是和酒神的、狂熱的因素相聯繫的，這是東正教信仰與民族詩歌相結合後的產物〔註27〕。

整體來說，它們體現了蘇聯和俄羅斯兩個時期在文化方面的五大共性，它們都來源於這片土地上的文化傳統，而這種文化傳統是把人民團結起來的重要力量；換句話說，是來自歷史深處的回聲，融入兩個時期的認同建構當中。現代民族國家認同，同時兼有制度與文化的兩個層面，文化傳統始終是認同建構的重要符號。在這種整體一致背後，當然也有細微的差別，俄羅斯電影對這些符號的運用，夾雜了商業時代的文化特徵，關於電影中幽默、舞蹈以及詩性方式的不同呈現，我們將在下一章中展開更多探討。

〔註24〕尼·別爾嘉耶夫，雷永生、邱守娟譯，俄羅斯思想——19世紀至20世紀初俄羅斯思想的主要問題〔M〕，北京：三聯書店，2004年，第2頁。

〔註25〕別爾嘉耶夫，汪劍釗譯，俄羅斯的命運〔M〕，昆明：雲南人民出版社，1999年，第4頁。

〔註26〕尼·別爾嘉耶夫，雷永生、邱守娟譯，俄羅斯思想——19世紀至20世紀初俄羅斯思想的主要問題〔M〕，北京：三聯書店，2004年，第14頁。

〔註27〕尼·別爾嘉耶夫，雷永生、邱守娟譯，俄羅斯思想——19世紀至20世紀初俄羅斯思想的主要問題〔M〕，北京：三聯書店，2004年，第6頁。

第二節 撕裂的政治記憶

國家認同不只具有文化的向面，同時還具有制度的向面，對於制度或者政治因素的考量也是電影建構認同的重要途徑。如果說兩個時期電影文本的文化記憶都可以追溯到歷史上俄羅斯民族的文化傳統和精神信仰，這樣的追溯使得兩個時期具有了深刻的連續性；那麼兩個時期電影文本在政治記憶方面呈現出的差異，則體現出蘇聯與俄羅斯兩個歷史時期之間深刻的裂痕。

為了考察這種政治記憶上的差異，我們選取了每一部電影文本的第一個章節。這一章節的情節主題都是「人物出場，交代線索」，但是情節上的相似性不代表著意義的相似，本研究所涉及的九部電影，涉及了九項政治元素，就其整體思想而言，又分別呈現出兩大時代特色。

一、翻手為雲：蘇聯二戰電影

本研究選取的三部蘇聯二戰電影涉及的政治元素分別為：軍事條令、家國命運和歷史時間，三者的共性在於，它們集中體現了個人在思想、空間和時間等方面與當時歷史環境的契合。

（一）軍事條令

《這裏的黎明靜悄悄》的第一章節共 11 個段落，主題是新兵報到，具體來說是四個超段落：

> 1、準尉向少校抱怨他的士兵懶惰無力，要求調來不喝酒不碰女人的兵；
>
> 2、少校給他派來了滿足要求的兩個班，清一色的女兵；
>
> 3、準尉指出女兵分派任務不嚴肅，女兵們表示這是遵循司令員的保密原則；
>
> 4、準尉幫女兵們建造浴室，碰上了村裏婦女的挑逗。

看上去是戰鬥間歇時的前線生活，實際上這個章節談論的一個關鍵詞，是軍事條令。首先是那些不遵守條令的閒散士兵抵不住酒精和女人的誘惑，於是被調離軍用物資基地；然後是新來的女兵不按條令出牌，布置任務輕鬆隨意；接著是作為軍屬的婦女們對當地士兵的勾引，她們認為戰爭會把一切一筆勾銷，成了違反條令的導火索。而準尉瓦斯科夫是這些條令的代表，他看上去是一個恪守軍規的人。

　　按照周傳基的分析，準尉同樣是個有血有肉的人物，而不是代表某種概念的標籤，雖然他最初給人的印象是教條般地恪守軍事條令，但是在戰鬥中，當加爾卡表現出怯懦時，他卻制止了其他兩個女戰士對她的批評，而是設法慢慢地教育她，把她帶在身邊，保護她，哪怕這樣做會增加他自己的危險，他對她是十分寬容的，他後來告訴莉達和冉卡，加爾卡是在和敵人的對射中英勇犧牲的〔註28〕，瓦西里耶夫（Борис Васильев）在他的創作筆談中也指出，「在極端特殊的環境裏表現主人公，對我來說是很重要的……在這種特殊環境裏沒有任何人給你下命令。你自己不得不採取措施，遵守著自己的道德準則，而且無法把責任推卸給別人」〔註29〕。也就是說，電影中不是把軍事條令教條化，而是把它與道德品質結合在一起，這就賦予了制度一種人性化色彩，於是我們所看到的第一章節裏，有對條令的觸碰和恪守，也有對條令的挑釁與變通。但無論怎樣，他們都順應了二十世紀七十年代蘇聯社會整體的人道主義情緒。

　　有意思的是，俄羅斯二戰電影《勝利日》的第一章節也探討了軍事條令的問題，我們會在後文具體分析。

（二）家國命運

　　《一個人的遭遇》俄文名字是「Судьба Человека」，直譯即「人的命運」（「Судьба」在漢語中可譯作「遭遇」也可譯作「命運」）。電影講述的是一個出生在俄國，成長在蘇聯的普通人的個人命運，第一個章節清楚地交代了人物出身，該章節以主人公索庫洛夫的自述方式展開，穿插著對戰前生活的追憶，包括4個超段落。

> 1、索庫洛夫回憶自己的出生、國內戰爭時期參加紅軍、饑荒時期
> 給富農做苦工、後來回到家發現家人全都餓死了；
>
> 2、索庫洛夫與伊琳娜從相遇到結婚的過程；
>
> 3、他們生活了十七年，孩子長大了，兒子是個天才數學家；
>
> 4、戰爭爆發了，在車站送別，伊琳娜哭著說覺得不會再見面了。

　　首先，索庫洛夫講述了自己婚前的經歷，這段個人經歷更像是蘇聯大史

〔註28〕 周傳基，影片實例分析——《這裏的黎明靜悄悄》3〔EB／OL〕，周傳基教授
　　　　影視講座網，2003／12／10。
〔註29〕 Б.瓦西里耶夫，潘桂珍編譯，《這裏的黎明靜悄悄……》的創作過程〔J〕，俄
　　　　羅斯文藝，1981年3，第142頁。

記；接著他對伊琳娜說，是命運讓我們碰上了，那就要永遠在一起；十七年後，兒子阿納·多利長大了，被報紙稱爲「當前的力量」，這力量後來爲國捐軀；之後戰爭爆發，家人離別，伊琳娜一語成讖。從這段自述當中我們可以看出，電影是把戰爭環境下的個人命運、家庭命運與國家命運緊密聯繫在了一起，索庫洛夫從內戰講到饑荒，從十幾年的平靜生活講到第二次世界大戰，他的妻離子散和家破人亡更是戰爭帶來的毀滅，於是個人生活被放到了國家和歷史的宏大背景下。

另一方面，在電影片頭（章節0）還設置了一段引子，索庫洛夫在渡口對一個司機講，戰爭裏自己在前線吃夠了苦頭，簡直不敢再想，有時候夜裏睡不著，就在黑暗裏睜著兩隻眼睛，想著生活啊，你爲什麼這樣折磨我？爲什麼要這樣懲罰我？縱觀全片，索庫洛夫講的這種折磨更多是指他在德國戰俘營的經歷，面臨槍決又被釋放之後，他說「死神劃過，留下的是冰冷的感覺」，於是戰爭和被俘成爲這種痛苦生活的來源，這就容易激起一種同仇敵愾的心理；兒子犧牲之後，萬眾歡呼的時刻，索庫洛大說，「我在德意志的土地上埋葬了最後的歡樂與夢想」，通過與他者的對立，自己的國家蘇聯被整合成一個統一體。塞繆爾·亨廷頓（Samuel P. Huntington）講過，戰爭造就國家和民族，人們通過戰鬥與自己人形成認同感，把自己跟語言、宗教、歷史或地理位置不相同的人區分開，這樣就建立了自己的國家特性，而「國與國在抗爭」的心理塑造了國民意識〔註30〕。也就是說，一面是強調蘇聯人民與國家一道作出的偉大犧牲，一面是強調法西斯德國這一鬥爭目標，兩相結合強化蘇聯的國家認同。

（三）歷史時間

《伊萬的童年》第一章節包含2個超段落。

1、伊萬遊到河對岸的蘇軍營地，大尉加里采夫聯繫總部確認伊萬身份；

2、伊萬在加里采夫所在地下室的活動，包括他統計整理偵察得到的情報、吃飯、洗澡、睡覺以及夢到媽媽。

這樣的開頭描述了伊萬的兩重世界，一個是現實世界，一個是夢幻世界，

〔註30〕塞繆爾，亨廷頓，程克雄譯，我們是誰：美國國家特性面臨的挑戰〔M〕，北京：新華出版社，2005年，第26頁。

用讓－保羅·薩特（Jean-Paul Sartre）的話說，導演塔可夫斯基是在講述這個世界是如何日夜不分的，同時塔氏也試圖說明，每一次運動中，歷史都需要這些英雄，又通過讓他們在自己所塑造的社會中受盡磨難而毀滅了他們；而受眾尤其是那些 20 來歲的蘇聯年輕人也很清楚地知道電影意味著什麼——作爲俄國革命的接班人，他們從不懷疑這一榮耀並隨時準備將其進行到底〔註31〕。讓－保羅·薩特的分析把時間、歷史、個體與國家整合在了一起。

首先，伊萬的個體時間是分裂的，現實時間裏，充滿的是他對法西斯的仇恨；虛幻時間裏，才能喚起他與母親之間的美好感情，而這恰好契合了那個顛倒晨昏的年代，那個攪亂了黑暗與光明的歷史時間，就如同在伊萬夢裏媽媽所說的話，她說井裏是有星星的，我們的白天，是它的夜晚。

第二，伊萬幼小的身軀裏承載著千鈞的重量，戰爭摧毀了他的童年，也扭曲了他的童心，而戰爭又與國家緊密相聯，他的犧牲在國家歷史上留下了濃重的一筆，於是後來者會痛惜死者，並珍惜死者曾用生命保衛的國家。

歷史是一個線性的歷程，個體時間在橫向上的分裂擴充了歷史的容量，而個體與國家的相關又增添了歷史的厚重感，歷史的主體總是在今天承載著過去並走向未來〔註32〕，如此沉甸甸的記憶成了國家認同的重要砝碼。

二、覆手爲雨：俄羅斯二戰電影

六部俄羅斯二戰電影從六個角度揭露了蘇聯政治，無論是敵友關係，還是內部關係，都與以往的記憶存在著很大差異，它們並不是我們慣常瞭解的二戰，也不是慣常瞭解的蘇聯。

（一）忍辱負重的德國軍官

《堆聚石頭有時》這一片名出自聖經舊約傳道書第三章。原文爲：凡事都有定期，天下萬務都有定時。生有時，死有時。……哀慟有時，跳舞有時。拋擲石頭有時，堆聚石頭有時。……喜愛有時，恨惡有時。爭戰有時，和平有時〔註33〕。從某種意義上講，這樣的片名已經傳達了電影所要表達的主要

〔註31〕讓－保羅·薩特，薩特談《伊萬的童年》〔EB／OL〕，烏有之鄉書店網，2006／11／1。
〔註32〕龔浩群，民族國家的歷史時間——簡析當代泰國的節日體系〔J〕，開放時代，2005 年 3，第 125 頁。
〔註33〕聖經舊約傳道書第三章〔EB／OL〕，天涯在線書庫。

思想：整理戰場，保衛和平。影片的第一個章節包含了相當豐富的信息，大致包括四個超段落。

1、戰爭結束，某 19 號樓，德國軍官魯道夫不肯和其他士兵一道撤離，他要留下來，當他想要對上司威利表達這個想法的時候，發現威利已經自殺，手裏抱著一本聖經；

2、魯道夫合上聖經，畫面切換到戶外蘇聯老婦手裏的聖經，魯道夫穿過人群回到 19 號樓的時候，發現有蘇軍埋伏，逃跑未遂，被帶回蘇軍指揮部；

3、魯道夫告訴蘇聯軍官們，他是要留下來幫助排除德軍安設的地雷，蘇軍派出大尉焦明和他一道執行任務，焦明對魯道夫表示了極大的憎惡和不敬；

4、趕往俄羅斯的途中，女翻譯奈莉亞出場，火車到站之後，迎接蘇聯戰士的群眾當中有一位斷臂老兵，說他的手臂留在了德國，他一直覺得像被螞蟻噬咬般疼痛。

在以往的二戰電影中，連接起蘇聯和德國的元素通常都是仇恨，而該片不同，它是用幾個意象把兩個國家聯繫在了一起。一是聖經，威利手裏的聖經翻開的頁面正是舊約傳道書第三章，上面還滲著斑斑血跡，他用死來結束過去的罪；當魯道夫讀到傳道書這些文字的時候，他就已經承擔起「堆聚石頭」的任務，他要贖罪，去除自己內心的恐懼和羞愧，這個時候魯道夫不再是法西斯的代言人，他只是一位普通的德國軍人。

二是地雷，為了排除這一具有極大殺傷力的武器，焦明必須與魯道夫聯合行動，在某種程度上說，這也暗示了兩個國家需要建立起新的聯繫。當上級給焦明布置任務的時候，焦明曾經表示了相當的氣憤和不滿，但是上級指示說，這項工作不只是軍事的，也是外交的，現在不需要證明你和敵人的不可調和，現在是另外的時間。這句「另外的時間」頗有深意，它本來是指二戰已經結束，而對於電影的年代而言，它似乎也是對當下的一種暗示，於是電影不僅在蘇聯與德國之間建立的聯繫，更在蘇聯與俄羅斯，俄羅斯與德國之間建立了聯繫。

三是手臂，當奈莉亞說老兵感受到的只是假想的疼的時候，老兵很生氣，他質問說「你怎麼知道」？還說他要去向軍事委員會申請，親自去德國，埋掉被醫生扔在垃圾場的手臂，這樣就不會痛了。在他看來，只有安置了這隻

手臂，他才可以獲得感覺上的安寧，而這也暗指，只有處理好物質層面的關係，才能夠醫好精神上的創傷。

這樣，一場關於聯合排雷的故事，包含了對和平的期待，而所謂的「外交行動」更成了當下俄德新關係的基礎。

（二）驍勇善戰的哥薩克兄弟

哥薩克〔註34〕是世界歷史上最具傳奇色彩的群體之一，他不是獨立的民族，卻具有鮮明的族群特徵和個性；他不是正式的軍隊，卻有比正規軍更強的戰鬥力；他的歷史不長，卻創造了比歷史驕傲千百倍的輝煌。哥薩克的命運在俄蘇歷史上更是幾經沉浮，在 1612 年俄國從波蘭入侵者手中解放莫斯科的戰鬥中，哥薩克隊伍的加入對戰局起了至關重要的作用；沙皇政府通過收買哥薩克上層人物來控制哥薩克，他們成為沙皇俄國統治和擴張可以利用的重要力量，參與了俄國歷史上數次重要的戰役；十月革命之後，哥薩克人少數參加布爾什維克政府的蘇聯紅軍，多數參加反政府的白軍，內戰結束，蘇維埃政府取消了哥薩克的自治特權；1936 年隨著納粹的興起，斯大林下令在頓河、庫班等地重建哥薩克軍團，二戰期間，能征善戰的紅色哥薩克參加了保家衛國的殘酷會戰；二戰結束後，哥薩克再次被解散，之後沉寂了幾十年；直至 20 世紀 80 年代後期，隨著蘇聯改革的開始，哥薩克復興運動也悄然興起，1992 年，葉利欽總統下令給哥薩克徹底恢復名譽，俄羅斯前副總統魯茨科伊曾經說過，沒有哥薩克，國家和俄羅斯民族就無法生存〔註35〕。《兄弟就是力量》講述的就是二戰宣佈結束之後，捷克領土上仍活躍著一支德軍小分隊，蘇聯正規軍與哥薩克部隊聯合搜索並殲滅了敵人。

在電影的第一個章節裏，從多個角度展示了哥薩克的能力、魄力和魅力。先有哥薩克少尉謝爾巴一臉英氣地出場，哥薩克姑娘小心翼翼地詢問他是否要離開；當蘇軍上尉瓦羅尼科夫熱情地表示，感謝哥薩克不是出於任務而是出於友誼加入行動，哥薩克少尉平靜地告訴他，或許是出於任務，或許是出於友誼；二人在分析敵情的時候，謝爾巴敏銳地提出為什麼敵軍要鋌而走險，

〔註34〕哥薩克一詞源於突厥語，意為「自由的人」，即脫離了本民族的自由民。最初的哥薩克人是第聶伯河流域半獨立的韃靼人，15 世紀，一些不堪忍受封建剝削和壓迫的農奴和城市貧民為了獲得自由，紛紛從波蘭、立陶宛和莫斯科公國逃亡到第聶伯河、頓河和雅伊克河（今烏拉爾河）流域定居下來，自稱「哥薩克」。

〔註35〕魏波，哥薩克重新馳騁在俄羅斯〔J〕，世界知識，1994 年 19，第 26～27 頁。

瓦羅尼科夫認爲他多慮了；最後是出發之前，哥薩克士兵給蘇聯士兵演示自己玩轉手榴彈的本事，士兵萬尼亞看得目瞪口呆，哥薩克的軍服和軍事能力讓他驚羨不已。

　　第一章節展示了行動開始前的準備活動，這樣的展示爲全片埋下了諸多伏筆，比如謝爾巴的分析是正確的，敵軍確實有所圖謀；比如哥薩克姑娘從始至終都在等待英雄的歸來；再比如戰鬥中充分展示了正規軍與哥薩克的兄弟同心，總之，電影把歷史上這支神奇的力量又重新拉回了觀眾的視野，哥薩克有勇有謀的形象躍然於影像。

　　就在這部影片上映之前，俄羅斯總統弗拉基米爾・普京提出了一份《關於俄羅斯哥薩克人的國家義務》議案，以法律形式保護了哥薩克人的使命與光榮。哥薩克人曾經把馬革裹屍作爲他們畢生的心願，哥薩克興起的時候，正值俄國擺脫蒙古人的統治開始崛起；幾百年之後，他的復興又時逢俄羅斯聯邦振興國家——或許這只是歷史的巧合。但總體而言，電影中對哥薩克精神的再現，其一，讓哥薩克的傳統發揚光大；其二，高揚起民族兄弟團結一心的旗幟；其三，再造了時代精神。

（三）蘇聯內務部的令與行

　　波瀾壯闊的大海上，駛來一艘軍艦，它即將抵達駐紮在芬蘭某小城的蘇聯海軍基地。船上有被派往基地的後勤人員，也有身份不明的神秘人物——一個臉上有疤的少校。少校坐在船艙裏翻著一本相冊，相冊當中的空白頁上少了一張照片；船抵達港口之後，畫面迅速轉換，只見驚濤拍岸，太陽落山，海底正在進行魚雷戰；緊接著，畫面又轉回岸上，一個水手爲了逃避作戰讓另個水手拿槍射傷自己，結果兩人都被內務人員逮捕。這是《無敵艦長》的第一章節，看上去是三個沒有必然聯繫的超段落，但事實上，它們暗示了電影的兩條主要線索：戰鬥和政治。連接起兩條線索的關鍵人物，就是那位臉上有疤的少校，他的目標就是徹查正在水下作戰的英雄指揮官馬里尼，並將其摧毀。（他手裏的相冊是馬里尼的家族照，被逮捕的水手成爲他刺激馬里尼的武器之一。）

　　這一情節爲整個影片的展開埋下了一個重要伏筆，通常人們會講「英雄不問出處」，而這部影片就是要講英雄出處，內務部少校不問英雄的赫赫軍功，他只想質問馬里尼並不清白的出身。馬里尼的父親和哥哥都是曾經被定爲人民敵人的人，馬里尼和他的家人斷絕了關係之後才得以參軍。儘管馬里

尼在前線將生死置之度外奮勇殺敵，但回到部隊他還是要面對內務部的盤查。

在《堆聚石頭有時》當中也曾經提到過蘇聯內務部：一面是內務部下達命令，排雷之後把德國軍官魯道夫帶回審問，另一面是魯道夫在排雷過程中意外犧牲。蘇聯內務部似乎總是在扮演一個並不討好的角色，如果說那是特殊時期政治的特殊產物，那麼對其旁敲側擊的再現則表達了電影生產時代對歷史的某種質問和反思。但不管怎樣，兄弟的維護和戰鬥的艱苦還是讓內務軍官撤回了自己的調查，魯道夫的犧牲也得到了蘇聯軍官們的脫帽致敬。這始終是一個崇尚英雄的年代，在英雄的義薄雲天面前，蘇聯內務部的陰影也就漸漸隱沒在了歷史的塵埃當中。

（四）訓練營：為誰贖罪？

《流氓》裏的教官安東，是剛剛流放歸來的運動員中將，軍官們讓他領導訓練營，用血來繼續贖罪；《流氓》裏的少年犯們，在監獄與前線之間選擇了前線，兵役委員會的人認為這是對祖國贖罪，而孩子們心底更多地把這當作遠離監獄的唯一選擇。就是這樣一群人，在高聳的雪山頂進行著殘酷的訓練。用安東的話說，這群孩子不怕上帝不怕鬼也不怕蘇聯政權，他們是慣犯，不要指望他們的尊重，更不要把後背對著他們，因為你教給他們的所有東西都會被拿來對付你。可也正是這些孩子，被蘇軍從飛機空投到德軍基地執行殊死任務。大部分孩子在降落過程中被掃射身亡，只有兩個孩子平安到達地面，他們冒著生命危險炸毀了德軍的燃料庫，奪得了最終的勝利。在 Лидия Кузьмина 看來，這群貧苦的被拋棄的聽天由命的孩子，與受制度迫害的成年人一道，扛起了力不勝任的重擔：保衛祖國〔註36〕。

與《伊萬的童年》中的少年英雄不同，這些孩子心裏沒有對法西斯的巨大仇恨，他們從來不知道自己的犧牲對於蘇聯解放有著重要意義。儘管在法令面前他們被派往戰鬥的最前沿，但他們心裏也沒有對國家機器的冷酷對抗，反而表現出了某種順從：訓練自己，面對德軍，然後赴死。當兩個孩子安放炸彈的時候，他們心裏所能容納的，也只是給死去的兄弟一個交代。在這裏，蘇聯作為一個國家的概念被淡化了，電影有意識地把歷史背景抽象化——這只是一場戰爭。

〔註36〕 Лидия Кузьмина · Сопротивление материала〔J〕, Искусство Кино，2006，p3。

　　這樣的戰爭記憶，相對於以往的影片而言，是種巨大的顛覆。衛國戰爭勝利已經六十餘年，那是一段回不去的歷史。六十餘年之後，這片土地上生活的是另外一代人，另外一個國家，很大程度上也在面對另外的過去，從蘇聯時代延續的唯一不變的，只有戰爭和勝利〔註37〕。

（五）懲戒營：蘇維埃的塵埃？

　　1942 年 7 月 28 日，斯大林頒佈了第 227 號命令，後來一般稱為「決不後退命令」。這一年夏天，德軍撕破了蘇聯西南方面的防線，開始向盛產石油的高加索地區和斯大林格勒進發。由於前期作戰消耗太大，補充了大量新兵的蘇聯紅軍往往在戰略撤退過程中演變為潰敗和逃竄，部隊應有的堅定頑強和鐵的紀律被士兵們拋到了九霄雲外。為此，斯大林下令不惜任何代價也要阻止敵人的進攻，蘇聯紅軍採取了嚴格措施，要求內務部有權進入軍營逮捕「意志脆弱分子」，並在戰場上對逃兵格殺勿論。但這則命令的致命缺陷，是剝奪了紅軍基層指戰員實施必要的戰略機動的權力，造成極為嚴重的「兵員荒」。1943 年 8 月，在蘇德庫爾斯克大會戰結束的前夜，內務部負責人貝利亞向斯大林提出了一個大膽的建議：從勞改營和教養院裏提前釋放犯人，讓他們充實部隊，「別讓這些『蘇維埃的塵埃』再去浪費蘇維埃的糧食了，應該讓他們承擔起戰爭的責任」。經過一番斟酌，1943 年 8 月 29 日，斯大林頒佈了修改後的第 227 號命令，允許 1937 年之後被流放到哈薩克斯坦和西伯利亞等地區集中營的 17～45 歲男性和 18～30 歲女性勞改犯參軍，「以洗清對祖國犯下的罪行」，但犯有搶劫、殺人等刑事罪的犯人不在此列。9 月底，這項命令又把釋放對象放寬到 1941 年 6 月 22 日開戰後因「臨陣脫逃，動搖軍心以及延誤戰機」等問題被關押的「問題軍人」。據 1956 年蘇聯內務部統計，總計有 130 多萬名勞改犯和「問題軍人」被送上前線，他們事先都要經過內務部的審查，通常一般犯人去普通部隊，重犯則去懲戒營——號稱「戰地監獄」的隊伍〔註38〕。

　　《勝利日》就是一部涉及到懲戒營題材的二戰影片，第一章節從勝利日的紅場開始，兩位老兵在這裏重逢。起初他們並沒有認出彼此，望著紅場上列隊的軍人，兩位老兵進行了如下對話：

〔註37〕Лидия Кузьмина．Сопротивление материала〔J〕，Искусство Кино，2006，p3。

〔註38〕史海鈎沉：「蘇維埃塵埃」——蘇紅軍懲戒營〔EB／OL〕，新華網，2008／10／16。

【勝利日·段落 1】

尼古列科：是的，偉大的戰爭給了我們榮譽，在勝利日要去紅場。讓所有人看到，蘇聯軍隊的榮耀依然存在。

普里瓦洛夫：給伏特加嗎？

尼古列科：你是為了伏特加到這來的嗎？

普里瓦洛夫：那還用說嗎？為了精力充沛啊。你呢？你大概不是？

尼古列科：我來為祖國服務。我整個一生都在為她服務，並且將繼續服務。

普里瓦洛夫：傻瓜，你真是個傻瓜。

尼古列科：你怎麼回事？你知道嗎，按照戰時法規……

普里瓦洛夫：不要怒氣衝天，參謀！戰時法規我知道的不比你少。只是在我看來，不是應該我和你在新一代面前走這 1500 米，而是他們在我們面前，而我和你應該站在觀禮臺上。不管怎麼說，我們是勝利者。我們之後什麼勝利都沒有，這完全是個恥辱。

上文討論《這裏的黎明靜悄悄》的時候，我們曾經談到軍事條令，那裏的條令富含人性色彩；而在《勝利日》當中，「條令」引發了普里瓦洛夫強烈的憤慨，因為它直接涉及到踩著雷區前進的提前釋放人員。大尉在監獄動員會上對士兵們說，我們當中很多人從來沒有拿過武器，但是很遺憾我們沒有時間了，德國人到了南方……當營隊趕到作戰部隊的時候，正逢部隊人員遭遇巨大傷亡，於是全營必須穿越雷區到達前面的村子，除此之外別無他路。在雷區，這些士兵作出了慘烈的犧牲。

電影所描述的不是我們熟知的蘇聯紅軍形象，這樣的呈現把那樣一段痛苦艱辛的歲月搬到了臺前。影片裏一直有軍官在講「勝利者是不受責備的」，而當人們看到戰壕裏即將上陣的士兵們絕望的表情，看到他們在戰場廝殺的勇氣，以及戰場上大片大片的傷亡，人們很難不去考量這場戰爭給生命帶來了什麼，它讓人們不得不以更加沉重的心情去面對歷史、以及歷史上曾經的國家。

（六）禍起蕭牆

就劇情而言，影片《阻力》大體可以分為兩大部分，前半部分是講部隊

醫院裏的槍擊事件，後半部分是講紅軍與俄羅斯解放軍之間的戰鬥；但就其主旨而言，兩部分講述的都是人民內部矛盾。在第一章節裏，引出了上半部分的線索，同時也為第二章節的展開埋下了伏筆。主角別斯法米林身體尚未痊愈，就極力要求去前線參加戰鬥；士兵廖沙來到病房和戰友們聊天，同時轉告別斯法米林，護士薇拉正在小花園等他；就在別斯法米林與薇拉告別的時候，戰友哈達科夫被窗口射進的子彈擊中身亡。別斯法米林成為嫌疑人，回前線的計劃被迫擱置。

　　法西斯分子基本沒有在這部電影中出現，而是作為一種隱性的力量貫穿始終——無論是後方醫院裏的內奸，還是前線部隊營區的僞軍，都是法西斯勢力的延伸。老電影中的團結一心、眾志成城在這裏全部退隱幕後，電影講述了一個殘酷的現實：叛亂者就在組織內部。蘇聯紅軍懂得攘外必先安內的道理，他們取得了對內部破壞者的勝利，也相應地打擊了法西斯的勢力，但是這樣的敘述對於以往的蘇聯電影而言，表現出了一定程度的反撥。

三、政治記憶：對歷史說「不」

　　蘇聯二戰電影講述軍事條令的人性化、家國命運的一體化、歷史時間的沉澱化，它們讓戰友之間充滿了溫情，讓戰士與祖國同呼吸，讓戰爭記憶寫滿了歷史的創傷。而俄羅斯二戰電影，刻畫了忍辱負重的德國軍官、驍勇善戰的哥薩克、秘密運作的內務部、嚴格殘酷的訓練營、傷亡慘烈的懲戒營以及蕭牆之內的紛爭，這些東西完全顛覆了以往的影像記憶，那不是我們耳熟能詳的蘇聯紅軍，不是我們恨之入骨的納粹分子，更不是同仇敵愾的全國一心，它以光影的力量撕裂了對於政治的記憶。如此差異，意義何在？

第三節　歷史的重構

　　《百科全書》（Encyclopédie）的「祖國」條目中，「祖國」不僅僅意味著我們通常所理解的生於斯長於斯的地方，同時還指「自由國家」，人們作為其成員，通過其法律保護自己的自由和幸福﹝註 39﹞。這大致相當於我們在導論

﹝註 39﹞ 達朗貝爾（D'AleMbert）、狄德羅（Diderot）：《百科全書》（Encyclopédie，NeuchAte：BouloiseAu，1765），第 XII 卷，第 178 頁．轉引自莫里奇奧·維羅里，劉訓練譯，共和主義的復興及其局限〔A〕，應奇、劉訓練編，公民共和主義〔M〕，北京：東方出版社，2006 年，第 166 頁。

當中曾經指出的：國家認同包括文化認同與制度認同兩個層面，這兩個層面
當中是存在內在張力的；也正是這種張力，爲認同的建構留下了諸多空間。

　　蘇聯和俄羅斯的二戰電影當中，「延續的文化記憶」是追溯了從歷史傳承
下來的民族傳統，這種傳統貫穿了沙皇俄國、蘇聯一直到俄羅斯聯邦的各個
歷史時期。現代民族國家的歷史敘事，總是在有選擇地，或主觀地選用和再
造傳統集體記憶，用以肯定和證實新興現代國家源遠流長、歷史悠久、文化
深厚；這種歷史化的記憶，最終目的是使現代國家合法化〔註40〕。

　　而「撕裂的政治記憶」則是在制度認同層面進行了不同的建構，就如同
伯羅奔尼撒戰爭史當中亞西比得的發言：「雖然過去我有熱愛祖國（雅典）的
美名，而現在我盡力幫助它的死敵進攻它……我所愛的雅典不是那個現在迫
害我的雅典，而是那個我常在其中安穩地享受公民權利的雅典，我現在進行
攻擊的國家，對我來說，似乎已經不再是我的了；我要努力恢復我過去的國
家……〔註41〕」亞西比得所認同的雅典，其實是雅典曾經的國家制度；他現
在進攻雅典，是爲了反對雅典現行的制度。對於俄羅斯而言，揭露蘇聯內部
的陰暗面和制度的殘酷，在某種程度上講，是爲了反襯現代國家的寬容與合
法化。

　　但是僅僅看到這些，還不足以說明俄蘇二戰電影記憶敘事的深刻內涵。
列寧曾經講過，「忘記過去就意味著背叛」，他是要告誡人們不要忘記以往的
苦難、過去的教訓和歷史的經驗，否則就是對革命事業的背叛。值得玩味的
是，從某種意義上講，他一手創立的蘇聯從革命走向了保守；而七十年後帝
國的主要繼承者俄羅斯反倒身體力行了偉大導師的信條。爲了理清和修復記
憶的線索，就讓我們溯源而上，回望近百年的歷史，穿越意識形態的層層迷
霧，挖掘出隱藏在時代深處的社會期待。

　　安德蘭尼克・米格拉尼揚（Андраник Миграня）〔註42〕曾經指出，蘇聯
意識形態的演變經歷了兩個轉折，第一個轉折是 20 世紀 50 年代初，意識形
態從革命救世論轉爲「勢力範圍」論；第二個轉折是戈爾巴喬夫時期的「非

〔註40〕 王斑，全球化陰影下的歷史與記憶〔M〕，南京：南京大學出版社，2006 年，
　　　　導言。
〔註41〕 修昔底德，謝德風譯，伯羅奔尼撒戰爭史（下冊）〔M〕，北京：商務印書館，
　　　　2004 年，第 549 頁。
〔註42〕 安德蘭尼克・米格拉尼揚，徐葵等譯，俄羅斯現代化與公民社會〔M〕，北京：
　　　　新華出版社，2003 年，第 263～266 頁。

意識形態化」。前者是民族老傳統和外來神話相互影響的結果，布爾什維主義之所以能取得勝利，是因為它是俄羅斯式的馬克思主義，它不僅吸收了歐洲的意識形態公式，而且對其進行了加工，注入了具有民族特色的內容。存在於布爾什維主義和蘇維埃制度的聲勢浩大的社會發展基礎中的是俄羅斯民族文化中老一套的傳統思想：救世主說、世界末日論、自我犧牲精神、禁欲主義和追求公平、村社主義和國家主義，但是到了五十年代，早期布爾什維主義的革命衝動消失了，它的國際主義和基本上是超民族的原則已被俄羅斯的「土壤」改造了，國家意識形態從最初的革命性轉變為保守性，革命的遺產只是用來做宣傳和使制度合法化。八十年代戈爾巴喬夫的改革則是在蘇聯模式裏植入與其格格不入的自由和民主原則，「極權主義」的過去遭到無情的揭露和指責，承載國家意識形態的根基都被破壞了。他們的「非意識形態化」口號在客觀上等同於要求消滅國家——不是加盟共和國聯盟這個「蘇聯極權主義帝國」，而是作為民族精神的載體和集體意志的體現的國家。要知道，構成俄羅斯這個國家的人民（俄羅斯人）在蘇聯時代行將終結的時候實際上已沒有民族認同感，而把自己完全等同於「蘇聯人」，也就是說，解體之後的俄羅斯人很有可能陷入意識形態的真空狀態。

　　蘇聯解體之後，俄羅斯的自由主義革命主要有兩個目標：第一，西方主義，於是不折不扣地更換俄羅斯的文明模式和民族社會文化習俗成了這場宏偉改革的首要任務；第二，反國家主義，對歷史上國家存在的本義從根本上加以否定，認為它在原則上是無法改革的。這一改革的結果就是，20 世紀 90 年代中期的俄羅斯，面對著文化傳統上的斷裂，以及國家政權權威的缺失。革命階段之後，葉利欽所在的領導集團開始加強和鞏固政權，使制度合法化，這實質上就是要國家找回失落的主體性。這一時期，民主和自由主義的價值觀已經與某些愛國主義和國家主義思想出現了結合，國家又開始回歸意識形態。〔註43〕享受過「自由市場」的福祉，領略了擺脫國家的「自由」的各種好處以後，社會意識開始嚮往起那記憶猶新的、曾給他們帶來富足和秩序的蘇聯家長式統治。到普京時代，進一步強調了市場經濟、個人自由並伴之以愛國主義、強國意識與社會團結，他還鮮明地對家長制壓抑個人創造性的消

〔註43〕安德蘭尼克‧米格拉尼揚，徐葵等譯，俄羅斯現代化與公民社會〔M〕，北京：新華出版社，2003 年，第 268～275 頁。

極傳統進行了批判〔註43〕，這樣的治國方略得到了廣大俄羅斯民眾的支持。

當下的俄羅斯到底需要一個怎樣的意識形態？米格拉尼揚進一步指出，俄羅斯的民族理念不可能自下而上地生長，任何黨派或團體的意識形態在俄羅斯都不能取得充當全國的意識形態的資格。只有國家才能融合民族理念並把它發展為有國家機器的強力和權威加以鞏固的全民族意識形態。而一個全民族的意識形態才能夠超越社會文化和人口學上的差異，把國家團結到一起，喚起公民對自身命運的同一性的認識和對俄羅斯的集體責任感。要用那些在俄羅斯社會裏存在並得到大力支持的意識形態的元素來構建新的意識形態，這些「磚瓦」──意識形態結構的主要思想和原理──要符合俄羅斯社會文化的習俗，要植根在俄羅斯社會思想裏，不引起排斥性的反應。總體而言，新意識形態的主導思想應該是祖國的全部傳統的綜合，包括革命前的和蘇聯時期的傳統與當前的民主新事物；主要內容則是適應本國觀念的、添加了某些自由主義和左派保守主義的原則和價值觀的民族國家理念〔註44〕。

至此，讓我們重新回到兩個時期的二戰電影。在 20 世紀 50 年代之前的蘇聯，布爾什維主義當中綜合了俄羅斯古老的民族傳統，這使得蘇聯與俄國之間保持了某種內在的連續性，儘管後來的政治趨向於保守，但是就文學藝術而言，富有歷史感和傳統氣息的那些元素還是得到了傳承和延續，於是我們看到蘇聯二戰電影當中，仍有白樺林、伏特加、以及含淚的笑和歌舞等等文化記憶的結晶存在。解體後，自由主義改革時期全面西化的思想，切斷了俄羅斯的民族傳統記憶，改革之後當俄羅斯國家重新要尋找失落的主體性，追溯歷史傳統和挖掘民族的內心世界就成為必然的選擇，同樣的文化元素的運用，一方面響應了來自歷史深處的回聲，另一方面也保持了與蘇聯之間的某種聯繫，就如上文所說，新意識形態是祖國全部傳統的綜合，這樣的綜合縫合了 20 世紀至今俄羅斯人的文化記憶，而一條完整的鏈條才能提供有跡可循的歸屬感。

就政治記憶而言，五十年代以後的保守主義思潮，更強調對革命和現有成果的宣傳和褒揚，在文學藝術領域，英雄主義和人道主義成為當時的主導

〔註43〕馮紹雷、相蘭欣，普京外交〔M〕，上海：上海人民出版社，2004 年，第 13 頁。

〔註44〕安德蘭尼克·米格拉尼揚，徐葵等譯，俄羅斯現代化與公民社會〔M〕，北京：新華出版社，2003 年，第 281～286 頁。

思想，於是軍事條令也帶有了人性化的色彩，家國命運更是統一在一起，個人時間完全融入歷史時間，有國家作為強大的依託，人民更多的是與國家同呼吸共命運。而在俄羅斯時期，如何重新樹立國家的權威是擺在人民面前的重大問題，二戰電影與國家的緊密相聯，使得它成為宣揚國家理念的重要手段；但是另一方面，國家不再是當年的國家，如何既能彰顯「國家」本身的強大，同時又為當下的制度尋找合法性依託？電影為我們提供了這樣一條路徑，一方面，英雄的所向披靡孔武有力作為國家的象徵，寄託了「強國的夢想」；另一方面，對舊制度的批判又為現今的政權提供了重要的襯托，所以我們看到了被撕裂的政治記憶，從內務部到懲戒營到訓練營，戰爭的殘酷訴諸銀幕，而對於法西斯和德國人的剝離，更是成為當下國家外交的一種隱喻。

　　克羅齊曾經講過，一切歷史都是當代史。在時代面前，集體記憶提供了一個現實的框架，電影藉此對歷史進行了重構。某種意義上講，這就像是一種「為了忘卻的記念」──記住文化的傳承，遺忘政治的痕跡。

第四章　影像背後：意識形態的共謀

　　通過與蘇聯二戰電影的對照研究我們得出，俄羅斯二戰電影通過「英雄敘事」打造了強國的神話，通過「記憶敘事」重構了國家的歷史，在這一對比分析中，我們沒有特別強調俄羅斯二戰電影的商業元素。相對而言，蘇聯二戰電影是「國家意識形態」統一運作的結果，而俄羅斯二戰電影是「國家意識形態」與「商業意識形態」共同作用的結果。鑒於此，這一部分我們將突出對商業意識形態的考量，重在探討國家認同建構過程中諸種意識形態的相互交織、運行及其影響。

第一節　作爲商品的戰爭影像

　　托馬斯·沙茨把第二次世界大戰時期稱爲美國電影史上影片類型發展變化最爲明顯的一個時期：一方面，「戰爭主題」融入一系列已有的電影類型；另一方面，「二戰戰鬥電影」成爲「戰爭電影」當中一個單獨的重要領域。「向戰時生產的轉變」使得整個國家的利益和電影業的利益空前一致，國家意識形態與商業利益也得以成功結合〔註1〕。與此同一時期的蘇聯，也有大批電影工作者投身於衛國戰爭的洪流，他們組織了戰地攝影隊，定期出品戰鬥片和雜誌片，被統稱爲「戰時影片集」〔註2〕。如果說在美國，國家利益與電影產

〔註1〕托馬斯·沙茨，章杉譯，第二次世界大戰與好萊塢「戰爭片」〔J〕，世界電影，2003年4，第128～145頁。
〔註2〕倪駿，戰爭、英雄與浪漫──回眸蘇聯二戰題材電影〔J〕，世界知識，2005年11，第58頁。

業利益的一致只是戰時的暫時現象，那麼對於蘇聯而言，這種一致則顯得天然又毋庸置疑──蘇聯電影生產從製作到發行都是由國家統一管理的。當歷史的車輪駛進俄羅斯時期，電影被併入商業化的軌道，國家與電影業之間的聯繫出現了裂痕；但是另一方面，國家對電影業的扶植，又使得二者之間保持著藕斷絲連的曖昧連接。本節就將關注商業力量衝擊下的俄羅斯二戰電影在國家意識形態面前作出怎樣的選擇。

有研究指出，快感導向的主流商業電影具有「創意為王、多重開發」的特點，這些特點影響了主流商業電影的敘事策略。主流商業電影從基本的感官刺激滿足，到淺層的思考樂趣激發，再到情感快感的提供，可總結為如下八種敘事策略：

1. 認同敘事，即相對於文藝電影的間離效果，商業電影更強調情感投入。這種敘事策略包括兩種實現方式：一是通過觀眾與攝影機的視點重合，二是通過觀眾與影片的角色重合。
2. 戲劇化敘事，即具有明顯的開端、發展、高潮和結局，呈線性結構、封閉狀態。影片中戲劇衝突激烈，情節跌宕起伏，強調懸念和驚奇，追求誇張煽情效果，經常有追逐、儀式和競技等戲劇性的情境。
3. 道德化敘事，即強調人物所具有的類型化的道德符號。這些符號要符合公眾道德，並且易於觀眾辨認、投入和移情。
4. 欲望敘事，即表達那些在現實中無法滿足的欲望。通過欲望激發、欲望受阻、欲望達成的過程完成整個敘事，為觀眾提供想像的滿足。
5. 非現實化敘事，強調在虛構的時空展開敘事，製造令人窒息的緊張懸念，提供虛幻的大團圓結局。
6. 準神話敘事，強調故事中含有各個民族古老神話的共同元素，提供一種能夠被跨國界跨文化的觀眾共同接受的敘事。
7. 淺層化敘事，是相對於文藝電影的深度敘事而言，深度敘事能夠提供深沉厚重的審美快感，而商業電影則不然。
8. 奇觀敘事，強調滿足受眾的視聽感官刺激，該策略包括性和暴力奇觀、風俗風情奇觀、特效奇觀和明星奇觀等[註3]。

本研究認為，上述「認同敘事」和「欲望敘事」更傾向於強調敘事效果；

[註3] 劉藩，創意產業視野中的主流商業電影敘事策略〔J〕，電影藝術，2006年3，第15～20頁。

「道德化敘事」和「準神話敘事」更側重於強調符號意義的普遍性；「戲劇化敘事」、「非現實化敘事」、「淺層化敘事」和「奇觀敘事」才是更爲直接的商業元素。結合俄羅斯二戰電影的具體特徵，本研究把涉及商業元素的四種敘事重新進行了定義。

首先，儘管戲劇衝突和懸念驚奇等都是戲劇化敘事的重要表現手段，但它們並不必然是商業電影的組成部分，只有「煽情」元素帶有更爲明顯的商業化特徵；就非現實化敘事而言，本研究認爲，它不僅僅指虛構的時空，還可以指時空背景的替換與重組，在俄羅斯二戰電影中，具體表現爲「歷史陌生化」；淺層化敘事與奇觀敘事在某些意義上有相互重合的地方，本研究將之具體化爲娛樂元素、視覺場面衝擊、暴力和情色四大元素。這樣本研究中的商業元素就具體包括六個指標：陌生化、煽情、娛樂、視覺衝擊、暴力和情色，下一節中我們將結合俄羅斯二戰電影逐一展開分析。

一、顛覆的力量：歷史陌生化

蘇共二十五大總結報告裏，曾經這樣評價衛國戰爭作品：戰爭的參加者與長篇小說、中篇小說、電影、戲劇的主人公一道，彷彿又一次踏著前進道路上的熱雪行進，一次又一次爲自己的戰友——生者與死者的精神力量所傾折。年輕的一代通過藝術作品的奇巧感染力彷彿也同他們的父輩或尚十分年輕的姑娘一起建樹功勳，對這些姑娘來說，靜悄悄的黎明成了他們爲祖國的自由而壯烈犧牲的時刻〔註4〕。這段話涉及到了三部蘇聯二戰電影《熱雪》、《生者與死者》以及《這裏的黎明靜悄悄》，它強調了諸如奮勇前進、團結一致、振作精神、保衛祖國和壯烈犧牲這樣的愛國情懷。影像的記憶滲入二戰的歷史，更強化了後人對戰爭的偉大與悲壯的認知。

伴隨著蘇聯解體，這種集體一致的正面塑造也成爲了歷史。在俄羅斯二戰電影中，表現出極大的顛覆性。訓練營裏的孩子從來不知道什麼叫做奮勇前進，在戰爭的特殊年代和艱難時勢面前，加入訓練趕赴戰場只是他們追求個體自由的唯一方式；爲了排除德軍留下的地雷，團結在一起的是曾經勢不兩立的蘇聯和德國軍官；囚犯們從監獄被提前釋放出來，從未碰過武器就要被送到最危險的雷區，臨行前他們有恐懼有不安，只是沒有振作；軍人們英

〔註 4〕辛華編譯，蘇聯共產黨第二十五次代表大會主要文件彙編〔G〕，北京：生活・讀書・新知三聯書店，1977 年，第 108 頁。

勇頑強地保衛祖國,卻要遭到內務軍官的質疑和暗中作梗;戰士們犧牲了,不是在法西斯敵人的槍下,卻是自家後院起火。

同一段戰爭史,透過電影銀幕,映現出了兩種大異其趣的景觀。電影《流氓》的宣傳海報上曾選取了這樣一句臺詞:「沒有憂鬱,沒有愛,沒有憐憫」,它毫無顧忌地喚起了冷酷的氣息,麗佳·古茨米娜(Лидия Кузьмина)稱其為「挑釁式的廣告」〔註5〕,就是這種挑釁性和顛覆性,構成了俄羅斯二戰電影的第一大賣點──講述歷史,以陌生化的方式。

二、煽情:告別溫情

所謂煽情,是指煽動人的感情或情緒,「悲情」是所有情緒當中最常被影片使用的一種,它通過賺人眼淚、博取同情等方式吸引受眾的更多關注,再加上情節的對照以及音樂的烘托,讓感動呼之欲出。

在《堆聚石頭有時》的結尾,小廣場上的高音喇叭傳送著對領袖的頌揚以及勝利的喜悅,奈莉亞卻在聚集的人群當中望著焦明遠去的背影失聲痛哭,在舉國歡慶的時候,仍然有人奮戰在保衛家園的第一線,默默無聞。

> 是誰橫渡了第聶伯河和奧德河,是誰拿下了冰雪覆蓋的喀爾巴茨基
> 山口,是誰讓基輔和明斯克獲得了自由,是誰解放了薩瓦斯托波爾
> 和教德薩,是誰奮戰在布達佩斯、科尼斯堡和維也納的街頭,是誰
> 在柏林上空升起了我們勝利的旗幟,把被粉碎的希特勒軍隊的旗幟
> 踩在了勝利者的腳下──登上領獎臺的是斯大林同志和蘇聯共產黨
> 的領導人們⋯⋯

這樣的廣播發言尤其強調了領導人的功勳,在這樣的主導話語下奈莉亞的形單影隻顯得那樣微不足道,周圍的人們凝神望著喇叭,奈莉亞心底的那份失落變得越發沉甸甸。

煽情元素的運用在《勝利日》當中表現更加突出,影片結尾,阿富汗士兵在小酒館裏為二戰老兵們演唱歌曲,吉他的伴奏、略帶沙啞的聲音加上深沉的歌詞,在場的人無一不為之動容,這樣的情節串聯起了往昔和當下,依然存留的是那場戰役的勝利,已經逝去的是往日的國家。

與《勝利日》表達了相似主題的是《流氓》,當佳普和克特炸毀了德軍燃

〔註 5〕Лидия Кузьмина · Сопротивление материала〔J〕,Искусство Кино,2006,
    p3。

料庫之後，開心的佳普不小心碰到了地雷的引線，克特被炸斷了手臂動彈不得，克特感慨「應該認輸了」，然後讓佳普趕快離開，佳普拗不過克特跑到了山下，卻看到山上爆發了雪崩。勝利之後每年的紀念日裏，佳普都會到山脈這裏尋找他的老朋友，道路上很多穿著軍裝的老兵來來往往，花白了頭髮的老佳普腳步沉重地走向當年訓練營所在的山頂，耳邊回響的都是教官和學員們曾經說過的那些話，直到六十年後他終於在山頂遇到了克特，相逢竟是如此沉重，物是人非事事休，欲語淚先流。在戰爭年代，他們曾經是一群少年犯，在訓練營裏他們沒有名字；六十年後，當克特緩緩地叫出「佳普金·瓦列尼京·彼得洛維奇」這個名字的時候，似乎爲那場遠去的戰鬥畫上了一個最後的句點。

總體而言，俄羅斯二戰電影中呈現出了很複雜的情緒，它的悲傷不是來自於戰爭本身，而是來自於與戰爭的距離，電影的煽情手法很現代，電影中的時空轉換很現實，於是戰爭被抽離了歷史語境，國家似乎成了一個被疏離的客體。而在蘇聯二戰電影中，它們表現出的所有情感都與歷史與國家緊密相連、不可分割。在《這裏的黎明靜悄悄》中，也同樣包含著時空轉換，年輕人在戰鬥舊址彈著吉他唱著悠揚的歌：「我在不同的地方碰到過許多朋友，可是爲什麼沒有你的身影？我將繼續尋找，永不灰心，即使要幾百年，我也跟隨你的足跡。我心裏畢竟相信，在遙遠的天涯，最終必能找到你。」瓦斯科夫站在五位女戰士的墓碑前，墓碑上赫然寫著「爲祖國犧牲的烈士們永垂不朽」的字樣，電影始終是體現了犧牲精神和愛國情感。靜靜流淌的脈脈溫情使蘇聯二戰電影就像歲月的歌，悠遠綿長；而跳躍的煽情元素讓俄羅斯二戰電影融彙了更多現代的痕跡，內涵豐富。

三、淺層化：娛樂

娛樂化是商業電影的一個重要特徵，作爲一種富有吸引力的表現手法，它能夠有效地激發起受眾情感。在俄羅斯二戰電影中，有諸多娛樂元素存在，相對於蘇聯二戰電影的厚重傳統而言，這是一個巨大的反撥。

《堆聚石頭有時》當中，蘇聯軍官們審問魯道夫，問他既然想幫助蘇聯，爲什麼見到蘇聯士兵要逃跑；魯道夫表示自己說不清楚，他只是感覺到有埋伏。蘇聯軍官繼續追問：怎麼感覺到的？有什麼跡象嗎？魯道夫回答說，是煙草的味道；蘇聯軍官們全都不好意思地低下了頭。一個小小的諷刺，卻在

某種程度上暴露了蘇軍的弱點。在《兄弟就是力量》中，娛樂則深入到了作戰環節當中，哥薩克士兵衝鋒陷陣似乎只是小菜一碟。

瓦羅尼科夫：這裏，他們（德國兵）是哥薩克式前進的，看見臺階上的木屑了嗎？

謝爾巴：有泥，看上去是腳上打落的。

魯謝尼科：是啊，鬼子的偽裝真差勁兒。

瓦羅尼科夫：或者建議他們投降吧？

謝爾巴：他們想投降的話早就投降了……

瓦羅尼科夫：為什麼不投降呢？戰鬥結束了，他們又逃不掉，當我們的俘虜不是更好！

謝爾巴：那誰來（讓他們投降）？試一下，說吧！

（結果瓦羅尼科夫號召對方投降的話音一落，對方就開火了）

謝爾巴：巴弗洛，帶十個夥計，繞過去，不要偽裝，讓鬼子從那邊展開突擊。

曬夫丘克：你想進地獄啊！（提醒話務員萬尼亞注意隱蔽）

謝爾巴：葛路謝尼科，知道為什麼我把你留下嗎？

葛路謝尼科：當然很清楚，在這裏需要少說話多做事。

謝爾巴：行動吧，別浪費火力，我們這邊也會開火的。

瓦羅尼科夫：拿著，這個更便捷。（一把槍）

葛路謝尼科：我自己有。（笑嘻嘻狀）曬夫丘克，你請我吃大餐吧！

（葛路謝尼科動作敏捷，衝過去就炸了敵軍埋伏的小木屋）

這一段是描述小分隊對敵作戰的首戰告捷，沒有硝煙彌漫，沒有槍林彈雨，戰士們不費吹灰之力就奪取了勝利，其間還穿插著戰士們的調侃和玩笑。在戰場之外，戰爭間歇時期的士兵生活更是充滿了輕鬆的氣息，《無敵艦長》當中，打牌和玩女人成了士兵們的消遣項目。先是勝利歸來的戰士們跑到瑞典小酒館裏，和姑娘們喝酒講笑話，主角馬里尼則與老闆娘跳舞並當眾調情；後來又有軍官在軍隊餐廳裏打牌，以潛水量為賭注；接著，喝醉的馬里尼又順著排水管道，爬上樓去敲老闆娘的窗。這樣的戰爭，以蘇聯二戰電影的觀

影經驗來看，簡直不可思議。在《流氓》當中，孩子們更是與教官開起了玩笑，進入訓練營之前，他們是經驗豐富的扒手，所以訓練當中輕而易舉地拿走了教官的證件；他們在訓練營裏調侃總教官安東，要唱一首大師歌曲送給教官。總體來說，他們的戰鬥生活看上去是那麼豐富多彩，完全不是我們慣常想像當中的痛苦與艱難。

在上一章裏，我們曾經談到過俄蘇二戰電影中的幽默與苦難，同時也指出，儘管這是兩個時期電影的共性，但是在俄羅斯時期，很多「幽默」並未承擔那種「笑中含淚」的厚重意義。俄羅斯二戰電影當中的娛樂和玩笑承擔著蘇聯二戰電影所沒有的其它含義：對蘇聯軍隊的諷刺，以及對戰爭苦難的淡化。

四、視覺衝擊：局部戰爭的宏大場面

蘇聯時期曾經打造出一批氣勢磅礴的全景戰爭電影，所謂「全景」，是指人物眾多，空間範圍廣泛，時間跨度長，情節線索紛繁——比如耗時四年拍攝的五集戰爭巨片《解放》，從庫爾斯克戰役一直講到攻克柏林；再比如 1985 年，為了紀念衛國戰爭勝利 40 週年拍攝的《莫斯科保衛戰》，描述了蘇聯軍民從戰爭爆發時期的猝不及防，到同仇敵愾最終取得莫斯科保衛戰勝利的整個過程。戰場上的炮火紛飛，坦克鐵甲的滾滾洪流，共同打造了波瀾壯闊的全景戰爭歷史畫卷。

俄羅斯時期，很少把二戰以全景的方式加以呈現，影片大多涉及的是局部戰爭或者戰後初期的輔助行動，雖然戰火並未延綿至整個大地，但是影片以氣勢取勝，依託宏大場面和特技製作來達到視覺衝擊的效果。在《無敵艦長》當中，動用各種技術手段表現了駐紮在芬蘭的蘇聯海軍基地以及壯觀的海戰場面，從全景景別到高空攝影，再到特技製作，逼真有力地烘托了戰爭氛圍，塔爾漢諾娃（К.Тарханова）認為該片的海戰拍攝已經達到了國際水平〔註6〕。

道格拉斯·凱爾納在分析「蘭博」電影時指出，電影中的作戰場面使觀眾能夠分享蘭博輕而易舉地橫穿叢林並與自然融為一體的令人激動的經歷，讓觀眾感受到一種救世的暴力，同時營造場面的電影設備有助於人們獲得力

〔註 6〕K.Тарханова, Моряк не слишком долго плавал〔EB／OL〕，俄羅斯電影網，2005／10／31。

量的體驗；媒體的宏大場面掩飾了意識形態的內容，快速的編輯、耀眼的高科技畫面以及激動人心的敘述壓倒了觀眾的批評能力，從而通過畫面與場面不知不覺地傳達了意識形態〔註7〕。如果說蘇聯戰爭電影依託於「戰爭全景」表現了史詩般的氣魄，那麼《無敵艦長》中則利用類似於好萊塢戰爭片的場面和編排，強化了一種雄渾的力量，高唱起商業時代技術的凱歌。馬里尼率領眾士兵，從水下戰到水面，與德軍鬥智鬥勇，當德軍的艦船中彈爆炸的時候，烈焰當中「力量感」油然而生；接下來的情節又設置了一個小小的轉折：當海軍基地誤以為蘇軍全隊覆沒的時候，馬里尼孤身一人返回岸邊，中斷的力量再次回歸，而這種「回歸」恰恰展現了影片暗含的意識形態。

五、暴力：沒有硝煙的戰爭

曹怡平指出，暴力和色情是美國類型電影當中兩個永恒的主題〔註8〕，暴力場面的運用尤其被稱為大片敘事的基本元素，屏幕上的嗜血遊戲，炫耀著血腥的力量和屠殺的愉悅，暴力成了一種釋放、一種狂歡〔註9〕。對於戰爭而言，殺戮的場面在所難免，美國戰爭片當中就充斥著諸多「高強度的暴力」和慘不忍睹的血腥〔註10〕，比如《黑鷹墜落》就描述了一場殘酷的臨時外科手術。在蘇聯二戰電影當中，很少以血淋淋的場面來表達死亡，比如《這裏的黎明靜悄悄》中的麗札，一點一點地沉沒在沼澤當中，它們更多是通過意境來喚起觀眾心底的悲傷。俄羅斯二戰電影當中，多了一些血腥的鏡頭，比如《兄弟就是力量》中話務員萬尼亞犧牲的時候，從脖頸流出汩汩殷紅的鮮血，且血流不止。對於暴力的呈現，在《流氓》當中達到了極致。一開場，流氓孩子們二話不說就捅死了倉庫的看守員，入室搶劫；在山頂的訓練營，營員們相互廝打在一起，汗衫上血跡斑斑；試圖逃跑的孩子被帶回營地的時候已經是一具屍體；不堪重負的訓練生在宿舍裏割腕自殺；最殘酷的還要數

〔註7〕道格拉斯·凱爾納，丁寧譯，媒體文化——介於現代與後現代之間的文化研究、認同性與政治〔M〕，北京：商務印書館，2004年，第117～118頁。
〔註8〕曹怡平，商業元素的打造與反思——國產主流商業電影發展的「三岔口」〔J〕，電影文學，2008年8，第9頁。
〔註9〕王列、許哲敏，試以成敗論英雄——簡析電影《赤壁》的商業策略〔J〕，電影文學，2008年17，第51頁。
〔註10〕湯姆·多爾蒂，徐建生譯，作為道德新武器的新戰爭片——評《黑鷹折翼》和《我們曾經是戰士》〔J〕，世界電影，2003年4，第20～29頁。

跳傘訓練那一場，一個孩子硬生生地不能打開降落傘，直接從高空墜落。如果說這些都還只是視覺衝擊，那麼當跳傘事故的謎底揭開的時候，則讓人心底感受到鈍鈍的一擊，那是讓人心寒的痛：跳傘失敗是由於另一個孩子為了報一己之仇做的手腳，而他本人得到的懲罰是——活埋，即將被送上戰場的孩子們坐在遠去的大卡車上，這個即將被活埋的孩子則衣衫單薄地被士兵押走……這種暴力已經超越眼睛的感受，它直指心靈，戰爭的殘酷被表達得淋漓盡致。這種暴力更多地發生在沒有硝煙的場合，而暴力本身則增添了更多對戰爭的控訴與反思。

六、情色：消失的美人魚

剛剛也提及，色情（情色）是電影大片當中另外一個經常被利用的商業元素。本研究所講的「情色」，是指包含有性暗示的畫面或情節，與裸露尺度無關。《這裏的黎明靜悄悄》當中，有姑娘們集體沐浴的一場戲，推門而入的女兵冉卡被姑娘們交口稱讚，她們說她像條「美人魚」——這裏絲毫沒有情色的氣息，有的只是對身體的讚美和對心靈的觸動；而當冉卡奔跑在河邊，為了給敵軍造成錯覺的時候，喚起的則是對女性的憐惜。這些段落著重表現的是從鮮花盛開到鮮花凋零的反差，是情節的重要組成部分。

在俄羅斯二戰電影中，情色畫面的運用浮出水面，儘管影片中的情色段落僅是點到即止，並未越格，但是對於長久以來的蘇聯二戰電影傳統而言，這已經是個不小的衝擊。在《無敵艦長》當中，有大尉馬里尼和瑞典女人安娜的一場床戲，安娜穿著輕薄的睡衣，沒有什麼太過暴露的鏡頭，最誇張的也無非是兩個人壓塌了床；另外一個段落，是酒醉的馬里尼從窗戶爬進來，也有兩個人親熱的鏡頭。對於影片的主體情節而言，這樣的段落並不是必然應當出現的，很大程度上來講，它們都是影片奪人眼球的商業手段；而另一方面，又在觀眾心裏勾畫了蘇聯軍人的另一種形象。

第二節　政治與商業的共謀

在市場化商品化時代，電影作為一種文化產品，首先要遵循價值和使用

價值的規律。所謂商品化，就是指把使用價值轉換爲交換價值的過程〔註11〕。馬克思認爲，商品的產生來自範圍廣泛的需求，包括生理的和文化的需求，商品的使用也可以由「各種各樣的方式」來界定〔註12〕。也就是說，使用價值不僅限於維持生計的需要，還延伸到社會建構的範疇。文森特‧莫斯可進一步指出，使用價值會受到商品結構屬性的制約或限制，使用價值從這些結構屬性中獲得存在的性質，即使用價值是多重決定和相互構成的：一方面是社會建構的使用價值，另一方面是來自特定的社會安排（也就是生產交換價值的市場）的價值〔註13〕。對於二戰電影而言，爲了獲取更大的交換價值，首先要鍛造更大的使用價值，按照上述分析，這種鍛造一方面來自於社會建構，另一方面來自於市場。

就蘇聯時期而言，無論是英雄敘事，還是記憶敘事，都僅是來自於「社會建構」，因爲在蘇聯治下的大部分時期裏，並不存在市場。──之所以說「大部分」，是因爲在蘇聯建立初期和行將解體時期，電影業還是曾經經歷過與西方市場的短暫接觸，而這直接影響到蘇聯電影政策的調整和俄羅斯電影事業的發展，所以這裏對其進行一下大致描述。

1922 年 12 月，蘇聯電影事業的管理和組織基本收歸國有〔註14〕，但是當

〔註11〕 文森特‧莫斯可，胡正榮等譯，傳播：在政治和經濟的張力下──傳播政治經濟學〔M〕，北京：華夏出版社，2000 年，第 137 頁。

〔註12〕 Marx，Karl. Capital：A Critique of Political Economy，Vol.1.Trans. by Ben Fowkes. London：Penguin，1976：125.轉引自文森特‧莫斯可，胡正榮等譯，傳播：在政治和經濟的張力下──傳播政治經濟學〔M〕，北京：華夏出版社，2000 年，第 137 頁。

〔註13〕 文森特‧莫斯可，胡正榮等譯，傳播：在政治和經濟的張力下──傳播政治經濟學〔M〕，北京：華夏出版社，2000 年，第 138 頁。

〔註14〕 早在 1917 年 11 月的彼得格勒（現在的彼得堡），在教育人民委員會社會教育處就專門成立了電影科，後來則成立了電影委員會；1918 年 3 月，莫斯科也成立了電影委員會，當時全國百分之九十的電影生產都集中在這裏，後來這個委員會變成了蘇維埃聯邦社會主義共和國教育人民委員會的中央電影委員會。1919 年 8 月 27 日，列寧簽署了關於照相電影的商業與工業移交教育人民委員會管理的法令。俄羅斯蘇維埃聯邦社會主義共和國內一切照相電影的商業與工業，不論其組織本身或與供應有關的技術器材，均須移交教育人民委員會管理。1921 年 12 月，列寧建議組織一個由教育人民委員會副委員長 E‧里特根斯領導的專門委員會，來研究俄羅斯電影事業的組織問題。1922 年 1 月，列寧下了一道指令給里特根斯，在指令中詳細描述了在新經濟政策條件下組織蘇聯電影事業的綱領：「教育人民委員會對一切電影放映應當加以監督，並使這一工作系統化。所有在俄羅斯蘇維埃聯邦社會主義共和國內放映

時尚未取消私營企業〔註15〕。於是，善於投機的商人所經營的許多小公司，揚言要在幾個星期內開始影片生產，其實他們是靠發行影片大發其財，這些影片是他們以最有利的條件向歐洲的資本主義電影機構賒購來的。當時，世界的電影市場基本上已被歐洲和北美的大電影康採恩瓜分淨盡。法國、意大利和瑞典那些舊的「穩固的」電影公司，與德國尤其是美國的迅速發展起來的企業，展開了激烈的競爭。資本主義的電影公司對蘇聯這個新開闢的市場發生了極大的興趣。幾百部在歐洲和美國無人問津的影片，都傾銷到蘇聯。好萊塢正在發展中的電影康採恩，以及瑞典和丹麥的垂死的電影製片廠，也都向蘇聯輸出影片。在這樣的狀況下，1924 年 7 月，俄羅斯蘇維埃聯邦社會主義共和國人民委員會發佈決定，要把所有的影片發行機構合併爲統一的股份公司——全俄照相電影股份公司，到 1925 年初，這項改組工作基本完成。所有國營和合作制的電影公司都成爲生產機構，隸屬於全俄照相電影股份公司，私營公司都被取消〔註16〕。

蘇聯電影的生產、發行和放映全部收歸國有，接下來「在下半個世紀全球化進程突飛猛進的大趨勢中，蘇聯一而再、再而三地拒絕直面整個國際社會的結構性變遷」〔註17〕，蘇聯電影事業沒有任何來自經濟方面的壓力，它們始終遵循著「社會主義現實主義」的創作原則，在政策起伏當中基本保持著穩定發展，諸如《雁南飛》和《這裏的黎明輕悄悄》等作品更是奠定了蘇聯電影在世界影壇的地位。總體而言，電影業的利益與國家整體利益緊密相關，在國家形象的塑造和國家認同的建構方面，電影與國家意識形態保持了高度一致。

隨著戈爾巴喬夫改革的推進，在「民主化」與「公開化」的號召下，文

的影片必須在教育人民委員會登記並編號。對每一上映節目，必須規定一定的比例。」教育人民委員會的全俄照相電影局根據人民委員會 1922 年 12 月 19 日的決定，改組爲國立中央照相電影企業公司，成爲實行經濟核算的管理機構。爲了使國立中央照相電影企業公司擁有足夠的資金進行生產，該公司獲得了在俄羅斯蘇維埃聯邦社會主義共和國境內發行影片的專利權。

〔註15〕按照人民委員會 1922 年 12 月 19 日的決定，允許建立私營的和合作制的電影企業，不過這些企業必須遵守規定，不得侵犯國立中央照相電影企業公司和各共和國電影管理局的特權。

〔註16〕蘇聯科學院藝術研究所編，龔逸霄譯，蘇聯電影史綱〔M〕，北京：中國電影出版社，1983 年，第 28～111 頁。

〔註17〕馮紹雷，20 世紀的俄羅斯〔M〕，北京：生活・讀書・新知三聯書店，2007 年，第 197 頁。

藝界積極投身改革浪潮。1986 年召開的全蘇第五次電影工作者代表大會開始
了蘇聯電影的全面改革，對當時的電影界領導和電影創作提出了尖銳批評，
以投票方式對影協進行改選。提出電影改革的目的是摒棄阻撓電影前進的陳
規陋習和因循守舊思想，改造電影創作中的不良機制，要在促成電影實現「歷
史性轉變」的目標下，改革電影生產體制，加強物質刺激和精神刺激，保證
攝製組在拍攝過程中的最大獨立性。在接下來幾年中，新成立的影協進行了
如下工作：

1. 解禁了一大批此前被擱置的藝術思想及表現手法具有新意的影片；
2. 取消了電影審查制度，由原來的級級審查劇本改成製片廠單方通過，
   創造了寬鬆自由的創作氛圍；
3. 改變電影生產模式，電影生產獨立核算，生產與發行之間也建立了新
   的核算關係，出現了各種經營形式的電影公司；
4. 打破國家統一的發行放映體制，允許個體公司進入發行領域；
5. 取消國家對進口影片的限額，使國外影片自由進入俄羅斯市場；
6. 取消共產黨的領導，相關一系列改革措施也造成了國家電影委員會的
   權力真空，隨著蘇聯解體，電影委員會也不復存在〔註18〕。

這一改革措施曾經引起電影業短暫的繁榮，私營資本和外資資本進入市
場，電影產量增加，但電影質量卻下滑了；伴隨著市場的放開，大量美國電
影湧入，本土電影的發展遭遇阻力。蘇聯解體之後，作為蘇聯主要繼承國的
俄羅斯，進入了一個痛苦的向市場經濟轉軌的歷程〔註19〕，政治經濟領域發
生一系列巨變，電影業也陷入了極大的困境和危機。

國家力量的介入，為電影工業的重新發展提供了一個契機。1994 年開始，
國家頒發了一系列旨在推動電影持續穩定發展的文件〔註20〕，為電影工業發展提

〔註18〕李芝芳，當代俄羅斯電影〔M〕，北京：文化藝術出版社，2003 年，第 2～6
頁。

〔註19〕唐朱昌，俄羅斯經濟轉軌透視〔M〕，上海：上海社會科學院出版社，2001 年，
第 1 頁。

〔註20〕1994 年，在世界及俄羅斯電影誕生百年之際，葉利欽總統簽發了《俄羅斯聯
邦在電影領域及紀念世界及俄羅斯電影誕生百年活動中實行保護性關稅政
策》的總統令；緊接著，俄羅斯政府通過了《在電影領域實行關稅保護政策
的重要措施》和《維持和發展電影髮型的措施》的決議。1995 年 1 月 16 日，
俄羅斯政府又通過《建立和支持國產電影的聯邦社會經濟基金會》的決議，
其中要求國家財政部和國產資源部從物資及財力上給予基金會以支持。1995

供了政策法規和人力物力財力等多方面的支持。1997 年開始，俄羅斯電影業逐漸復蘇；2000 年以後，有越來越多的作品重返國際舞臺。2000 年以來的二戰電影，絕大部分作品都有俄羅斯聯邦文化部參與拍攝，本研究選取的電影均在此列。

　　進入平穩發展過程的俄羅斯電影，在使用價值構成方面，除了社會建構之外，市場（尤其是全球市場）的力量日益凸顯，商業敘事就是這一力量最直接的體現，整個社會的商品化過程滲透到傳播過程與傳播制度中，使這個過程中所出現的深化和矛盾也對傳播這種社會實踐產生了影響〔註 21〕。

　　就二戰電影而言，一方面要呈現出「強國」的政治話語，另一方面又要體現市場化的商業話語，二者之間存在著怎樣的力量交織？有研究者認為，傳播中的商業關係從本質來說是疏離的，並且具有潛在的剝削性；傳播關係的商業化不利於人們互相的聯繫並形成共同的認同感和社區，因為傳播關係的雙方都是工於心計並功利化的，反映了社會中「傳送」的或「宣傳」的，而非儀式性的傳播模式〔註 22〕。與之相對，道格拉斯・凱爾納則指出，媒體文化是一種商業文化的形式，其產品就是商品，試圖吸納那些對資本的積纍感興趣的大公司所創造的私營利潤；媒體文化的目標在於龐大的受眾，因為它必須回應於當代的主旋律和所思所想等，是極為時事化的，它為當代社會生活提供種種寫照〔註 23〕。事實上，在所謂的「宣傳」與受眾之間，盈利與儀式之間，還是可以找到契合點的，比如 2007 年底中國電影市場上《集結號》的熱映就做出了一個示範，它證明了主導意識形態與大眾意識形態是可以相互結合的〔註 24〕，政治與商業也是可以相互融合的，鄭洞天曾經稱讚《集結

年 10 月 28 日，俄政府通過《保護和發展國產電影發行、提高電影為國民服務水平的措施》的決議。1996 年通過《國家電影法》，將國家支持電影的措施、國家對電影的投資、國家對電影活動實行的調節關稅的政策以法律形式加以確立。在此基礎上，1997 年，由俄羅斯電影委員會專家提議，政府聽取意見，又制定了 2005 年俄羅斯電影發展新構想，涉及電影生產、放映和發行等各個環節。

〔註21〕 文森特・莫斯可，胡正榮等譯，傳播：在政治和經濟的張力下——傳播政治經濟學〔M〕，北京：華夏出版社，2000 年，第 138 頁。

〔註22〕 丹尼斯・麥奎爾，崔保國、李琨譯，麥奎爾大眾傳播理論〔M〕，北京：清華大學出版社，2006 年，第 89 頁。

〔註23〕 道格拉斯・凱爾納，丁寧譯，媒體文化——介於現代與後現代之間的文化研究、認同性與政治〔M〕，北京：商務印書館，2004 年，導言。

〔註24〕 胡克，建構現實社會型主流大片電影觀念——《集結號》的啓示〔J〕，當代電影，2008 年 3，第 11～12 頁。

號》的出現有助於改變我們對電影的很多固有看法，主旋律、現實主義、愛國主義、商業大片等說法原本各有各自的使用範疇，但面對《集結號》這樣一部電影卻奇妙地融彙在一起〔註25〕。在俄羅斯二戰電影中，電影的商業化通過與英雄敘事和記憶敘事的相互滲透，在國家話語和商業話語之間找到了某種平衡，進而以曖昧的方式成為國家認同建構的合謀者。

首先，俄羅斯電影的商業化表現在對記憶的顛覆，它們以歷史陌生化的方式，展現了另外一種蘇聯——比如人民內部矛盾、比如懲戒營——這種陌生化的手法一方面迎合了受眾窺視與獵奇的心理，另一方面也成為對舊制度的一種批判，劉易斯·科瑟講過，新的歷史書往往會有自己的偏倚，但在摧毀舊的歷史這一點上，它們卻是同出一轍〔註26〕，而這種摧毀是為了強化當下制度的合法性。

與「歷史陌生化」相類似，電影通過煽情手法將戰爭暫時抽離了歷史語境，受眾在與電影文本實現情感溝通和認同的時候，淡化了歷史的時空。但是，煽情當中所包含的對歷史的憂思又揮之不去，上文我們已經分析，無論是《堆聚石頭有時》還是《流氓》中的煽情段落，勝利的號角與個體的遺憾相互對應，進一步強化了勝利，弱化了故國蘇聯。

第二，影片所提供的視覺衝擊，提供了一種現代的視聽感受，而暴力和色情元素的運用則更加接近商業類型片的模式，「形式」本身已經包含了豐富的意義，一方面，電影的意識形態可以通過對畫面、形象、場景、類型性語碼和敘述的綜合運用表現出來，比如特技效果製造的場面可以讓觀眾得以體驗決勝的力量感，而這在某種程度上也契合了當下俄羅斯推崇力量和強權的心理；另一方面，經歷了市場化改造的俄羅斯電影正在試圖重新與國際接軌，商業化本身是對現行國家體制的呈現，橫跨歐亞大陸的俄羅斯要重新大步走向國際社會。

當然我們也要承認，某些商業元素的運用會在一定程度上傷害對完美英雄形象的再現，喚起對記憶真實性的某種質疑，但是商業化在某種意義上與政治意識形態的合謀始終發揮著重要作用。

〔註25〕高山，中國主流大片的方向——電影《集結號》學術研討會綜述〔J〕，當代電影，2008 年 2，第 62 頁。

〔註26〕劉易斯·科瑟，導論：莫里斯·哈布瓦赫〔A〕，莫里斯·哈布瓦赫，畢然、郭金華譯，論集體記憶〔M〕，上海：上海人民出版社，2002 年，第 39 頁。

　　總之，意識形態帝國時代的蘇聯二戰電影，與國家認同主導理念保持了近乎天然的一致；市場大潮中的俄羅斯二戰電影則以特殊的方式實現了與現實的聯結，按照格雷姆‧伯頓的提法，從表面上看，類型化文本似乎是在抵制社會變革，但實際上大都能爲這種變革指明方向，有時候甚至會對這種變革的可能性作出一些嘗試〔註27〕，俄羅斯二戰電影一方面沿襲了蘇聯二戰電影的某些傳統，另一方面又調動了時代化的因素，在一定程度上順應了當下的價值觀以及歷史潮流。

第三節　彌漫的意識形態

　　意識形態是一個包羅萬象內涵豐富的概念，湯普森認爲，意識形態分析首要關心的是象徵形式與權力關係交叉的方式，是社會領域中意義藉以被調動起來並且支撐那些佔據權勢地位的人與集團的方式，更具體地說，研究意識形態就是研究意義服務於「建立和支撐統治關係」的方式〔註28〕。湯普森把意識形態具體化爲五種運行模式：合法化、虛飾化、統一化、分散化和具體化；並敘述了它們在特定環境下可能聯繫象徵謀略的某些方式。本研究在湯普森這一理論的基礎上，結合研究對象的特殊性，對五種模式進行了二度開發，論述了兩個時期二戰電影中意識形態運作的不同方式。

　　第一，合法化與去合法化。馬克斯‧韋伯指出，沒有任何一種統治自願地滿足於僅僅以物質的動機或者僅僅以情緒的動機，或者僅僅以價值合乎理性的動機作爲其繼續存在的機會，任何統治都企圖喚起並維持對它的「合法性」的信仰，這是構成一個統治的重要基礎。他進一步指出，合法統治的三種純粹的類型具有的性質分別是：合理的，即建立在相信統治者的章程所規定的制度和法令權利的合法性之上；傳統的，是建立在歷來適用的傳統的神聖性和由傳統授命實施權威的統治者的合法性之上；魅力的，建立在非凡的獻身於一個人以及由他所默示和創立的制度的神聖性，或者英雄氣概，或者楷模樣板之上〔註29〕。湯普森將這三種類型總結爲理性根據，傳統根據和感

〔註27〕格雷姆‧伯頓（Burton, G.），史安斌主譯，媒體與社會──批判的視角〔M〕，
　　　　北京：清華大學出版社，2007 年，第 68～69 頁。
〔註28〕約翰‧B‧湯普森，高銛譯，意識形態與現代文化〔M〕，南京：譯林出版社，
　　　　2005 年，第 62～81 頁。
〔註29〕馬克斯‧韋伯，林榮遠譯，經濟與社會（上卷）〔M〕，北京：商務印書館，
　　　　1997 年，第 238～241 頁。

召力根據，並指出，這三種根據可以通過象徵形式構建出來。比如說，在電影文本當中，通過敘事化的謀略，把「合法化的信仰」包羅在描述過去並把現在視爲永恆寶貴傳統一部分的敘事之中〔註 30〕，於是在某種意義上，二戰影像的傳播，成爲埃里克・霍布斯鮑姆所說的「被發明的傳統」〔註 31〕，傳統被製造出來，幫助受眾產生社群歸屬感和歷史歸屬感。

具體到俄蘇二戰電影中，這種敘事又呈現出豐富的變化。

蘇聯二戰電影，側重強調英雄人物對統治的信仰和服從，他們是從蘇維埃歷史和強大的國家背景下生長起來的英雄，它突出表現的「寶貴傳統」是戰士們的階級友愛；同時它通過表現對軍事條令的恪守和家國命運的一致性等等，體現了人民承受苦難的精神，以及對國家的服從。影片通過製造這樣的「傳統」來強化對蘇聯統治的合法化信仰。

而俄羅斯二戰電影，一方面，重構蘇聯電影書寫過的傳統，對蘇聯統治進行去合法化；另一方面，製造新的傳統，來建構俄羅斯統治的合法化。比如說，在電影中，英雄捨生取義的豪情來自於兄弟情義而不是家國情懷；他們是因懲戒而被送上了戰場，他們心底甚至還在不滿這樣的戰時政策；影片突出表現的「寶貴傳統」回到了俄羅斯民族最本源的陰柔的並等待陽剛氣質的天性等等。總之，俄羅斯二戰電影通過淡化蘇聯的歷史和國家背景，追溯更古老的民族特性，來實現政治理路上的割裂和民族理路上的傳承，以此建立起對俄羅斯民族國家的合法化信仰。

第二，虛飾化與去虛飾化。即統治關係可以通過掩飾、否認或含糊其辭、對現有關係或進程轉移注意力或加以掩蓋的方式來建立和支撐。這種虛飾化的意識形態可以通過幾種不同的象徵謀略表達出來，包括轉移、美化或轉義。所謂轉移，是指用一人或一物來談另一人或另一物，從而把這個詞的正面或反面含義轉到另一人或另一物；所謂美化，是對行動、體制或社會關係進行描述或重新描述，使之具有正面的評價；所謂轉義，包括局部與全體的相互替換，暗指而不明說，或者語義領域的轉換〔註 32〕。

〔註 30〕約翰・B・湯普森，高銛譯，意識形態與現代文化〔M〕，南京：譯林出版社，2005 年，第 69 頁。

〔註 31〕埃里克・霍布斯鮑姆，導論：發明傳統〔A〕，轉引自霍布斯鮑姆，蘭格（RAnger，T.）編，顧杭、龐冠群譯，傳統的發明〔M〕，南京：譯林出版社，2004 年，第 1～17 頁。

〔註 32〕約翰・B・湯普森，高銛譯，意識形態與現代文化〔M〕，南京：譯林出版社，2005 年，第 69～71 頁。

　　蘇聯二戰電影中運用的是「轉移」和「美化」的謀略，俄羅斯二戰電影中運用的是「轉義」的謀略。

　　蘇聯二戰電影更多地是選擇了那些符合「社會主義現實主義」創作原則的題材。「社會主義現實主義」在 1931 年由高爾基提出，1934 年這一原則被寫進作家協會章程，作為蘇聯文學與蘇聯文學批評的基本方法，它要求藝術家從現實的革命發展中真實地、歷史具體地去描寫現實；同時，藝術描寫的真實性和歷史具體性必須與「用社會主義的精神從思想上改造和教育勞動人民」的任務結合起來〔註 33〕。該方法已經被作為一種政治取向和普遍原則，並且擴展到蘇聯所有的藝術創作領域。戰後初期，蘇聯曾經生產了一批後來被稱為「斯大林神話」的影片，現實主義被偷換了概念，實際上電影是在「本質真實」的旗號下，歪曲了蘇聯現實，它們反映了意識形態的「美化」，即對當時「個人崇拜」和「個人迷信」等主導思想的配合，這是對社會行動和關係的一種重新描述。而接下來的解凍時期則體現了意識形態的「轉移」，在整個社會的「非斯大林化」過程中，蘇聯電影在題材選擇和對人物的刻畫上出現變化：人性和人的複雜性與豐富性是這一時期電影的最重要的題材〔註34〕。當時的二戰電影紛紛開始反映戰爭中的普通人以及他們不畏艱險不怕犧牲的精神，而事實上，英雄與國家之間的血脈相連，使得這種精神成為國家奮勇抗敵的表徵。

　　俄羅斯二戰電影是「虛飾化」模式的踐行者，只是它採用了比較複雜的形式。一方面，它以「去虛飾化」的方式，揭露蘇聯政權，那些不能或不可被納入蘇聯文藝表現領域的題材被俄羅斯電影挖掘出來，比如《勝利日》和《流氓》當中對懲戒營和訓練營的再現；而與此同時，它們又會在影片當中設置一種時空的轉換，展現當下時代對歷史的回應──記住蘇聯軍隊的偉大功勳，給予無名英雄應有的承認，這樣的對比撕去了歷史的外衣，同時給現實披上了盛裝。另一方面，則體現了意識形態的「轉義」，即一種以局部代全體的意識，俄羅斯二戰電影強調英雄的地位和英雄的精神，它從二戰語境和蘇聯語境中抽離出英雄的因素，把他們帶到現實，來表徵當下俄羅斯的時代精神。

　　第三，統一化。通過在象徵層面上構建一種統一的形式，把人們包羅在集體認同性之內而不問其差異和分歧，從而建立並支撐統治關係，這裏可以

〔註33〕黃文達·世界電影史綱〔M〕，上海：上海古籍出版社，2003 年，第 92 頁。
〔註34〕黃文達·世界電影史綱〔M〕，上海：上海古籍出版社，2003 年，第 94 頁。

運用的象徵建構謀略是「統一象徵化」，因爲統一的象徵可以是描述共同歷史起源和表明集體命運的一項敘事的組成部分〔註 35〕。在這一點上，蘇聯二戰電影與俄羅斯二戰電影呈現出了很大的相似性，他們共享著一套相同的文化記憶，從對壯美山川的歌頌，到對伏特加的熱愛，從承受苦難的品質，到喜愛歌舞的性情，都體現了俄羅斯作爲一個古老民族的傳統。略有不同的是，蘇聯二戰電影對傳統的呈現更側重詩意和美感，它似乎以一種更無意識的狀態呈現；而俄羅斯二戰電影對傳統的再現更側重歸屬感和力量感，它包含著濃烈的主觀意識。比如對白樺林的描畫，蘇聯二戰電影中它常常被用來體現安寧與柔情；而在俄羅斯二戰電影當中，白樺林是俄羅斯民族突出的表徵，白樺林的場景伴隨的是戰士們對「Россия（俄羅斯）」的歡呼。再比如廣袤的大地，在蘇聯二戰電影中常常被用來體現蒼涼感，配樂總是悲涼哀傷的；而俄羅斯二戰電影中，廣袤的大地被用來體現宏大的氣勢，配樂總是低沉雄壯的。這與俄羅斯民族在兩個時期的不同狀況有關，蘇聯更強調無產階級聯盟，淡化民族意識；而俄羅斯聯邦則需要高揚主體性和認同感。

第四，分散化與重新分散化。通過分散那些可能對統治集團造成有效挑戰的人和集團，來強化統治關係。這裏典型的象徵謀略是分化和排他，通過構造一個內部的或外部的敵人，並將之描述爲邪惡或有害的，要求人們一起來抵制或排除。這一謀略往往與統一化的謀略相重疊，敵人被視爲一種挑戰或威脅而要求人們必須團結統一起來〔註 36〕。

在蘇聯二戰電影當中，這個被反對的敵人是德軍，是法西斯。通過塑造德軍的醜惡形象，渲染對德軍的仇恨，以及表達被德軍俘虜後的折磨與苦難，喚起人民團結一致抵禦外侮的信念。

而在俄羅斯二戰電影中，這一局面發生了顛覆性的變化，電影對蘇聯統治關係進行了「重新分散化」。首先，德軍與法西斯之間的關係被剝離開，德國人不再是需要被分散的對象，甚至完全反過來，爲了保衛俄羅斯的安寧付出了自己的生命；第二，俄羅斯電影中構造的敵人來自於蘇聯組織內部，電影通過展現蘇聯內部的糾葛和矛盾，來淡化受眾對逝去的國家的記憶。在這一過程中，俄羅斯有效地將自己與蘇聯分散開來。

〔註 35〕 約翰·B·湯普森，高銛譯，意識形態與現代文化〔M〕，南京：譯林出版社，2005 年，第 72 頁。

〔註 36〕 約翰·B·湯普森，高銛譯，意識形態與現代文化〔M〕，南京：譯林出版社，2005 年，第 72～73 頁。

第五，具體化。通過敘述一項過渡性的歷史事態為永久性的、自然的、不受時間限制的方式來建立和支撐統治關係，過程被描繪為近似自然的事物，從而掩蓋了它們的社會與歷史性質〔註 37〕。第二次世界大戰在影像中就成為這樣一種事物，但是在兩個時期，被著重呈現的層面不同，蘇聯二戰電影更強調犧牲、強調苦難；俄羅斯二戰電影更強調勝利、強調英雄。

湯普森的五種意識形態運作模式，為我們分析俄蘇二戰電影這種象徵形式提供了有益的借鑒，蘇聯二戰電影基本上依循著合法化、虛飾化、統一化、分散化和具體化的模式，讓我們瞭解到了意識形態通過怎樣的運作，來實現對統治關係的鞏固和強化。而在俄羅斯二戰電影當中，包含著雙重的統治關係（蘇聯的和俄羅斯的），所以「意義維護統治關係的方式」就變得尤為複雜，它在建構俄羅斯統治關係的「合法化」、「虛飾化」和「分散化」的同時，也在對蘇聯統治關係進行「去合法化」、「去虛飾化」和「重新分散化」，這很大程度上都依託於它們選取了不同的敘事材料。尤其需要指出的是，這一意識形態模式忽略了媒體自身的特質，電影作為一種商業化的媒介形式，常常會在「意義維護統治關係」的過程中發揮出或正向或反向的作用。對於俄蘇二戰電影而言，這種作用都是正向的，這是因為，蘇聯時期以國家的力量拒絕了商業化的進程；俄羅斯時期商業元素在很大程度上成為抨擊舊制度的合謀者。所有上述的「維護方式」——也就是意識形態的運作模式，分別在兩個時期有效地建構了不同的國家認同。

〔註37〕同上。

結論 認同的空間

　　齊格弗里德・克拉考爾（Siegfried Kracauer）曾經指出，一個國家的電影總比其它藝術手段更直接地反映那個國家的精神面貌〔註1〕，這一點在戰爭電影中表現尤為明顯。戰爭電影充斥著諸多變化不定的表述，這些表述既鞏固也詆毀著各種流行的社會意識形態，與此同時還在努力昇華和質詢一個民族如何看待某一具體衝突，以及這一衝突如何隨時間推移對「集體夢魘、欲望或習俗」產生沉澱性作用〔註2〕。俄羅斯二戰電影通過再現蘇聯時期的一場戰爭建構了當下的俄羅斯認同，它通過對英雄主義和集體記憶的再現，打造了現代的俄羅斯神話，重構了上個世紀的蘇聯歷史。在國家認同的建構過程中，國家意識形態與商業意識形態相互交織並達成了一致。

　　馬克・費羅曾經指出，電影與歷史是相互介入的〔註3〕。從電影的角度解讀歷史，向歷史學家提出了如何理解過去的問題，比如電影工作者借助民間記憶和口頭傳統，為社會還原了一部被官方機構抹殺的歷史；而從歷史的角度解讀電影，可以觸動過往社會中看不見的區域，比如，從《恰巴耶夫》這樣的電影中可以發掘出斯大林時代的官僚制度下的社會內容〔註4〕。下面我們

〔註1〕齊格弗里德・克拉考爾，李恒基譯，電影：人民深層傾向的反映〔A〕，李恒基、楊遠嬰主編・外國電影理論文選（修訂本上冊）〔M〕，北京：生活・讀書・新知三聯書店，2006年，第311頁。

〔註2〕約翰・霍奇金斯，徐建生譯，沙漠風暴之後——論當代二戰影片〔J〕，世界電影，2003年4，第4頁。

〔註3〕馬克・費羅，彭姝禕譯，電影和歷史〔M〕，北京：北京大學出版社，2008年，第7頁。

〔註4〕馬克・費羅，彭姝禕譯，電影和歷史〔M〕，北京：北京大學出版社，2008年，第12～13頁。

就分別從這兩個角度對本研究作以總結：從電影的角度解讀歷史，是爲了考察戰爭電影中國家意識形態的變化和特徵；從歷史的角度解讀電影，是爲了探討影像中的認同建構與現實政治經濟格局的關聯；在此基礎上，我們將進一步梳理電影、認同與歷史三者的關係。

一、從電影的角度解讀歷史

馬克・費羅認爲，無論是否忠實於現實，無論資料片還是故事片，無論情節眞實可靠還是純屬虛構，電影就是歷史——這一說法的前提是：所有人們未實現的（以及已實現的），如信仰、意願、設想等等，和正史一樣，都是歷史〔註 5〕。透過蘇聯和俄羅斯二戰電影，我們可以看到國家意識形態的變遷，而不同的國家意識形態，是不同歷史條件的縮影。

蘇聯二戰電影中的英雄，是集體主義思想的表徵，他們堅定著保家衛國的信念，與國家一道抵禦著法西斯的入侵，並承擔著戰爭帶來的創傷，影片中呈現出濃烈的悲劇色彩。電影在帝國的圖景上演繹著小人物的悲歡，個體是渺小的脆弱的，只有團結起來，才能奪取勝利。這種承受苦難的品質源自東正教的精神信仰和人格理念，而家國一體、個人時間融入歷史時間則體現了蘇聯帝國意識形態的統一性。

俄羅斯二戰電影中的英雄，則高揚起個人主義的旗幟，他們推動戰鬥進程，每一步前進都是他們自主選擇的結果。英雄的陽剛氣質表徵了俄羅斯對強國的渴望，英雄們不畏強權，重視兄弟情義，且戰無不勝，彰顯了十足的力量感。這種對個體的張揚表徵了俄羅斯時代的主流價值觀，安東尼・史密斯曾經指出，新獨立的民族國家典型的帶著鬥爭、解放和犧牲主題的民族認同的英雄想像可能到了下一代人就會被放棄，取而代之的是更開放、更實際和實用的民族認同想像，這種想像強調對多元化的寬容等主題〔註 6〕，對俄羅斯而言，他們沒有放棄英雄想像，但是他們賦予了英雄想像另外的面孔，這樣的英雄體現了現時代國家的寬容、開放、尊重個體以及崇尚勝利。而另一方面，電影在爲俄羅斯解釋歷史的過程中發揮了重要作用，它們一方面延續

〔註 5〕 馬克・費羅，彭姝禕譯，電影和歷史〔M〕，北京：北京大學出版社，2008 年，第 21～22 頁。

〔註 6〕 Anthony D.SMith，葉江譯，民族主義：理論，意識形態，歷史〔M〕，上海：上海世紀出版集團，2006 年，第 20 頁。

俄羅斯民族的文化記憶，走進民族的歷史向度和內心世界；另一方面通過對蘇聯歷史的揭露和制度的批判，進一步強化現代國家的合法性，實現「記憶與欲望的耦合」〔註7〕，力圖呈現一個強大的國家。

　　1986 年開始的電影改革，把俄羅斯電影業納入了市場化的軌道，電影業經歷了二十世紀九十年代的低谷，又在 2000 年以後逐漸復甦。二戰電影也捲入了這場商業化的大潮，Лидия Кузьмина 就曾指出，跟隨好萊塢類型片而利用戰爭的誘惑是巨大的〔註8〕，但是二戰電影商業化的趨勢恰好迎合了批判舊制度的思路。俄羅斯二戰電影中的國家認同建構，是國家意識形態與商業意識形態合謀的結果。電影滿足受眾獵奇的心理，以「歷史陌生化」的方式顛覆了我們對蘇聯的記憶，訓練營、懲戒營等以往的題材禁區都被搬上了銀幕；電影中的娛樂化和情色描畫，對蘇聯軍隊和軍人進行了某種諷刺，也淡化了對苦難的記憶；而煽情與暴力的表現，則強化了對戰爭的控訴和對歷史的反思；大場面的視覺衝擊高唱著商業時代的技術凱歌。這些商業化手段的共同作用就是，淡化對蘇聯的記憶，強化現代的面向世界的俄羅斯。

　　總體而言，俄羅斯二戰電影通過再現英雄主義和集體記憶，在建構俄羅斯統治關係的「合法化」、「虛飾化」和「分散化」的同時，也在對蘇聯統治關係進行「去合法化」、「去虛飾化」和「重新分散化」，這一過程中，商業元素也在很大程度上成為抨擊舊制度的合謀者。通過這樣的方式，電影有效地建構了當下的俄羅斯認同。

二、從歷史的角度解讀電影

　　這一部分我們主要立足於當代俄羅斯社會，從三個角度考察電影背後的歷史，並審視電影與時代的契合。

（一）民族與國家

　　本研究無意於探究蘇聯或俄羅斯的民族問題，這裏只是要指出民族與國家的連接方式。在蘇聯民族國家的國際聯盟體中，各加盟共和國的命名民族

〔註7〕 約翰・斯道雷・記憶與欲望的耦合：從越南戰爭到海灣戰爭〔A〕，約翰・斯道雷，徐德林譯，斯道雷：記憶與欲望的耦合——英國文化研究中的文化與權力〔M〕，桂林：廣西師範大學出版社，2007 年，第 136 頁。

〔註8〕 Лидия Кузьмина・Сопротивление материала〔J〕，Искусство Кино，2006，p3。

實際上並不具有憲法所規定的民族國家的權利，或者說它們無法行使本共和國憲法所規定的權利和主權，同時在中央高度集權的聯盟國家層面上也沒有形成一個民族——實際上，蘇聯就是一個民族無「國家」、聯盟無「民族」的多民族國家〔註9〕。所以，從某種意義上講，蘇聯強化了國家，淡化了民族。這樣，構成俄羅斯這個國家的人民（俄羅斯人）在蘇聯時代行將結束的時候已經沒有民族認同感，而把自己完全等同與蘇聯人，也就是說，他們的認同首先帶有意識形態的性質〔註10〕。解體之後，俄羅斯推行了一系列自由主義改革，強調「非意識形態化」，要消滅「國家」這個概念本身，這就使得二十世紀九十年代初期的俄羅斯陷入了意識形態真空並面對著認同的迷失。九十年代中期開始，俄羅斯國家開始尋找失落的主體性，又開始了向意識形態領域的回歸。1996年總統大選後，葉利欽開始倡議新的「民族理念」，而事實上他所講的就是國家意識形態，他們認為，只有國家才能融合民族理念並把它發展為由國家機器的強力和權威加以鞏固的全民族意識形態。安德蘭尼克·米格拉尼揚指出，俄羅斯需要一個強大的有行為能力的「國家」，承擔起建設並推廣新的民族國家理念的重任，而這種理念強調俄羅斯所有民族的有機統一〔註11〕。從這裏我們可以看出，俄羅斯對強國理念的追尋和對民族統一的期望。在普京時代，愛國主義更加成為國家的主導理念。在這樣的背景下，俄羅斯二戰電影有力地配合了國家話語。

（二）傳統與現代

剛剛我們也提過九十年代初期的自由主義改革，這次改革要消滅「國家」這一概念本身，同時也要徹底地更換俄羅斯的文明模式和民族文化習俗，徹底地面向西方。這樣的改革割裂了傳統與現代的聯繫，而九十年代末期新的民族國家理念則強調，新理念是祖國所有傳統的綜合，包括革命前的和蘇聯時期的傳統，以及當前的民主新事物，主要內容是適應本國觀念的，添加了某些自由主義和左派保守主義的原則和價值觀的民族國家理念，比如左派保守主義所追求的蘇聯時期的家長式管理、追求大國地位等等。在俄羅斯二戰

〔註 9〕郝時遠·重讀斯大林民族（нация）定義〔J〕，世界民族，2003 年 6，第 6 頁。
〔註10〕安德蘭尼克·米格拉尼揚，徐葵等譯，俄羅斯現代化與公民社會〔M〕，北京：新華出版社，2003 年，第 266 頁。
〔註11〕安德蘭尼克·米格拉尼揚，徐葵等譯，俄羅斯現代化與公民社會〔M〕，北京：新華出版社，2003 年，第 285 頁。

電影中我們可以看到，俄羅斯的文化記憶是從傳統中挖掘出來，經由蘇聯一脈相承而來的，他們強調悠久的歷史，也強調英雄的榮光；但政治記憶中，他們只是截取了「大國情懷」的部分，而把與現代不相容的舊制度拋諸一邊，二戰電影就是用這樣的方式體現了「祖國傳統的綜合」。

（三）西方與本土

在二十世紀下半葉全球化進程突飛猛進的大趨勢中，蘇聯一而再、再而三地拒絕直面整個國際社會的結構性變遷〔註 12〕，而解體之後，俄羅斯則被徹底納入了全球化的軌道。關於西歐化還是斯拉夫化的爭論早在 19 世紀 30 年代就已經開始，兩者都反對農奴制和當時的專制制度，都主張改變俄羅斯的現實，不同之處在於，前者認爲爲此應當走西方國家的道路，後者認爲應當排除西方資本主義制度的影響，退回到彼得改革之前的也即未受到西方文明衝擊的俄羅斯。20 世紀 90 年代，俄羅斯仍在進行著類似的爭論，後來得出，既不能向東方，也不能向西方，要充分重視俄羅斯自身的文化特色，在東西方文化的結合中尋求俄羅斯特有的發展道路，主要表現就是歐亞主義的再現和對俄羅斯民族精神的探索。而歐亞主義產生的深層原因是「維持強大的、統一的、橫跨歐亞大陸的俄羅斯帝國」〔註 13〕。事實上，俄羅斯二戰電影正是俄羅斯心態的寫照，一方面它們繼承了俄蘇文學的歷史傳統，另一方面又加入了商業化的流行元素，將西方文化與本土文化加以融合，這種融合再現了歐亞主義，也暗含了帝國舊夢。

三、電影、認同與歷史

本研究在考察電影與歷史的過程中，涉及到一個重要概念：國家認同。上文中我們討論了電影與歷史的相互介入，這裏要進一步提出的是，在某種意義上講，「電影」、「認同」與「歷史」共同構成了一個首尾相接的鏈條，我們可以從歷史中讀解電影，從電影中讀解認同，又可以從認同中讀解歷史。蘇聯和俄羅斯的二戰電影爲這一觀點的形成提供了一種現實依據。

首先，從歷史到電影，這裏彰顯的是機構的力量，它再現了久遠的「歷

〔註12〕馮紹雷，20 世紀的俄羅斯〔M〕，北京：生活・讀書・新知三聯書店，2007年，第 197 頁。
〔註13〕安啓念，俄羅斯向何處去──蘇聯解體後的俄羅斯哲學〔M〕，北京：中國人民大學出版社，2003 年，第 272、284、291 頁。

史」；第二，從電影到認同，這裏彰顯的是文本的力量，它再現了當代史；第三，從認同到歷史，這裏彰顯的是受眾的力量，它將形構新的歷史。很遺憾「認同到歷史」這一步在本研究當中並未得到呈現——對於蘇聯認同的考察，已經成爲一種難於實現的願望；對俄羅斯認同的考察，或許只能留待時間來證明。

附　錄

（一）蘇聯二戰電影敘事結構章節劃分一覽表

電影 章節	一個人的遭遇	伊萬的童年	這裏的黎明靜悄悄
0 （片頭）	索庫洛夫自述，引出回憶	伊萬的夢過渡到現實，在黑夜裏渡河	現代紅衣女孩眺望戰鬥舊址
1	交代身份	人物出場	新兵報到
2	作戰中被俘虜，在趕往俘虜營的途中殺死試圖告密者，逃跑但被抓回。	上校賀林要把伊萬送走，讓他到後方軍校去，伊萬要求自己當家作主。	姑娘們的愛情回憶與士兵生活，也包括小型空襲戰鬥。
3	在俘虜營做各種苦工，憤恨與抱怨；與德軍營長對話，從即將被槍斃到贏得尊重和獎勵。	大尉加里采夫對女醫務官瑪莎的暗戀，以及上校賀林與瑪莎的感情糾葛。	準尉帶領五個女兵組成小分隊，出發偵查德國兵情況；準尉對姑娘們的照顧。
4	德國戰敗，索庫洛夫被派到修建道路的機關做司機，開車逃跑並帶回德軍少校。	伊萬自己在地下室裏模擬戰鬥場面，腦海裏都是復仇的念頭；營地遭遇轟炸後，上校準備出發偵查。	演一場伐木的戲，打亂德軍行動計劃，試圖引導德軍繞路行軍，敵軍暫時避開了。
5	回到家鄉，房子沒了，親人死了，只有兒子活著，在前線做了上尉，但是在歡慶勝利的時候他收到了兒子犧牲的噩耗。	到河對岸德軍營地執行偵查任務，伊萬出發後遲遲沒有消息；瑪莎也要離開營地去後方醫院。	正面作戰，五位女戰士全部犧牲；準尉衝進德軍小分隊駐紮地，俘虜三位德國士兵；後續部隊趕到。
6	收養小孩萬尼亞，要撫養他長大。	蘇軍勝利了，整理德軍檔案時，得知伊萬被處以絞刑。	年輕人在戰鬥舊址遊玩，看到準尉來紀念五位女戰士，年輕人也獻上了手中的花。

（二）俄羅斯聯邦二戰電影敘事結構 章節劃分一覽表

	0（片頭）	1	2	3	4	5	6
堆聚石頭就是力量	片頭、演職人員表（畫面交代故事背景：德軍士兵在安設地雷）	主人公出場：德國軍官魯道夫不肯隨軍撤退，要留在俄羅斯排雷，被蘇軍抓到審訊；大尉到焦明侮辱等魯道夫。交代主要線索：焦明與魯道夫要一同排雷。配角出場：女翻譯奈莉亞與魯道夫的感情開始發展。	第一處地雷排雷成功；焦明與奈莉亞感情升溫，求婚被拒絕；在居民家中聚會，魯道夫被小孩襲擊，但並未受傷。	趕往第二處地雷的路上途經一村莊，在村長強烈要求下焦明決定排除他們村子的地雷，魯道夫也一起協助，焦明與魯道夫的關係逐漸緩和。	下一個城市的地雷已經爆炸，三人組住宿的樓房遭到市民圍攻，焦明出面替魯道夫道，魯道夫穩定局面。	繼續排雷，魯道夫工作的時候已經很友好，焦明與奈莉亞會有些小料葛；倒數第二處地雷，魯道夫在排雷過程中犧牲，悼念魯道夫。	焦明與奈莉亞暫時還是沒能走到一起；焦明孤身前往最後一處盧雷區，奈莉亞守候在原地。
兄弟就是力量	片頭、演職人員表（以字幕形式交代了戰爭背景：戰爭已經結束，但在捷克境內仍有一支德軍小分隊試圖穿越蘇軍西部防線）	主要人物出場、交代人物身份、以及對哥薩克兵善戰的描述：主要線索引出：一支德國分隊活躍在該地區，首電之後剩餘力量敗退進森林；隱含線索：蘇聯偵察兵與哥薩克兵之間的微妙關係；輔助線索：姑娘熱拉尼婭守望著哥薩克少尉。	小木屋戰鬥首戰告捷；偵察兵與哥薩克的友好相處，呈現細膩感情。	蘇軍兩支小分隊之一遭到伏擊，全部陣亡；瓦羅尼科夫與謝爾巴繼續前進，最後是否找到法西斯的問題上出現分歧，最後按謝爾巴的意見去找法西斯報仇；傷員被送回部隊，熱拉尼婭得知少尉活著喜極而泣。	司令部接到新情報，同時前方又展開一場正面交鋒，小分隊捕獲俘虜，得知德軍小分隊是為了掩護另一支攜帶重要文件的分隊順利前進；萬尼亞在戰鬥中犧牲，戰友悼念；熱拉尼婭得知急切等待。	德軍主力小分隊出現，正面開戰，葛路薩謝尼科犧牲，保護了謝爾巴；熱拉尼婭依然在等待。	最後一戰，分隊一全部犧牲；分隊二（瓦和謝）找到德軍休息的山洞，瓦羅尼科夫犧牲，蘇軍勝利。

	片頭						
無敵艦長	故事敘述者，影片配角丹娘來到海軍艦隊。（畫面交代故事背景：水下艦隊士兵在盡力調整艦艇）演職人員表	首戰告捷，全體歡慶祝。丹娘迷戀上馬裏尼。兩個引子之一：馬裏尼帶領的海軍艦隊正在水下作戰；之二：內務部出馬，逮捕兩個逃避戰鬥的水手。	雙線推進：馬裏尼在小酒館與瑞典女人調情；內務部的活動——少校和旅長在探討馬裏尼身份（父母雙亡和哥哥是蘇聯政權敵人、懷疑馬裏尼仍與哥哥聯繫），少校審訊章節——中途捕的逃避戰鬥的水手。	內務部少校與馬裏尼的談話，刺激了馬裏尼；酒醉的馬裏尼與戰友打牌，又與情人幽會，結果戰鬥中任務來臨，戰友替馬裏尼上陣犧牲了；在內務部的誘導下，馬裏尼又去找哥哥，結果哥哥沒找到；自己被捕。	旅長以戰鬥命令的名義保下了馬裏尼，並叮囑一定要勝利；所有人以為艦長建立功勳後被沉沒，全體沉痛悼念。	最後馬裏尼孤身一人勝利歸來；丹娘此後不再試圖表白，而是靜靜地守望無敵艦長馬裏尼，儘管他從不知道。	六十年後再相逢
流氓	楔子：根據蘇聯少年懲治疏散區少年犯法令，蘇軍準備成立訓練學校，交給流放歸來的運動員中將安東領導；少年流氓們搶劫商店當場被捕獲。穿插演職人員表	一邊是營地裏安東在布置如何訓練；一邊是監獄裏委員會員的人讓流氓們選擇是否進訓練營贖罪。	營地的三個月訓練；少年們有的在訓練中死去，有的企圖逃跑被槍擊；剩下一批相對頑強的孩子。	訓練三個月後，孩子們中間有著一些矛盾，個人的恩怨最後以死亡結束。	給孩子們安排了危險的任務，任務執行過程中中轉。	孩子們被空投下去，除佳普和兄特的學員在跳傘過程中被稀射；兄特潛伏進德軍爆破成功，但是返回時被地雷炸傷，佳普去找救援，兄特遭遇遇明。	

戰爭電影與國家認同

片名	片頭/開場						
勝利日	片頭（交代場景：紅場閱兵）演職人員表	兩位老兵不甚投機地聊天，尼古列科發覺對方是他的戰友是普里瓦洛夫，但以普里瓦洛夫的回憶……	尼古列科又試圖確認，但沒得到答案。普里瓦洛夫憶切入戰爭年代：以尼古列科的回憶切入戰爭年代：戰前對監獄刑服人員的勸誡，以及普里瓦洛夫記憶中的求婚時刻。	上級提出新任務——穿越雷區，布置給補充連隊執行；接到任務後士兵們的反應。	戰鬥開始，地雷引爆，傷亡慘重，剩下尼古列科夫，普里瓦洛夫，伊利霍姆。伊利霍姆受重傷，並告訴普里瓦洛夫該怎樣做。	紅場上兩人終於相認。回到戰爭年代，普里瓦洛夫成功爆破德軍營地、伊利霍姆犧牲。尼古列科代表全連受到上級嘉獎。	回到今天，尼古列科和普里瓦洛夫在露天酒館紀念伊利霍姆；一個富有汗戰士為自己心目中的勝利者們唱歌。
阻力	片頭（引子：別斯法米林旁白，自己在醫院，他帶領的偵察兵在偵查。）演職人員表	主要人物出場：別斯法米林要出院去前線，與病友下跳棋賭煙絲；哨兵廖沙與病員們的相互調侃；護士薇拉與別斯法米林告別。	士兵槍擊事件：別斯法米林有很大嫌疑，查明之前不得離開醫院，於是他在廖沙和薇拉的幫助下，找出部隊醫院裏的內奸。	德國人襲擊醫院，士兵奮力抵抗。	別斯法米林帶廖沙回到部隊，途中遇德軍襲擊，偵察隊展開隱匿搜索，準備伏擊。	士兵瓦夏抓住一個偽軍，發現竟是自己哥哥，於是夜裏放走了他。結果夜裏哥哥來到蘇軍偵察部隊，說願意告訴蘇軍偽軍的地址，蘇軍派出打探的士兵犧牲。	等不到打探人員回來，偵察隊只好出發，途中遭到軍伏擊，瓦夏開槍打死了哥哥，找到偽軍地點，勝利殲滅敵人。大家都相信，勝利並不遙遠了。

（三）本研究所選電影名錄

片名：一個人的遭遇（Судьба Человека）
導演：謝爾蓋・邦達爾丘克（Сергей Бондарчук）
出品：蘇聯，莫斯科電影製片廠（Мосфильм）
年份：1959 年

片名：伊萬的童年（Иваново детство）
導演：安德烈・塔可夫斯基（Андрей Тарковский）
出品：蘇聯，莫斯科電影製片廠（Мосфильм）
年份：1962 年

片名：這裏的黎明靜悄悄（А зори здесь тихие……）
導演：斯坦尼斯拉夫・羅斯托茨基（Станислав Ростоцкий）
出品：蘇聯，高爾基電影製片廠（Киностудия им. Горького）
年份：1972 年

片名：堆聚石頭有時（Время собирать камни）
導演：阿列克謝・卡列林（Алексей Карелин）
公司：俄羅斯聯邦文化部
「流派」電影製作中心（Киностудия「Жанр」）
第一頻道（「Первый Канал」）
年份：2005 年

片名：兄弟就是力量（Неслужебное задание）
導演：維塔利・沃羅比約夫 Виталий Воробьев
出品：俄羅斯聯邦文化部
Синебридж 電影製片公司（Кинокомпания「Синебридж」）

片名：無敵艦長（Первый после Бога）
導演：瓦西里・奇金斯基（Василий Чигинский）

出品：俄羅斯聯邦文化部

米哈伊爾・卡拉托佐夫基金（「Фонд Михаила Калатозова」），

幸運電影 XXI（「Фортуна-фильм XXI」）

俄羅斯電視臺（телеканал「РОССИЯ」）參與拍攝

年份：2005 年

片名：流氓（Сволочи）

導演：亞歷山大・阿塔涅相（Александр Атанесян）

出品：俄羅斯聯邦文化部

國際少年兒童電影電視發展基金「羅蘭・貝科夫基金」

（Международный фонд развития кино и телевидения для детей и

юношества Фонд Ролана Быкова）

Парадиз 製片中心（Продюсерский Центр「Парадиз」）

РИТМ 影視製片中心（Продюсерская кинотелевизонная компания「РИТМ」）

年份：2006 年

片名：勝利日（День победы）

導演：費多爾・彼得魯欣（Федор Петрухин）

出品：俄羅斯聯邦文化部

ФМ 電影製片公司（「Кинокомпания ФМ」）

年份：2006 年

片名：阻力（Противостояние）

導演：維塔利・沃羅比耶夫（Виталий Воробьев）

出品：俄羅斯聯邦文化部

Синебридж 電影製片公司（Кинокомпания「Синебридж」）

年份：2006 年

參考文獻

連續出版物

1. 韓捷進，〈變革、釋放、新生———「解凍」時期與「新時期」文壇之特徵〉〔J〕，當代文壇，2010 年 5，第 58 頁。

2. 陸南泉，〈蘇聯走近衰亡的勃列日涅夫時期〉〔J〕，東亞中歐研究，2001 年 6，第 65 頁。

3. 戴光晰，〈血與火的冶煉———前蘇聯銀幕上的反法西斯戰爭〉〔J〕，電影藝術，1995 年 4，第 47 頁。

4. 白嗣宏、胡榕，〈俄羅斯電影的永恒題材〉〔J〕，世界電影，2005 年 4，第 4 頁。

5. 劉書亮，〈從《斯大林格勒大血戰》到《自己去看》———前蘇聯二戰題材電影的發展與演變述評〉〔J〕，當代電影，2005 年 5，第 67～69 頁。

6. 胡榕，〈重溫那遙遠的悲放———蘇聯反法西斯優秀影片評述〉〔J〕，世界電影，1995 年 2，第 6～28 頁。

7. 許紀霖，〈現代中國的民族國家認同〉〔J〕，世界經濟與政治論壇，2005 年 6，第 92～94 頁。

8. 潘天強，〈英雄主義及其在後新時期中國文藝中的顯現方式〉〔J〕，中國人民大學學報，2007 年 3，第 140 頁。

9. 陳晨，〈民族文化的狂想與英雄神話的升騰———宋詞中英雄主義的精神管窺〉〔J〕，西華師範大學學報（哲社版），2004 年 5，第 15～19 頁。

10. 黎萌，論「十七年」革命英雄主義電影的敘事模式〉〔J〕，當代電影，2004 年 5，第 107～109 頁。

11. 李啓軍，〈英雄崇拜與電影敘事中的「英雄情結」〉〔J〕，北京電影學院學報，2004 年 3，第 1 頁。

12. 王明珂，〈歷史事實、歷史記憶與「歷史心性」〉〔J〕，歷史研究，2001年5，第137～138頁。

13. 賈磊磊，〈戰爭電影：國家形象的顛覆與建構〉〔J〕，電影創作，2002年3，第50～58頁。

14. 李道新，〈重構中國電影——從學術史的角度觀照改革開放以來的中國電影史研究〉〔J〕，當代電影，2008年11，第38～47頁。

15. 遠嬰，〈蘇聯電影的三次革命〉〔J〕，當代電影，1989年6，第119～127頁。

16. 湯姆・多爾蒂，徐建生譯，〈作爲道德新武器的新戰爭片——評《黑鷹折翼》和《我們曾經是戰士》〉〔J〕，世界電影，2003年4，第20～29頁。

17. 郭軍寧，〈俄羅斯的白樺林〉〔J〕，百科知識，2006年7（上），第59頁。

18. 英紅，〈伏特加與俄羅斯式喜劇〉〔J〕，世界電影，2001年5，第98頁。

19. 佟殷，〈評《蘇聯名歌集1喀秋莎》〉〔J〕，藝術研究，2006年1，第92頁。

20. Б.瓦西里耶夫，潘桂珍編譯，〈《這裏的黎明靜悄悄……》的創作過程〉〔J〕，俄羅斯文藝，1981年3，第142頁。

21. 龔浩群，〈民族國家的歷史時間——簡析當代泰國的節日體系〉〔J〕，開放時代，2005年3，第125頁。

22. 魏波，〈哥薩克重新馳騁在俄羅斯〉〔J〕，世界知識，1994年19，第26～27頁。

23. 托馬斯・沙茨，章杉譯，〈第二次世界大戰與好萊塢「戰爭片」〉〔J〕，世界電影，2003年4，第128～145頁。

24. 劉藩，〈創意產業視野中的主流商業電影敘事策略〉〔J〕，電影藝術，2006年3，第15～20頁。

25. 曹怡平，〈商業元素的打造與反思——國產主流商業電影發展的「三岔口」〉〔J〕，電影文學，2008年8，第9頁。

26. 王列，許哲敏，〈試以成敗論英雄——簡析電影《赤壁》的商業策略〉〔J〕，電影文學，2008年17，第51頁。

27. 胡克，〈建構現實社會型主流大片電影觀念——《集結號》的啓示〉〔J〕，當代電影，2008年3，第11～12頁。

28. 高山，〈中國主流大片的方向——電影《集結號》學術研討會綜述〉〔J〕，當代電影，2008年2，第62頁。

29. 約翰・霍奇金斯，徐建生譯，〈沙漠風暴之後——論當代二戰影片〉〔J〕，世界電影，2003年4，第4頁。

30. 郝時遠，〈重讀斯大林民族（нация）定義（一）〉〔J〕，世界民族，2003年4，第1～8頁。

31. 郝時遠，〈重讀斯大林民族（нация）定義（二）〉〔J〕，世界民族，2003年 5，第 1～9 頁。

32. 郝時遠，〈重讀斯大林民族（нация）定義（三）〉〔J〕，世界民族，2003年 6，第 1～11 頁。

33. РГИА СПб.，ф. 427，оп. 4，д. 109。Искусство Кино，1995，p3.

34. Лидия Кузьмина，〈Сопротивление материала〉Искусство Кино，2006，p3。

35. Cohen，Ralph. History and genre. New Literary History，1986：Vol. 17，No2，Winter，p205～206.

專　著

1. 蘇聯科學院藝術研究所編，龔逸霄譯，《蘇聯電影史綱（第一卷）》〔M〕，北京：中國電影出版社，1983 年。

2. 蘇聯科學院藝術研究所編，龔逸霄譯，《蘇聯電影史綱（第二卷）》〔M〕，北京：中國電影出版社，1983 年。

3. 蘇聯科學院藝術研究所編，龔逸霄譯，《蘇聯電影史綱（第三卷）》〔M〕，北京：中國電影出版社，1992 年。

4. 道格拉斯・凱爾納，丁寧譯，《媒體文化——介於現代與後現代之間的文化研究、認同性與政治》〔M〕，北京：商務印書館，2004 年。

5. 安東尼・吉登斯，趙旭東等譯，《社會學（第四版）》〔M〕，北京：北京大學出版社，2003 年。

6. 格雷姆・伯頓，史安斌主譯，《媒體與社會——批判的視角》〔M〕，北京：清華大學出版社，2007 年。

7. 江宜樺，《自由主義、民族主義與國家認同》〔M〕，臺北：揚智文化事業股份有限公司，2000 年。

8. 曼紐爾・卡斯特，夏鑄九、黃麗玲等譯，《認同的力量》〔M〕，北京：社會科學文獻出版社，2006 年。

9. 克里斯汀・湯普森，大衛・波德維爾，陳旭光、何一薇譯，《世界電影史》〔M〕，北京：北京大學出版社，2004 年。

10. A・卡拉甘諾夫，傅保中譯，《蘇聯電影・問題與探索》〔M〕，北京：中國電影出版社，1988 年。

11. John A.Hall&G.John Ikenberry，施雪華譯，《國家》〔M〕，長春：吉林人民出版社，2007 年。

12. Anthony D.Smith，葉江譯，《民族主義：理論，意識形態，歷史》〔M〕，上海：上海世紀出版集團，2006 年。

13. 托馬斯‧卡萊爾，張志民、段忠橋譯，《論英雄與英雄崇拜》〔M〕，北京：中國國際廣播出版社，1988 年。

14. Sidney Hook，王清彬等譯，《歷史中的英雄》〔M〕，上海：上海世紀出版集團，2006 年。

15. 哈拉爾德‧韋爾策編，季斌、王立君、白錫堃譯，《社會記憶：歷史、回憶、傳承》〔M〕，北京：北京大學出版社，2007 年。

16. 莫里斯‧哈布瓦赫，畢然、郭金華譯，《論集體記憶》〔M〕，上海：上海人民出版社，2002 年。

17. 約翰‧斯道雷，徐德林譯，《斯道雷：記憶與欲望的耦合——英國文化研究中的文化與權力》〔M〕，桂林：廣西師範大學出版社，2007 年。

18. 克利福德‧格爾茨，韓莉譯，《文化的解釋》〔M〕，南京：譯林出版社。

19. 大衛‧麥克里蘭，孔兆政、蔣龍翔譯，《意識形態（第二版）》〔M〕，長春：吉林人民出版社，2005 年。

20. 約翰‧B‧湯普森，高銛等譯，《意識形態與現代文化》〔M〕，南京：譯林出版社，2005 年。

21. 文森特‧莫斯可，胡正榮等譯，《傳播：在政治和經濟的張力下——傳播政治經濟學》〔M〕，北京：華夏出版社，2000 年。

22. Robert Lapsley & Michael Westlake，李天鐸、謝慰雯譯，《電影與當代批評理論》〔M〕，臺北：遠流出版事業股份有限公司，1997 年。

23. 奧利弗‧博伊德——巴雷特、克里斯‧紐博爾德編，汪凱、劉曉紅譯，《媒介研究的進路》〔M〕，北京：新華出版社，2004 年。

24. 大衛‧波德維爾，諾埃爾‧卡羅爾主編，麥永雄、柏敬澤等譯，《後理論：重建電影研究》〔M〕，中國社會科學出版社，2000 年。

25. 安德烈‧戈德羅、弗朗索瓦‧若斯特，劉雲舟譯，《什麼是電影敘事學》〔M〕，北京：商務印書館，2005 年。

26. 雅克‧奧蒙、米歇爾‧馬利，吳珮慈譯，《當代電影分析》〔M〕，南京：江蘇教育出版社，2005 年。

27. 費爾迪南‧德‧索緒爾，高名凱譯，《普通語言學教程》〔M〕，北京：商務印書館，1980 年。

28. 羅蘭‧巴爾特，王東亮等譯，《符號學原理》〔M〕，北京：生活‧讀書‧新知三聯書店，1999 年。

29. 阿瑟‧阿薩‧伯傑，李德剛、何玉譯，《媒介分析技巧（第二版）》〔M〕，北京：中國人民大學出版社，2005 年。

30. 賈英健，《全球化背景下的民族國家研究》〔M〕，北京：中國社會科學出版社，2005 年。

31. Richard Rorty，黃宗英譯，《鑄就我們的國家——20世紀美國左派思想》〔M〕，北京：生活・讀書・新知三聯書店，2006年。

32. 本尼迪克特・安德森，吳叡人譯，《想像的共同體》〔M〕，上海世紀出版集團，2005年。

33. 馬克・費羅，彭姝禕譯，《電影和歷史》〔M〕，北京：北京大學出版社，2008年。

34. 李芝芳，《當代俄羅斯電影》〔M〕，北京：文化藝術出版社，2003年。

35. R.W.康奈爾，柳莉、張文霞等譯，《男性氣質》〔M〕，北京：社會科學文獻出版社，2003年。

36. 阿雷恩・鮑爾德溫，布萊恩・朗赫斯特等，陶東風等譯，《文化研究導論（修訂版）》〔M〕，北京：高等教育出版社，2004年。

37. 馮紹雷，《20世紀的俄羅斯》〔M〕，北京：生活・讀書・新知三聯書店，2007年。

38. 恩斯特・卡西爾，張國忠譯，《國家的神話》〔M〕，杭州：浙江人民出版社，1988年。

39. М・Р・Зезина，Л・В・Кошман，В・С・Шульгин，劉文飛、蘇玲譯，《俄羅斯文化史》〔M〕，上海：上海譯文出版社，2005年。

40. 科里斯丁・施米特・霍爾，鄒明、劉海濤等譯，《戈爾巴喬夫：通往權力之路》〔M〕，瀋陽：瀋陽出版社，1988年。

41. 海運、李靜傑主編，《葉利欽時代的俄羅斯（政治卷）》〔M〕，北京：人民出版社，2001年。

42. 小傑克・F・馬特洛克，吳乃華等譯，《蘇聯解體親歷記》〔M〕，北京：世界知識出版社，1996年。

43. 吳非、胡逢瑛，《俄羅斯傳媒體制創新》〔M〕，廣州：南方日報出版社，2006年。

44. 戴維・利明、埃德溫・貝爾德，李培茱、何其敏、金澤譯，《神話學》〔M〕，上海：上海人民出版社，1990年。

45. 列・列昂諾夫，姜長斌譯，《俄羅斯森林》〔M〕，哈爾濱：黑龍江人民出版社，1984年。

46. 尼・別爾嘉耶夫，邱運華、吳學金譯，《俄羅斯思想的宗教闡釋》〔M〕，北京：東方出版社，1998年。

47. 尼・別爾嘉耶夫，雷永生、邱守娟譯，《俄羅斯思想——19世紀至20世紀初俄羅斯思想的主要問題》〔M〕，北京：三聯書店，2004年。

48. 果戈里，魯迅譯，《死魂靈》〔M〕，北京：人民文學出版社，1977年。

49. 張冰，《俄羅斯文化解讀——費人猜詳的俄羅斯文化之謎》〔M〕，濟南：濟南出版社，2006年。

50. 劉小楓,《走向十字架上的真——20 世紀基督教神學引論》〔M〕,上海:生活‧讀書‧新知三聯書店上海分店,1995 年。

51. 塔可夫斯基,陳麗貴、李泳泉譯,《雕刻時光》〔M〕,北京:人民文學出版社,2003 年。

52. 本尼迪克特‧安德森,吳叡人譯,《想像的共同體》〔M〕,上海世紀出版集團,2005 年。

53. 別爾嘉耶夫,汪劍釗譯,《俄羅斯的命運》〔M〕,昆明:雲南人民出版社,1999 年。

54. 塞繆爾‧亨廷頓,程克雄譯,《我們是誰:美國國家特性面臨的挑戰》〔M〕,北京:新華出版社,2005 年。

55. 唐朱昌,《俄羅斯經濟轉軌透視》〔M〕,上海:上海社會科學院出版社,2001 年。

56. 應奇、劉訓練編,《公民共和主義》〔M〕,北京:東方出版社,2006 年。

57. 王斑,《全球化陰影下的歷史與記憶》〔M〕,南京:南京大學出版社,2006 年。

58. 修昔底德,謝德風譯,《伯羅奔尼撒戰爭史(下冊)》〔M〕,北京:商務印書館,2004 年。

59. 安德蘭尼克‧米格拉尼揚,徐葵等譯,《俄羅斯現代化與公民社會》〔M〕,北京:新華出版社,2003 年。

60. 馮紹雷、相蘭欣,《普京外交》〔M〕,上海:上海人民出版社,2004 年。

61. 蘇聯科學院藝術研究所編,龔逸宵譯,《蘇聯電影史綱》〔M〕,北京:中國電影出版社,1983 年。

62. 丹尼斯‧麥奎爾(Denis McQuail),崔保國、李琨譯,《麥奎爾大眾傳播理論》〔M〕,北京:清華大學出版社,2006 年。

63. 馬克斯‧韋伯,林榮遠譯,《經濟與社會(上卷)》〔M〕,北京:商務印書館,1997 年。

64. 黃文達,《世界電影史綱》〔M〕,上海:上海古籍出版社,2003 年。

65. 安啟念,《俄羅斯向何處去——蘇聯解體後的俄羅斯哲學》〔M〕,北京:中國人民大學出版社,2003 年。

66. 李恒基,楊遠嬰主編,《外國電影理論文選(修訂本上、下冊)》〔M〕,北京:生活‧讀書‧新知三聯書店,2006 年。

67. 喬治‧薩杜爾,徐昭、胡承偉譯,《世界電影史》〔M〕,北京:中國電影出版社,1995 年。

68. Seton-Watson. Nations and States. London:Methuen,1977.

69. Yael Tamir. Liberal Nationalism. Princeton：Princeton University Press，1993.

70. Alasdair MacIntyre. Der Verlust der Tugend，Frankfurt am Main，1995.

71. Stephen Heath. Questions of Cinema.London：Macmillan，1981.

72. F. Dosse，History of Structuralism，Vol. 1，trans. D. Glassman，Mineapolis：The University of Minntsota Press，1997.

73. Christian Metz. Film Language.New York：OxfordUniversity Press，1974.

74. Raymond Bellour．L'Analyse du film．Paris：Albatros，1979.

75. Ingeborg Hoesterey，「Introduction」in A.Fehn，I. Hoesterey，and M.Tatar（eds.），Neverending Stories：Towards a Critical Narratology，Princeton，NJ：Princeton University Press，1992.

76. Robert Burgoyne. Film Nation：Hollywood Looks at US History. Minneapolis：University of Minnesoda Press，1997.

77. Robert Brent Toplin. History by Hollywood：The Use and Abuse of the American Past. Urbana：University of Illinois Press，1996.

78. Propp，V. Morphology of the fork tale. Austin：University of Texas Press，1968.

79. Renan. Qu'est-ce qu'une nation？. Paris：Calmann-Levy，1882.

80. Marx，Karl. Capital：A Critique of Political Economy，Vol.1. Trans. by Ben Fowkes. London：Penguin，1976.

81. Н.А. Лебедев．Очерки истории кино СССР．Немое кино：1918～1934 годы——Издание 2-е переработанное и дополненное——М.：Искусство，1965.

專著中析出的文獻

1. 陳敬詠，《蘇聯戰爭文學——回顧與思考》〔A〕，劉文飛編，《蘇聯文學反思》〔M〕，北京：中國社會科學出版社，2005 年，第 164 頁。

2. 大衛·波德維爾，《當代電影研究與宏大理論的嬗變》〔A〕，大衛·波德維爾，諾埃爾·卡羅爾主編，麥永雄、柏敬澤等譯，《後理論：重建電影研究》〔M〕，中國社會科學出版社，2000 年，第 4～42 頁。

3. 戴維·赫爾曼（David Herman），馬海良譯，《敘事理論的歷史（上）：早期發展的譜系》〔A〕，James Phelan，Peter J. Rabinowitz 主編，申丹、馬海良等譯，《當代敘事理論指南》〔M〕，北京：北京大學出版社，2007年，第 4～21 頁。

4. 凱思·內格斯、帕特里亞·羅曼——維拉奎茲，《全球化與文化認同》〔A〕，詹姆斯·庫蘭、米切爾·古爾維奇編，楊擊譯，《大眾媒介與社會》〔M〕，北京：華夏出版社，2006 年，第 315～316 頁。

5. 約翰·斯道雷,《記憶與欲望的耦合:從越南戰爭到海灣戰爭》〔A〕,約翰·斯道雷,徐德林譯,《斯道雷:記憶與欲望的耦合——英國文化研究中的文化與權力》〔M〕,桂林:廣西師範大學出版社,2007 年,第 136～153 頁。

6. 潘忠黨,《歷史敘事及其建構中的秩序——以我國傳媒報導香港回歸爲例》〔A〕,陶東風、金元浦、高丙中主編,《文化研究(第 1 輯)》〔M〕,天津:天津社會科學院出版社,2000 年,第 221～238 頁。

7. H,《A,《別爾嘉耶夫,俄國魂》〔A〕,索洛維約夫,賈澤林、李樹柏譯,《俄羅斯思想》〔M〕,杭州:浙江人民出版社,2000 年,第 258～274 頁。

8. 列維——斯特勞斯,神話的結構研究》〔A〕,葉舒憲編選,《結構主義神話學》〔M〕,西安:陝西師範大學出版社,1988 年,第 17 頁。

9. 埃里克·霍布斯鮑姆,導論:發明傳統》〔A〕,轉引自霍布斯鮑姆,蘭格(Ranger,T.)編,顧杭、龐冠群譯,《傳統的發明》〔M〕南京:譯林出版社,2004 年,第 1～17 頁。

10. 齊格弗里德·克拉考爾,李恒基譯,《電影:人民深層傾向的反映》〔A〕,李恒基、楊遠嬰主編,《外國電影理論文選(修訂本上冊)》〔M〕,北京:生活·讀書·新知三聯書店,2006 年,第 311 頁。

學位論文、電子文獻、報紙文章及其他

1. 曲春景,《中國二戰題材電影缺少什麼〔N〕,文匯報,2010 年,1(10)。

2. Театральное искусство,Кинематограф и Мультипликация〔EB／OL〕. 加拿大俄羅斯同胞協調委員會網.

3. ФСБ:「В августе 44-го」——наиболее правдивый фильм о контрразведчиках〔EB／OL〕.俄新社新聞網.

4. Валерий Огородников:「Красное и черное-цвета моего детства」〔EB／OL〕.消息報網.

5. Владимир Меньшов не отдал приз 《Сволочам》〔EB／OL〕.共青團眞理報網.

6. 郭豔,《全球化語境下的國家認同〔D〕,北京:中共中央黨校,2005 年。

7. 楊厚均,《革命歷史圖景與民族國家想像——新中國革命歷史長篇小說再解讀〔D〕,武漢:華中師範大學,2004 年。

8. Макс,《День Победы……〔EB／OL〕,俄羅斯電影戲劇網,2007／5／9。

9. 周傳基,《影片實例分析——《這裏的黎明靜悄悄》3〔EB／OL〕,周傳基教授影視講座網,2003／12／10。

10. 讓－保羅·薩特,《薩特談《伊萬的童年》〔EB／OL〕,烏有之鄉書店網,2006／11／1。

11. 聖經舊約傳道書第三章〔EB／OL〕，天涯在線書庫。

12. К.Тарханова，《Моряк не слишком долго плавал〔EB／OL〕，俄羅斯電影網，2005／10／31。

13. 史海鈎沉：「蘇維埃塵埃」──蘇紅軍懲戒營〔EB／OL〕，新華網，2008／10／16。

14. 韓顯陽，《禁酒：俄羅斯的沉重話題〔N〕，光明日報，2005 年，1（21）。

15. 周雪，《伏特加，俄羅斯之神〔N〕，經濟觀察報，2003 年，2（17）。

16. 辛華編譯，《蘇聯共產黨第二十五次代表大會主要文件彙編〔G〕，北京：生活·讀書·新知三聯書店，1977 年。

後　記

　　盛夏將至，梅雨正當時。難得上海卻是如此涼爽，這剛好成全了月子中的我，不必爲天氣而煩憂。此刻，寶寶正在安靜乖巧地午睡，我這篇遲遲未下筆的後記也終於到了該出爐的時候了。

　　這篇論文，從構思成文到修改出版，歷時五年。在這一過程中，非常感謝我的導師陸嘩教授所給予的鼓勵和幫助。她讓我體會到，學術並不是一件枯燥的事情，思維更是一個充滿樂趣的過程。她的敏銳和嚴謹讓我受益良多，她的學術品格和人格魅力，更是對我產生了深遠的影響。師恩深厚，必將銘記在心。此外，感謝在論文寫作過程中爲我提供了若干幫助的所有老師、同學和朋友。

　　這一書稿的修訂工作基本是在我懷孕期間完成的，我的家人默默地站在我身後，爲我提供了一切可能的支持。尤其是我的丈夫，體貼周到，堪稱模範；我的寶寶更是非常配合地在肚子裏陪伴著我。這讓本來辛苦的修訂過程充滿了溫暖和幸福。

　　今天是一個非常特殊的日子，我的父親去世整整十周年。養兒方知父母恩，初爲人母的我更加深切地體會到這一點，非常感謝父母給予我的所有呵護、引導、教誨和希望。親愛的爸爸，女兒很好，請您放心。謹以此書獻給您，願您在另一個世界平安靜好。

　　最後，感謝花木蘭文化出版社的大力支持，感謝各位編輯的細心審校。

　　書中尚有若干不足，還請各位前輩、同行和關注俄羅斯電影的朋友批評指正。

侯微

2013 年 6 月 11 日